U0091676

吉時當嫁 2

風文創 742

杜若花 著

目錄

第二十一章

第二日一早，姑娘們便都梳妝打扮起來，這等宴會，自是要將自己打扮好，也好叫各方貴婦們瞧瞧。但碧彤卻取了深色的粉，將自己的臉塗黑了一層。

銀鈴有些詫異，問道：「姑娘，旁人都是打扮得漂漂亮亮的，您怎的還將自己塗黑呀？」

碧彤說道：「我喜歡，不可以嗎？」

銀鈴摸不著頭腦，便也不作聲。而碧彤又取了那深色的粉，逕自走到青彤房裡去。

青彤正猶豫著插哪一支珠釵，聽見姊姊進來，忙道：「姊姊，妳快幫我看看，是這支碧玉珠釵簡單大方，還是這支點翠金絲釵更配我今日的裙子？」

她一回頭，卻嚇了一跳，姊姊頭上簪了三朵絹花，看著秀氣可人，只是右邊髮髻又插上了兩支珠花簪。這樣的裝扮，著實像個小孩子。

碧彤取了碧玉珠釵說道：「這支就很好看，我給妳簪上。」

青彤又細細一瞧，只見姊姊的臉也比平日黑了一層，口脂、面脂、眉黛皆沒有上。便問道：「姊姊，妳今日是怎的了？跟個小孩子一樣打扮？」

碧彤笑起來說道：「我們可不就是個小孩子？」

在大齊，十三歲女子便可議親，真正卻要到十五歲及笄之後方能出嫁，但是髮髻卻並無限制。因此女兒家到了十歲，便都紛紛將雙耳垂髻換了大人的髮髻，以方便戴上更精美好看的髮飾。

碧彤取了粉，要給青彤塗上。青彤一下子避開來說道：「姊姊，旁人都將臉蛋塗得白嫩，妳怎的要將臉兒塗黑？」

碧彤說道：「母親說的妳不記得啦？齊安郡主皮膚不甚白皙，咱們怎能搶了她的風頭？」

青彤噘著嘴，她與姊姊的皮膚當真是可以用膚若凝脂來說，這樣天生的好處，莫說將它打理得更熠熠發光，怎的姊姊還要把光芒遮了去？當下說道：「姊姊，今日貴女眾多，齊安郡主只是爾爾，定會有人超過她的。」

碧彤嘆了口氣，放下那粉，說道：「青彤，這次得郡主親自下帖子的貴女可沒幾個啊，我倆便是其二。說明她拿咱們當好友，既然這樣，咱們便不能如同旁的貴女一樣隨意。」

青彤雖然不願，仔細想想，卻覺得姊姊的話很有道理。又想到既然齊安郡主看重她二人，到時候少不了要一同出現的，姊姊與自己這般容貌，若是將她硬生生比下去了，可不大好看。青彤雖然喜歡爭口舌，不過耳根子軟，心也軟，便伸手去取了粉自己抹上。

這樣一來，姊妹花的模樣倒是黯淡了許多。

出了二門，馬車已經候在門口了。齊靜、尚氏、妙彤、綺彤、夢彤，都已經等在前面。妙彤看了看姊妹花，問道：「妳們今日怎麼沒穿那裙子？」

碧彤說道：「本來是想穿的，不過母親說咱們不能喧賓奪主。母親，是不是？」

齊靜笑起來點點頭說道：「嗯，妳們乖，總算是將母親的話聽進去了。」

妙彤很是生氣，若昨日就知道她們是這想法，她定要叫祖母好好遊說這姊妹二人的。偏昨日二人毫無反應，拿著兩件最華貴的衣裳，恨不得馬上穿起的模樣。只是再生氣，她也不能失態，只能忍了又忍。她又打量二人，說道：「怎麼說也是去長公主府赴宴，怎的妳二人都不好生收拾打扮一番？像個孩子似的。」

碧彤依舊眨巴著大眼睛，說道：「大姊姊，我們本就是孩子嘛。」

妙彤還要再說，青彤開口說道：「大姊姊不知道，前幾日我不知怎的臉上過敏了，一抹粉就癢癢，所以拉著姊姊要她同我一樣不許打扮。不然咱們明明是雙胞胎，卻兩個樣子，旁人定要笑話我的。」

碧彤聽見青彤替她解圍，感激的看了她一眼。

妙彤只皺著眉頭，沒再作聲，倒是綺彤問道：「四妹妹可無事了？女兒家的面容最為重要，萬萬不可抓撓。」

青彤點頭笑道：「多謝二姊姊關心，青彤無事了，只要不抹粉，便不會搔癢紅腫，並沒有什麼大問題的。」

夢彤在綺彤後面，聽了她們的對話，默默的伸手把頭上的簪子拔了兩根下來。

齊靜見人都到齊了，說道：「既然都到齊了，便上車吧。」

妙彤沒有人帶著，便跟齊靜她們上了同一輛車。今日碧彤、青彤不知道抽了什麼風，換著花樣誇妙彤，端莊大方啊、儀態萬千啊、閉月羞花呀等等。縱然妙彤對姊妹二人心懷芥蒂，聽她們這般誇讚也是萬分高興的，覺得如今聽了祖母的話，只管好好修身養性，當真是不錯的。

長公主的這場宴會，表面是生辰宴，實際上，卻是給年輕的公子千金們配對。

十三歲的貴女們都要正經相看了，滿了十歲的雖還不用相看，但是各家婦人也都會提前瞧著，琢磨著有沒有合適的，到了年紀便可以上門提親了。

吃過午膳，便是少男少女們才藝表演時間了。先男後女，先幼後長，林添添壓軸，其他人隨意。

男子們大多是吟詩作賦，不像女孩子可以五花八門的表演。

未議親的男子之中，最尊貴的便是豫景王齊真輝和廉廣王齊紹輝了。洛城貴婦們的眼睛第一個也是放在他倆身上。他倆是當今皇上僅剩的弟弟，豫景王十五歲，於朝政上頗有見地，皇上如今最是倚重他。

廉廣王十四歲，是顏太妃娘娘的親生子，母子二人在洛城的名聲很好。每當各地有天災人禍，顏太妃便會在洛城募捐，派人送往災區救濟災民。每年夏秋洛城乾旱，顏太妃還會在城外貧民區設置粥棚。而這幾年，一應的事情都交給了廉廣王來做。

碧彤坐在位置上，聽到周圍的貴女們在私下討論。

「妳說是豫景王好，還是廉廣王好？」

「豫景王長得似乎更帥欸。」

「但豫景王很是鐵腕，聽說他這樣年輕，竟然通曉各種刑獄，折騰死過很多人的，還是廉廣王好。」

「哼！豫景王懲罰的都是壞人，對那些十惡不赦的壞人，便是凌遲也不為過。」

「妳們聽過城南的百姓們唱的歌嗎？大齊出了個廉廣王，善心好比活菩薩。」

「是啊，相比之下，自然是廉廣王更好了。身分貴重，模樣也好，人又溫和善良。」

「切，妳們這群花癡，討論得這麼高興，真以為兩位王爺看得中妳們嗎？」

聽到這兒，碧彤抬頭瞧了妙彤一眼，只見她嘴角輕輕勾起，顯然她已經知道，祖母和姑姑都打算，將她許給廉廣王了。

只是這一世有太多的不一樣了，比如廉廣王，上一世雖然也是樂善好施、人人稱讚的，但絕沒有鬧出什麼善心好比活菩薩的打油詩這麼誇張。

上一世的皇帝至死都沒有親政成功，手上毫無可用之人。但今世的豫景王卻替皇帝做了許多事情，皇帝竟然直接將他安排去了刑部，兩年來殺伐決斷，辦了不曉得多少大案，而外戚專權的情況，也因他的緣故，被撕開了一道口子。

如此一來，待時機成熟，皇帝當政自是指日可待了。

碧彤遙遙看向豫景王，這個豫景王著實奇特，同上輩子那個常年病弱、足不出戶的王爺著實不一樣啊。是哪裡出了變故？難道豫景王也是重生的嗎？而廉廣王這一世之所以更加看重虛名，就是因為皇帝不像上一世那般昏庸無能嗎？

還未等碧彤想清楚，便有下人來稟，說是皇上來了。長公主與駙馬都嚇了一跳，忙起身迎接。

皇上已經走進來，說道：「姑父、姑母無須多禮了，朕來得突然，祝姑母瑤池春不老。」

接著拍了拍掌，立即有四名小太監抬著壽禮進門。

皇上說道：「姑母壽辰，朕也沒什麼新奇玩意兒送的，便命人做了一副屏風。」

太監們掀開紅綢，只見這是一副巨大的玉製屏風。

長公主堆滿了笑容，上前說道：「皇上有心，這屏風這般華麗，還說不是新奇玩意兒，只怕整個大齊都找不到第二面了。」接著與林駙馬一左一右，想將皇上讓至主位。

然皇上擺擺手卻說道：「今日不論君臣，只論姑侄。姑母你們上坐，我同真輝、紹輝一起。」說罷便拐向豫景王與廉廣王席間。

長公主見他自稱我，知道他是當真不願意上坐，只得隨他去了。

二位王爺的席位並立，豫景王在上，廉廣王在下。立即有小廝捧了蓆子過來放在兩位王爺當中。

豫景王尚未反應過來，皇上已經走向中間那個席位，周邊眾人齊齊色變。廉廣王連忙伸手將豫景王拉到中間位置上坐好，方抬頭衝著皇上一笑。

皇上愣了愣，旋即坐下，又有丫鬟上前將餐具統統換過。

這一幕，對面的貴女、貴婦們自是看得清清楚楚。原來豫景王這般不會做人，皇上待他好是因為他是弟弟，但他竟然連位置也不曉得讓一下。如此看來，還是廉廣王懂禮儀。

豫景王壓根兒沒想過自己是否不妥，也並沒注意到對面的動靜，只皺著眉頭低聲說：「皇兄，您出來沒經過母后同意吧？」

皇上瞪他一眼說道：「朕憋壞了，你倆非要跑來參加宴會，就不許朕也來？」

豫景王回瞪說道：「我們是瀟灑的王爺，您是皇帝，能比嗎？」

廉廣王趕緊說道：「皇兄、四哥，別吵了，回頭就說是咱們把皇兄騙出來的。」

皇上的臉色這才好了點說道：「五弟這話不錯，回頭母后怪罪，你們可得幫朕擔著。一想到母后一把鼻涕一把淚的哭訴，朕就頭疼！」

廉廣王笑道：「皇兄，母后這也是關心您，畢竟您是大齊國君。」

豫景王依舊翻了白眼說道：「皇兄做事，老是咱們擦屁股。」

廉廣王嫌豫景王說話不雅，不想理他。而皇上偷得浮生半日閒，正得意著，又曉得自己四弟的性子直，也不去管他。

很快，便是貴女們的表演了，這就比男子的表演豐富多了。長公主不偏不倚，幾乎人人都有賞。

到了碧彤、青彤，是一起上場的，青彤畫畫，碧彤題字，寓意是青山綠水，愜意人生。雖是中規中矩，但長公主很是喜歡。

「孤常年在洛城，倒是格外想去瞅一瞅外面的綠水青山，這幅字畫甚得孤意。」

得了讚美，二人的賞自是格外厚重一些。

妙彤心裡高興極了，看樣子碧彤並未說謊，長公主果真喜歡閒情逸致的雅事，那自己撫琴彈奏〈漁樵問答〉絕對沒錯了。

豫景王左看右看盯著碧彤、青彤的字畫，瞧了半天也沒瞧出特別之處。

廉廣王問道：「四哥，你這是看什麼？」

豫景王瞄了眼碧彤、青彤，回頭對廉廣王說道：「她們是你表妹吧？長得真是不錯。」

廉廣王聽了這話，也上下打量二人，有些詫異說道：「我也許久未曾見到她們，小時候玉雪可愛，現在倒只是普通，四哥你是如何看出不錯來的？」

豫景王這才細細看向二人，見她們皮膚偏黃，圓圓的臉兒，眼睛倒是挺大的，穿得就更孩子氣了。當下有些不好意思的訕笑道：「這……這不是沒長大嗎？五弟你這般容貌，想來你妹妹們，將來一定是不錯的。」

皇上在一旁聽他二人說話，倒饒有興致的瞧著二人，想起來這就是兩年前被庶妹坑害的姑娘。兩個都是一團孩子氣的模樣，一個沈靜，一個活潑。此刻看去，青彤正衝著碧彤擠眉弄眼，皇上不由得也笑了起來。

廉廣王見到皇上對著女賓席笑，便問道：「皇兄這是看中了誰嗎？今日這樣的喜慶日子，倒可以問姑母討一討。」

皇上聽了這話，面色沈了沈，嘆氣道：「朕能看上誰？還是等皇后誕下皇子再說吧。」

廉廣王與豫景王對看一眼，張國公為了不致大權旁落，不允許皇后張蓉蘭未生下皇長子之前，有別的妃嬪生下孩子。偏偏現在太后聽政，張國公輔政，皇上連決定生育的權力都沒有。

廉廣王趕緊笑著岔開話題，對豫景王說道：「四哥，你有看上的沒？」

豫景王摸摸下巴說道：「我還小。」

廉廣王莫名其妙的看著他說道：「四哥，你現在都十五歲，到了可以大婚的年紀了。」

豫景王心道，你是不知道，在我們那兒十八歲才算成年，二十二歲才能結婚。豫景王又看了看對面那一群娃娃，心中嘆息，這可都是小學初中生，叫我怎麼下得去手？能下去手的，都結婚了啊！

不然……還是先定下一個，等她長大？

這時，聽到一陣悠揚的琴聲，正是妙彤坐在正中間，她一襲華衣，專注的彈曲。倒是讓周邊的人全都黯然失色，貴婦們都上下打量這個才十一歲的女娃娃。

豫景王又側頭問道：「五弟，這個也是你表妹吧？」

廉廣王勾起嘴角，很滿意的看著這個真正的表妹。

碧彤抬頭看向林添添，見她面色煞白，而長公主也呆愣地看著妙彤。她才恍然大悟，原來上一世林添添不是無意間被燁王世子看中，根本就是投其所好，故意彈奏這一曲吸引燁王世子的注意。

碧彤又看向燁王世子，齊津章果真瞇著眼睛，一臉嚴肅的看著妙彤。彈奏〈漁樵問答〉的人何其多，但是彈得這樣好的，著實太少了。

一曲結束，長公主方回過神，照例掛著笑容說道：「彈得不錯，賞。」

妙彤頗有些失望，本以為長公主會大悅，可瞧著這樣子，竟只是普通。便想著，難道是這樣的好彩頭被碧彤、青彤搶了先？畢竟雙生姊妹花不常見，她們又同作一幅畫，著實吸引人一些。

這樣想著，妙彤更加肯定，一定是被碧彤、青彤占了先，於是不高興的看了眼她二人，終究是端著一副溫柔的面孔回了位置。

而長公主後面的心情倒是懨懨的，只隨意賞了人，再不曾開口誇讚。眾人又何嘗瞧不出來？便速戰速決，儘快結束了表演。本該壓軸的林添添，也藉口身子不爽，只送了禮。長公主的生日宴會，就這樣草草的結束了。

後面的日子一直很平淡，董氏和二房彷彿沈寂了一般，再沒有出任何么蛾子。妙彤更是一味做個溫婉大方的長姊，也因二房沒有主母打理，她便由齊靜經常帶著出去串門子，倒是得了一眾貴婦們的誇讚。

待曼彤年滿十歲，在肖氏的懇求下，被顏浩軒忙不迭的接了回來。幾年莊子上的生活，她似乎當真成長了不少，再不吃妙彤的醋，也不與青彤耍嘴皮子了。

過完年，碧彤青彤都十一歲，真正長成大姑娘了。

新年剛過，永寧侯府便都在討論一件大事，小公主齊恭傑要回洛城了。

小公主是先皇庶妹，雖不如長公主得寵，但身分也是尊貴無比。至於為何她回洛城會成為永寧侯府上下的談資，還要從顏浩宇年輕的時候說起。

當時顏顯中替顏浩宇看中的就是小公主，本已賜婚。怎奈突然小公主死活要退婚，隨即嫁了定遠侯唐家庶子。

定遠侯常年避世，官職不高，能力不顯。唯一拿得出手的，便是定遠侯嫡女唐姝姝入宮為妃，唐姝姝便是如今的唐太妃，豫景王齊真輝的母親。但當時莫說豫景王尚未出生，唐姝姝不過正四品婕妤，剛剛懷孕，也不甚得寵。

而且便是家中出了貴人，那唐家還有嫡子二名，怎麼樣都輪不到庶子。

偏小公主鐵了心要嫁給唐家庶子，並且成婚不久，就跟著庶子離開洛城，去了偏遠的小城汝縣上任縣丞。臨走之時更是請旨先皇，替顏浩宇與國姓爺家齊珍說媒。

此事在洛城簡直掀起軒然大波，因為齊恭傑與齊珍乃是最要好的閨密。洛城貴婦中盛傳，小公主定是被愛人及閨密擺了一道，這才遠嫁他人離開洛城這個傷心地。

更重要的是，唐家庶子上任不過數年便客死他鄉。然而十年來，小公主都未曾回來，這更加坐實了當初她是傷心失落才離開的。不然堂堂公主，沒了丈夫，亦無子嗣，怎麼會不捨得回洛城呢？

上一世，直到碧彤死了，小公主都未曾回來過。碧彤不由得默默感嘆，重活一世，有太多太多的變故了，只是不曉得那小公主回城，對侯府來說是好是壞。

暮春院內，董氏坐在上首，三年來的不如意，讓她面相更加刻薄。

顏浩軒的額頭也皺成一個川字，說道：「娘，您瞧見沒？如今父親他越發喜歡碧彤了，日日要帶著碧彤寫字。」

董氏面色陰沈，說道：「妙彤不頂用，若是妙彤管用，怎會輪到碧彤？」

顏浩軒雖與顏顯中一樣，對女兒並不甚在意，但此時也不免替女兒叫屈，說道：「娘，妙彤現在是洛城小有名氣的貴女，比碧彤的名聲不知道好了多少……」

董氏冷哼道：「你父親就是個偏心眼的，從前就偏心你大哥，現在又偏心熠彤、碧彤……若不是金枝入宮為妃，這家裡哪有你我的位置？哼，當年金枝要入宮，你父親還不允許，不就是怕搶了他寶貝兒子顏浩宇的風光嗎?!」

顏浩軒說道：「娘，您要快想辦法啊，難道兒子一輩子都要活在大哥的陰影之下嗎？」

董氏猶豫著說道：「軒兒，你不知道，之前你媳婦的動靜，已經讓你父親起了疑心，若是咱們再動作的話……」

顏浩軒趕緊說道：「娘，熠彤如今都兩歲了，父親早該忘記這事情了。」

董氏沈默片刻，手輕輕的撫上額頭，終是嘆了口氣說道：「軒兒……你以為你父親是什麼人？若他那麼容易忘記事情，我何須讓你大哥現在還好好的？在你大哥幼時，我曾動手過，被你父親察覺了，之後他再也沒有信任過我了。這些年，娘活得膽顫心驚……」

顏浩軒煩躁的抬起頭，一下子跪到董氏跟前，伸手扶住她的膝蓋說道：「那難道一輩子只能這樣嗎？娘……不如我們……」

顏浩軒的眼睛，此時就像黑夜中的貓眼，閃閃發著異樣的光。那光，讓董氏不寒而慄，又不得不去瞧著。

董氏苦笑一聲說道：「軒兒，娘知道你的想法。可他終究是你的父親，娘不能這麼做。」

顏浩軒斂下眼眸，依舊跪著，只是默默的收回手，啞著聲音問道：「那娘想怎麼做？父親身體這樣康健，兒子還要等多少年？」

董氏擺擺頭，讓自己甩脫這個恐怖的想法，說道：「軒兒，他再偏心，也是你父親，何況他待你、待瀚彤妙彤，也都不差。」

第二十二章

顏浩軒撇過頭，不肯作聲。那個父親，偏心不知道偏到何處，總是說自己愛鑽營，不踏實。對那個迂腐不懂變通的大哥，卻是多方讚揚。

董氏伸手又拉住他的手，說道：「娘想到一個方法，你父親兩次都給你大哥選了高門顯赫之女，你若是娶個更高貴的女人，他想不重視你都難。」

顏浩軒一愣，遲疑道：「娘，曉含她還在家廟。」

董氏目光盈盈，說道：「家廟，那是人待的地方嗎？那般清苦，曉含她自小也是養尊處優長大，如何受得了？」

顏浩軒沈吟片刻，這個夫人從前是他自己看上的，長得甚美，又知書達禮。只是如今出了這樣的岔子，的確是不中用了。

他心思轉了好幾轉，咬一咬牙問道：「娘，您可有好的人選？」

董氏笑起來說道：「聽聞小公主回城了。」

顏浩軒愣住了，不可思議的問道：「小公主？她比兒子年長兩歲……更何況，她是大哥不要的女人啊！」

董氏笑道：「哼，你大哥看不上？當時他可是點了頭同意的，你父親才替他求娶，是齊珍想盡辦法擠走了小公主的。」

顏浩軒猶豫著，小公主的容貌並不好看，又低頭沈吟片刻。

容貌有何重要的？陳氏的容貌雖是出眾，卻一點用都沒有，只曉得爭風吃醋，當下便道：「即便如此，小公主對我們侯府一定是深惡痛絕，我又怎樣得到她的好感，讓她下嫁於我呢？」

董氏嘴角浮起一絲怪笑，說道：「這樣的事情你都不懂嗎？英雄救美，自是亙古不變的道理嘛。若是救美的同時，發生點什麼事情，不就水到渠成了？」

顏浩軒思索了一番，笑道：「娘，您待我真好，兒子回去便安排人注意小公主的行蹤。」

董氏拍拍他的手說道：「放心，這侯府的一切，都將會是你的。當年小公主的母妃，在宣帝薨逝之後入了淨慈寺，到死都未曾出來過。小公主未離開洛城之前，月月十五都要去淨慈寺祭奠亡母。現在回來了，想必也不例外。」

顏浩軒聞言欣喜的點點頭，忽又皺著眉頭說道：「娘，那金枝的事情……」

董氏倒是很淡定。「要喊太妃娘娘。你與她是親兄妹，自然相輔相成；她有心思，而朝堂之上最靠得住的便是你了。就衝著這一點，我也絕不能叫你哥哥坐穩這個侯爵之位。」

顏浩軒說道：「可是如今皇上的政績越來越好，只要皇后娘娘懷了龍嗣，平安誕下皇子，張國公只怕就立馬還政予皇上了。」

董氏微嘆一口氣說道：「從前瞧著皇上不甚精明的模樣，怎奈這兩年倒是厲害得很。不過也莫要太擔心，你妹妹何等聰穎？你外甥紹輝，也是皇上兄弟幾個之中名聲最好、又最懂得看事做事的人。」

顏浩軒搓搓手，頗有些苦惱，說道：「本來還想著，想辦法將皇上昏庸無能的名聲弄出來……說起來都怪四王爺，從小病病弱弱的，怎的突然一下子倒是長了大智慧似的？」

董氏輕笑道：「莽夫而已，四王爺與國姓爺府一般，無須太過掛慮。」

顏浩軒陰著臉沈吟片刻，說道：「娘說得是，畢竟咱們路也要一步一步走。等我承了侯爵，絕不會像大哥那般只曉得哄著父親，竟不知道替自己妹妹和外甥做點實事。」

董氏聽到顏浩宇的事，就有些不大高興，嘆了口氣，說道：「你先回去吧，曉含的事情，自己處理好。」

顏浩宇點點頭說道：「我知道的，娘放心好了。」

三月初三是清明，家廟傳來消息，說是陳氏服毒自殺了。

顏顯中自是大怒，命人嚴查。大齊人極其忌諱自殺，若當真是自殺的，便不可葬在祖墳之中，更不可受後人的香火。然而查來查去，只查到在這之前，因生活艱辛，陳氏大鬧過一場，還被守家廟的婆子們譏諷了一番。

最後為了侯府的面子，更是為了瀚彤、妙彤兩個的名聲，董氏對顏顯中提出，處置看守家廟的婆子們，而陳氏只以病亡處理。

陳家得了消息，也不敢大鬧，只嘆息一場，陳氏的兄嫂上門弔喪，又抱著瀚彤、妙彤痛哭一場，便再也沒了消息。

碧彤抬眼瞧著顏浩軒，心裡頗有些不自在。上一世陳氏在她死時都活得好好的，怎的這一世去了幾年家廟，就死在那裡了？若說當真是自盡，碧彤一點都不相信。瀚彤、妙彤都未訂親，祖父再怎麼生氣，再等一年瀚彤要定人家了，妙彤也要相看了，自然會將陳氏放回來。

碧彤又看看董氏，左看右看，董氏與顏浩軒面上的悲痛都不似作偽。只覺得肖姨娘雖表面悲痛，卻隱隱帶了些欣喜。難道是肖姨娘，想要一擊即中？

碧彤心中著實不安穩，總有些風雨欲來的擔憂。便招來元宵，要她安排人手，盯緊了董氏和顏浩軒，一點一滴都不可放過。

五月十五這天，顏浩軒休沐，董氏說去年夏季曾去淨慈寺許願，今年需要去還願。既然顏浩軒休沐，便叫他送自己過去。

碧彤聽了立刻一副孩子模樣，纏著也要去，董氏磨不過，便帶上碧彤、青彤二人。

到了淨慈寺，董氏到禪室聽大師講經，碧彤、青彤自是坐不住，於是董氏讓丫鬟、婆子們好生跟著照料二人，允許她們四處轉轉。

二人在淨慈寺後院的桃花林裡逛了逛，這個時節也沒有桃花了，枝葉倒是繁茂得很。不多時，碧彤就喊睏，要回廂房睡覺。二人本是一人一間廂房，偏碧彤拉著青彤要一起睡。

等房內只剩下銀鈴、銀釧，青彤就斜睨了碧彤一眼問：「妳到底想幹麼？」

碧彤笑嘻嘻的說道：「好妹妹，妳就在屋裡睡覺，不許旁人進來，知道嗎？」

青彤不耐煩的又問：「那妳總得告訴我什麼事情吧？」

碧彤知道青彤是個面冷心熱的，因怕她多心，只笑道：「我瞅著二叔神情不大對，要去瞧瞧。」

青彤說道：「二嬸過世了，他自然是不大對的，妳瞧個什麼勁兒？萬一出去遇到壞人了咋辦？」

碧彤搖搖頭說道：「不會的，有元宵跟著我呢。好妹妹，妳就放心吧。」

青彤嘆了口氣，姊姊想做的事情，她是攔也攔不住，問也問不出的，只好擺了擺手，賭氣的爬上床，將薄被蒙住頭。

碧彤到屏風後換了銀鈴的衣服，又喚了元宵進來，輕聲囑咐了銀鈴、銀釧幾句，便假裝成銀鈴，跟著元宵出門了。

婆子和護院離得遠，也沒瞧清楚，只聽元宵姑娘說了句。「二位姑娘都睡了，有事跟湯圓說就行，不許去打擾。」

湯圓立在門口不作聲，那些小丫鬟、婆子自是點頭，也不敢靠近。

碧彤跟著元宵，從院子側面一個角門鑽出去，七拐八拐，不知道走了多久，又遇到過幾個婆子，低聲同元宵說過話，才走到一個靜謐的地方。

碧彤問道：「這是什麼地方？」

元宵說道：「這是桃花林最深處，奴婢的人打探好了，二爺今日就是計劃在這裡行動，不過到底要做什麼，奴婢的人不在關鍵位置，沒有打探到。」

碧彤在這小小的庭院中轉了轉，北面一株高大的古樹，東面是寬闊的千鯉池，池內無數的錦鯉游來游去，池邊有套小小的石桌椅，周圍還有不少的花，煞是好看。

碧彤細細看了一圈，發現那石椅下面是鏤空的，裡面發出若有若無的香味，若非仔細聞嗅，是感覺不到的。

碧彤回頭問道：「元宵，可知這是什麼？」

元宵趴在椅子下方，檢查了許久，說道：「姑娘，這是蜜，埋在石椅底下。因為周圍有這樣多的花，所以不易察覺。」

碧彤聽了這話，立即前去那一片片的花圃察看，吃驚的說道：「元宵妳瞧，這花圃的花，是新種上去的，並非本來生長的。」

元宵走過來一看，那泥土都是新翻過的，花兒卻開得正正好，顯然是剛種進去的。

碧彤與元宵對看一眼，輕聲說道：「他打算做什麼？今日到底是誰要來這裡？」

元宵突然拉住碧彤，三步併作兩步走到古樹底下，低聲說道：「有人來了。」說罷一下子提著碧彤，飛身上了大樹。

碧彤驚魂未定的坐直了，嚇得直拍胸口，側過頭去瞧元宵，見她神色複雜的看著自己背後。碧彤回頭一看，只見豫景王齊真輝正坐在自己身旁，一臉好奇的盯著她倆。

碧彤正想打個招呼，此時枝椏突然啈嚓一聲響，碧彤慣性的往齊真輝身上倒過去，而元宵一個飛身，翻到旁邊的樹杈上去了。待元宵再想將碧彤撈過去的時候，下面已經來了幾個人。

碧彤此身只有十一歲，但實際年齡卻遠不止了。此刻撲在一個男子懷中，心內狂跳，又不得不努力平復心緒，裝作不小心的模樣，帶著歉意看著齊真輝。

齊真輝卻並沒有什麼特別的反應，只是將碧彤扶好了，低頭往下面看去。

碧彤定眼一瞧，發現下面是二叔的幾個護衛。他們皆扛著麻布袋子，裡面不知道裝了什麼東西，幾個人分頭將麻布袋藏好，又在千鯉池站定，討論著什麼話題。

碧彤凝神仔細聽，依舊聽不到，便想也不想，低聲問道：「他們這是做什麼？那袋子裡是什麼？」

齊真輝說道：「我也不知道。」

碧彤嚇了一跳，這才想起旁邊並非元宵，於是趕緊道歉。「四王爺，臣女不知您在這裡。」

齊真輝卻皺著眉頭，盯緊了碧彤，直盯得碧彤面色發紅，才指著她肩膀說道：「妳肩上有一隻蟲子。」

碧彤一側頭，果然瞧見一隻胖胖的毛毛蟲正在自己肩上蠕動，她著實害怕，張嘴就要尖叫。

齊真輝趕緊捂住她的嘴巴，說道：「噓！妳幹麼？想那群人發現咱們？」

碧彤眼中含淚，嗚嗚的扭著身子，想將那毛毛蟲扭掉。然而毛毛蟲似乎就是喜歡她，怎麼扭動都沒掉下去。

齊真輝伸手將毛毛蟲扯下來，放到手上說道：「妳怕這個？」

碧彤趕緊將他的手推開，萬分嫌惡的看著那條蟲子，說道：「真噁心，你趕緊扔了啊！」

齊真輝壓著聲音輕笑起來，說道：「不，那個臭丫頭什麼都不怕，最怕蟲子了，我要帶回去嚇唬她。」

碧彤屁股往外側挪了挪，想離那條蟲子遠一點。齊真輝偏要往她面前送一送，嚇得她險些跌下樹去。

碧彤好不容易坐穩了，便問道：「什麼臭丫頭？」

齊真輝答道：「齊慧輝，她太討人厭了。」

碧彤聽了這話，頗有些好奇，慧公主是皇上唯一的妹妹，是這一代唯一的公主，自然是集萬千寵愛於一身的。四王爺不喜歡她就算了，竟連妹妹都不喊一聲？

想著，又忍不住打量了他一下，見他瞇著眼嘴角含笑，似乎在琢磨著怎麼捉弄人才能解氣。碧彤心中更是奇怪了，上一世的豫景王齊真輝是個藥罐子，素日什麼事都不理，與廉廣王關係甚好。說起來，他對自己倒是有恩。

前世碧彤做了皇后之後，有一次，皇上無意中撞見她與廉廣王齊紹輝站在一處，齊紹輝還刻意說了好幾句愛慕之語。皇上勃然大怒，說她不知廉恥、水性楊花，還說若不是為了青彤，早就奪了她皇后之位。

當時青彤去了靈國寺，尚未回宮，最後是豫景王救了她一命。

她還記得豫景王對皇上說的一番話。

「她生性良善，又貌若天仙，五弟與之青梅竹馬，心生愛慕自是有的。莫說五弟，便是四弟我，瞧見皇兄如此冷落佳人，不免也為之心傷。便皇兄不信任她，難道也不信任五弟嗎？還是說因五弟乃皇兄至親，而皇后娘娘不是，所以便將所有的過錯推給皇后娘娘一人承擔？」

皇上自是想要懲罰她，但他心軟，尤其面對這個病弱的弟弟。當著弟弟的面，他也下不去廢黜她的旨意。偏她性子也倔強，覺得自己無故受了委屈，跪在雪地裡不肯回宮，皇上又怎肯對她低聲下氣？

於是豫景王便也不出宮，寒冬之中立在外頭，任皇上怎麼勸慰，都只立在那裡。直到青彤回宮，將皇上拉走，不讓他處罰自己，豫景王才恭敬的行了禮離去。

後來便聽說豫景王生了大病，險些沒了，是廉廣王四處求醫，終於將他救了過來……

齊真輝伸手在她面前晃了晃問道：「妳怎麼了？」

碧彤回過神，低頭苦笑，難怪她方才這麼沒警覺心，上一世除了妹妹，唯有這個不相干的人，替自己解過這麼一次圍，許是他心善的一面使她印象深刻吧？

她抬起頭笑道：「無事，只是好奇，四王爺同慧公主，想來是打鬧慣了的吧。」

齊真輝聽到慧公主三個字，便黑了臉，冷哼一聲。

碧彤知道，齊慧輝此人心思狠毒，睚眥必報，打鬧？她不懂得打鬧，討厭一個人，便想方設法要害死他，無論是誰。

只是此刻，碧彤只能裝作不知道，繼續往下看，見下面那群人都走了。便又問道：「四王爺可知道，今日有誰要來嗎？」

齊真輝瞧了一眼說道：「小公主每月今日都會來的。」

碧彤愣了愣，自言自語的說道：「他這是想要害小公主？」可他為何要害小公主呢？又打算怎麼害她？那袋子裡是什麼？

齊真輝問道：「他是誰？」

碧彤不自然的看了他一眼，不敢告訴他，那個人是自己的二叔，又不敢說謊，便只沈默不語。

齊真輝見她不說，也懶得追問，打了個哈欠說道：「我休息夠了，先走了。」

碧彤吃驚的瞧著他，問道：「你不打算告訴小公主？那是你姑姑啊！」

齊真輝莫名其妙的看她一眼，說道：「我記事之後，從未見過她。她這次回來，我總共就見過她一次，並且她待我又不好，我做什麼要管她的閒事？」

碧彤聽了更是吃驚，上一世，豫景王尚且肯救她這個毫不相干的人，這一世怎的連自己的親姑姑都不管？怎麼兩世這個人的性格完全不同？

齊真輝懶洋洋地看著面前這個小丫頭，他仔細研究過姊妹二人，發現姊妹二人毫無異常，與他不同。顏碧彤不過是比平常孩子多了幾分機靈罷了，而顏青彤性子毛躁得很，那水彩卡通畫是林家老姑娘教她的。

想到林家老姑娘，他頗為無奈，自己幾次遞上橄欖枝，那林家老姑娘都拒絕了，只說她是將要入土之人，不想生別的事端。

想到這裡，又覺得面前這個丫頭膽子倒是大得很，與一般洛城貴女並不一樣，便好心的說道：「不過瞧妳的意思是想救她，那我幫人幫到底，讓妳當這好人。那個袋子裡面，應該是蛇鼠蟲蟻。」

說罷，他便一躍而落，跳下去急匆匆走了。

碧彤愣愣的還沒反應過來，一個重心不穩，險些跌落，好在元宵及時過來抓住她，一起安穩落地。

元宵瞧著豫景王的背影，有些好奇，問道：「這是四王爺？」

碧彤點點頭說道：「不錯，不過他怎麼會在這裡？有些怪怪的。」

方才那一絲善意，讓她想起了前世助她的那個豫景王。

元宵對王爺不感興趣，只去檢查了一個袋子，匆忙回來，說道：「姑娘，果真如四王爺所說，那裡面，是各種蛇鼠蟲蟻，此刻都是暈的。」

碧彤抽回思緒，琢磨片刻說道：「看樣子，等小公主過來，那蟲蟻便會醒過來……可是小公主於二叔他有過節嗎？」

小公主帶著一眾丫鬟、婆子慢悠悠走了過來，為首的嬤嬤上前擦一擦石凳，讓她坐了。

小公主臉色很不好，不過三十三歲的年紀，嘴角下垂得嚴重，眉間的川字紋，即使是笑的時候也沒辦法展開。瞧這模樣，竟是愁苦了許多年的樣子。

她四下打量一番，帶了點笑意說道：「這淨慈寺倒是知趣，知道孤以往月月過來，將這花圃都種滿了鮮花，倒不是從前野草雜亂的模樣。」

大丫鬟笑道：「殿下說得是，如此一來，這地方又清淨又雅致，當真是不錯。」

說笑間，便瞧見不遠處，站著兩個丫鬟打扮的女孩子，遙遙朝著小公主行禮。

大丫鬟皺了皺眉問道：「妳們是何人？」

碧彤並不答話，只抬頭瞧著小公主。傳聞小公主殘暴跋扈，無人敢惹，不過碧彤並不是很相信。她聽齊靜說過，小公主從前與娘的關係甚好，且與娘一般是個善良的女人。更何況，只要是二叔想要對付的人，不論小公主是否殘暴不仁，她是一定要幫到底的。

小公主伸手指了指，她身邊的嬤嬤會意，立馬來到碧彤與元宵跟前。

嬤嬤問道：「二位姑娘是何人，怎會來這禁地？可是有事要求我們公主殿下？」

碧彤搖搖頭說道：「嬤嬤，我們不過是機緣巧合路過這裡，想提醒嬤嬤一下，這端午剛過，蟲蟻甚多。」

說罷，便行禮告辭離去。

那嬤嬤有些摸不著頭腦，慢慢行至小公主身邊，邊走邊琢磨著碧彤的話，待想通了卻是臉色大變，吩咐道：「趕緊四下檢查！」

大丫鬟一愣，問道：「這是何意？」

嬤嬤對公主說道：「殿下，端午向來都是要用雄黃驅蟲蟻的，如今端午才過堪堪十天，那小丫鬟便說蟲蟻甚多，此事有異。」

眾婆子丫鬟忙四下檢查，不多時，便發現石凳下的蜜，與四周埋藏的幾袋子蛇蟲。

嬤嬤見到這些，哪裡還不明白，又急又怒，護著小公主說道：「殿下，快些離去吧。」

小公主冷哼一聲。「離去？孤倒要看看，是誰想要害孤！」

大丫鬟心領神會，立即吩咐旁人扶了小公主，走到附近高處的閣樓休息。自己取了小公主的服飾穿戴好，行至那石凳坐好。而嬤嬤已經通知了侍衛，都躲在暗處。

嬤嬤慶幸道：「殿下，今日多虧了那個小丫鬟。」

小公主似笑非笑，看著嬤嬤說道：「丫鬟？妳難道沒看出來，那丫頭像誰？」

嬤嬤愣怔片刻，腦海中倒是浮現出一個影子，但終究不敢直說，只答道：「老奴如今老眼昏花。」

小公主啜了口茶。「模樣倒是比她母親要溫柔許多，可性子卻不似她母親那般軟弱。」

嬤嬤覷著公主的面色，見她並無異常，方道：「細細算來，年紀倒是對得上。」

小公主閉了閉眼睛，說道：「斯人已逝，想來她這個女兒，受了不少的委屈，才會如此機敏伶俐。妳瞧她今日那裝扮，定是提前得了消息，偷偷出來給孤報信的。」

第二十三章

嬤嬤見小公主又沈浸在悲哀當中，忙說道：「殿下，因著齊大姑娘的死，您就是不肯回洛城，如今既然肯回來了，便不要想這些傷心事。說起來齊大姑娘當初生了一對雙胞女兒，這個應該只是其中一個。」

小公主點點頭說道：「是啊，如今顏家那負心漢娶了她妹妹，也不曉得她在黃泉路上，會不會心酸。當年，若是孤沒將這婚事讓她，是不是她也不會……」

嬤嬤忙勸道：「殿下這是什麼話？是齊大姑娘福薄了些，想來顏世子正是為了她的一雙女兒，才願意娶齊小姑娘的。老奴還記得，那齊小姑娘從前，也是個機靈可愛的小娃娃。」

小公主嘆了口氣，不願再說。

不一會兒，密密麻麻的蛇蟲竄了出來，直往石凳爬去。儘管眾人早已知曉，見此情此景也不免害怕，甚至有丫鬟相擁哭泣起來。

假扮小公主的大丫鬟驚慌失措的扶著旁邊丫鬟的手，啞著聲音喊道：「這是怎麼回事？怎麼會有這樣多的蛇蟲？」

正在這時，一名器宇軒昂的男子跑了過來，高聲驚呼。「怎會有這樣多的蛇？公主殿下莫怕，臣這便來救您。」

這人正是顏浩軒，他帶著一眾護衛衝上來，紛紛亮起火摺子驅蟲蛇，而顏浩軒則護住假公主往旁邊退去。

不知道是假公主慌不擇路，還是顏浩軒靠得太近，那假公主竟一個驚呼，落入水中，池中的錦鯉受了驚嚇四處逃竄。而假公主本是作戲，可這下子當真受了驚嚇，自是尖叫不迭，釵環盡落。

顏浩軒立即躍入池中將假公主抱起，初夏衣衫本就不多，假公主此刻在池塘中曲線盡露，只得貼著顏浩軒面色潮紅，不敢抬頭。他美人在懷，又覺得計謀得逞，欣喜極了，更將那假公主抱個結結實實，慢悠悠的上了岸。

丫鬟們忙將披風擋住假公主。

顏浩軒略整衣衫，拱手道：「今日實乃迫不得已，公主殿下放心，臣定當負責到底。」

假公主身邊的丫鬟問道：「你是何人？」

顏浩軒又一拱手，風度翩翩答道：「臣乃永寧侯二子顏浩軒。」

「顏浩軒是嗎？」小公主出現在後面，冷冷的看著顏浩軒。

顏浩軒回頭一瞧，怎麼又來了一個小公主？當下摸不著頭腦，左看右看，不明所以。

靠在丫鬟身上的假公主這才站直了，委屈的喊了聲。「殿下……」

小公主伸手招她過來，說道：「孤叫妳受苦了。」

假公主忙道：「奴婢能為殿下分憂，又怎會覺得苦？不過這孟浪之人，實在不堪，若今日受害的是殿下，只怕便叫他得了逞。」

嬤嬤冷笑道：「自是不能叫他得逞的，想不到永寧侯自詡良臣忠心，顏家竟也有如此之人，想著陷害公主殿下？」

顏浩軒這才反應過來，原來小公主已察覺了他們的計謀，還將計就計，將他逮住了。當下跪下大呼冤枉。「公主殿下，臣冤枉，臣當真是聽到動靜，才過來的。」

小公主壓根兒不理會他，倒是小公主身邊的嬤嬤說道：「哼，這林中苑，是淨慈寺的禁地，莫說苑中，便是這周圍，也是不允許人過來的，你如何會機緣巧合到了這裡？」

顏浩軒冷汗直冒，只能支支吾吾的說道：「臣……臣不知道這裡是禁地……臣實屬無意……」

小公主說道：「呵。世人都知道，孤喜怒無常，竟有人敢觸了孤的楣頭。既如此，便即刻斬殺吧。」

顏浩軒嚇得魂不守舍，深恨自己為啥要惹這個女魔頭，大哥與前大嫂早就得罪過她，她定是恨毒了侯府。自己這般冒失，可不是正中她下懷？便直喊道：「求公主殿下放臣一命，求公主殿下……」

嬤嬤倒是低聲勸道：「殿下，永寧侯是重臣，咱們也要顧及些許顏面吧？」

小公主斜睨她一眼，問道：「孤何時需要顧及旁人的顏面了？」雖是如此說，但終究不再堅持。「既如此，便押他去見永寧侯吧。」

那嬤嬤又道：「殿下，今日他是送侯爺夫人來還願的，想來侯夫人應當在大殿或是法堂。」

小公主點點頭，說道：「那就去一趟大殿。」

這意思，是要讓今日上香之人都瞧見顏浩軒的狼子野心了。

顏浩軒又急又氣，又無可奈何，自己竟以為地上那個貌美的丫鬟當真是小公主，也是，任誰都應當覺得，高高在上的公主，過著錦衣玉食的生活，都是同長公主一般年輕貌美才對。誰承想，這區區十幾年過去，小公主竟這般老態畢現。

董氏得了消息，跌跌撞撞的跑到大殿。只見小公主坐在上首，住持則站在一旁，眼觀鼻鼻觀心的模樣。

來淨慈寺上香的，都是洛城貴人，此刻都擠在周邊，想要瞧個熱鬧。而顏浩軒獨自跪在下首，連頭也不敢抬。

董氏幾欲暈厥，卻只能打起精神，帶著楊嬤嬤走上前，跪下行禮。

小公主身邊的嬤嬤問道：「下跪何人？」
董氏顫顫巍巍答道：「臣婦乃永寧侯夫人董氏，這是臣婦二子顏浩軒。」
那嬤嬤又道：「今日之事，妳可明白？」
董氏搖頭答道：「公主殿下，臣婦……不大明白，臣婦的兒子，這是犯了何罪？」
那嬤嬤冷笑道：「他作奸犯科，竟然弄了蛇鼠蟲蟻，明面上想害公主殿下；實則，竟是想貪圖富貴，勾引公主殿下！幸而我們發現得早，公主殿下才未受其陷害。」
便有丫鬟將林中苑發生的事情，一五一十的講給眾人聽。碧彤勾著嘴角，原來……二叔不是想害小公主，竟是想勾引小公主啊，倒叫自己白白擔心了一場呢。
那些貴婦瞧見小公主蒼老憔悴的面容，又瞧一瞧顏浩軒雖然跪在地上，依舊氣質不俗，都覺得不可思議，這個永寧侯嫡子，為了這麼個……身分高貴的醜婦做出這等事？想來只能是衝著小公主的身分去了。
董氏沒想到，好好的計劃，竟然一下子就反轉了。
只聽那嬤嬤又說道：「原本，這顏浩軒膽敢冒犯公主殿下，要立即斬首的，但公主殿下仁善，特意送來，問侯夫人討個說法，再作決定。」
這話說出來，眾貴婦都不敢作聲。她們早知道這個小公主，自從駙馬死在異鄉，就性情大變，動不動責打辱罵下人，若有人犯在她手中，自是非死即傷。

董氏磕頭不止，忙道：「實在是我兒魯莽，還望公主殿下網開一面。」

小公主冷冷的說道：「網開一面？便是你們侯爺過來，孤也不會網開一面。此刻，只想討個說法。」

董氏心思左轉右轉，唯唯諾諾的說道：「公主殿下，實在是因為……軒兒他因……從前，臣婦的長子對公主殿下有愧，故而希望軒兒能……能……」

碧彤在一旁聽到這話，覺得董氏簡直是無恥，明明他們想要攀高枝，竟然說是父親遊說的。

嬤嬤更是冷笑道：「如若當真覺得對公主殿下有愧，當是尋了媒人提親，竟做出這種下作手段？不顧公主殿下是否願意？來人，即刻將他拉出去！」

董氏忙又磕頭喊道：「臣婦實話實說……實話實說！臣婦是記恨公主殿下，當年公主殿下匆忙嫁人離城，累得我家大郎名聲受損。現在公主殿下回城，城中又是流言四起，舊事重提，皆是說我家大郎當初是何等負心漢……

「臣婦心中憤恨，便弄了這麼一齣，想用毒蛇毒蟲來害公主殿下，怎奈此事露出馬腳，被臣婦二郎得知，便趕去想要挽救，誰知遲了這麼一步……軒兒他這是怕暴露了臣婦……這才一力承擔的……」

碧彤握緊了拳頭，此事峰迴路轉，董氏這是一心想要替子受過了。然而無論結果如何，明面上這董氏都是為了爹爹才想出這般毒計，而顏浩軒則是為救母親，孝感動天，最後只怪父親當年的始亂終棄，唯一的惡人還是父親！

那嬤嬤狐疑道：「妳這般膽大妄為，顏浩軒當真事先不知情？」

董氏號啕大哭，說道：「臣婦這是豬油蒙了心，還望公主殿下放了二郎……」

那顏浩軒也痛哭流涕，一副孝子模樣。「娘，兒子勸過您的……娘，您怎的這般糊塗？為了大哥不管不顧……」

小公主陰沈著臉，說道：「既如此，將侯夫人董氏拉下去……」

碧彤心覺不妙，立即越眾而出，跪在地上說道：「臣女顏碧彤，乃永寧侯世子之長女，願代祖母受罰！」

小公主愣了片刻，問道：「妳說什麼？」

碧彤恭敬的磕頭說道：「公主殿下，臣女父親向來教導臣女，孝悌之至，無所不通。此事由臣女之父而起，臣女之祖母而做，二人皆是臣女至親，臣女不忍年邁祖母受刑罰，故願代之。」

這話一出，貴婦們便都竊竊私語，先說這董氏昏了頭，又說那當年之事乃清官難斷家務事，再說能養出如此孝順女兒，世子應當也頗明事理，不似那種始亂終棄之人。

嬤嬤見狀，有些為難的低聲對小公主說道：「殿下，這姑娘是……」

小公主自然知曉，這便是救她的那個姑娘，當下說道：「孝感動天，孤自是不好過於懲罰。只是妳祖母心術不正，孤要是就此放過也說不過去，這樣吧，侯夫人抄金剛經百遍，孤便不再追究。」

金剛經有五千餘字，便是壯年男子抄一遍都得花一天時間，董氏已五十有三了，抄此經書，簡直可以去她半條命。雖說小公主沒有限制時間，但董氏也只能儘快，省得小公主突然想起來便要檢查。

董氏不敢猶豫，連忙磕頭謝恩。

小公主又看著碧彤說道：「妳既然要代祖母受過，便跟我過來吧。」說罷，便起身往大殿後的禪室走去。

碧彤正要跟上，青彤著急的上前喊道：「姊姊！」

這一喊，小公主的嬤嬤便回頭瞧了她們一眼，青彤立即不敢出聲了。

碧彤拍拍她的手讓她放心，又說道：「祖母年紀大了，妳快扶祖母去歇息。」

董氏跪在地上，半晌說不出話來，瞧著這個肯捨命為她的孫女，倒是生出一絲真心實意的感動來。

嬤嬤扶著小公主，低聲說道：「那個妹妹，雖是雙胞胎，倒是比她更像她們母親呢。」

小公主有片刻失神，旋即回過神，也沒說話。

禪室內，碧彤規規矩矩的跪在下面。

小公主又上下打量她一番，之前見她不過是小丫鬟的裝束。如今換了自己的衣裳，倒是顯得格外貴氣些，不自覺的浮現出雍容華貴的感覺來了。小公主心中訕笑，不過是個小丫頭，恐怕都沒怎麼見過世面，哪裡來的雍容華貴？想來這氣質也是承了她娘的吧。

她開口問道：「幾歲了？」

碧彤恭敬的答道：「回公主殿下的話，臣女年十一。」

小公主琢磨著碧彤的年歲，想當年她走了之後，與齊珍一直有書信往來。這對雙胞女兒，是齊珍落了兩次胎之後，好不容易才保住的。那時候齊珍在信中感嘆，她的身子坐不住胎……

後來又掉了兩個孩子，才懷住一個男胎。當時齊珍還在信中慶幸，說自己沒讓顏浩宇無後。再後來，那信便是顏浩宇所書，說齊珍難產而亡。

此事一出，小公主著實惱恨顏浩宇，恨他為了傳宗接代，竟不顧齊珍的身體，早知道，便不換了這親事，讓齊珍與唐家庶子生活，總不會有無後的壓力了。一想到自己早死的丈夫，小公主心中更是悲傷難捱。

碧彤不知道小公主心中所想，只跪在下首不敢言語。

良久小公主才又開口問道：「妳早知道她們想要害孤？為何要救孤？」

當時碧彤見了小公主，沒有任何詫異，所以小公主認為，她早就知道，特意裝扮成小丫鬟去通風報信。

碧彤也不否認，斟酌說道：「臣女聽母親說，公主殿下是臣女生母閨中時最重要的好友。臣女覺得，若是殿下受到傷害，臣女的生母在泉下，恐也會傷心的。」

齊靜的確告知過碧彤，小公主與齊珍閨中時，好得跟一個人一樣。但碧彤這樣說，不過是想勾起公主的往事，希望她念一念舊情，輕放自己。

小公主不疑有他，當年她與齊珍要好，齊珍又非常喜歡齊靜這個幼妹，總是帶著她，齊靜肯在孩子們面前替她說好話，倒是真有可能。難得的是碧彤這丫頭，竟如此孝順。

只是小公主面上卻一派冰冷，說道：「若非從前同妳生母感情甚好，此刻還容得妳在此分辯嗎？這是妳祖母與二叔之過，孤要懲罰，妳又何必攔著？」

小公主這句卻是試探，她不大明白為何董氏與顏浩軒把主意打到她身上。更不明白碧彤為何既要阻撓他們害人，又要阻撓自己懲辦。

碧彤聽了公主的話，心中微微訝異，小公主說這話的意思，當年之事，並非如傳言所說，是娘搶了小公主的親事。而且顯然，小公主與娘的關係一直都好得很。

碧彤略略沈下心，回答道：「臣女並非要阻撓公主殿下，只是此事與臣女的父親毫無關係，臣女不願父親平白背上這些流言蜚語。」

小公主愣愣的看著面前這十一歲的小丫頭，立即明白了，這個小丫頭並不像表面看的那樣孝順她的祖母，而且似乎對那個祖母很是不滿。

小公主的嘴角浮起一絲笑容，也不再深究。她不喜歡董氏，既然碧彤並非真心維護董氏，她自是要叫董氏好生吃一吃苦頭。永寧侯有多嚴肅，她是聽說過的，既然董氏想要害她，她又應允了不去懲罰，那就借永寧侯的手來讓董氏不痛快吧。

想到這裡，小公主說道：「既然妳是代祖母受過，孤不得不懲罰妳，妳便在孤身邊伺候一陣吧。」

嬤嬤聽了也是大驚，這是叫一個貴女做丫鬟？這樣的事情，但凡有心性的女孩子，又怎麼肯呢？

然而碧彤聽了這話，卻磕了個頭高聲說道：「臣女遵命。」

小公主又道：「正好，孤的大丫鬟佩玉此次受了驚嚇，便讓她好生休養，這是孤的嬤嬤尹嬤嬤。尹嬤嬤，往後顏姑娘的一應事務，都交給妳了。」

尹嬤嬤忙不迭的應了，聽了這話倒是鬆了口氣，小公主明面上是懲罰顏姑娘，實際上也不會真要她當丫鬟的。

碧彤又道：「請容許臣女回去收拾。」

小公主擺擺手說道：「不用收拾了，公主府內，什麼東西沒有？尹嬤嬤，妳去同她家人說一說。」

尹嬤嬤便帶著兩個小丫鬟，來到董氏等人休息的院子。

董氏正忐忑不安，生怕小公主會對碧彤不利，如今顏顯中對碧彤格外看重，若是碧彤出了什麼事情，顏顯中定會大發雷霆的。

因此董氏見了尹嬤嬤過來，也顧不得那院外嚌嚌嘈嘈、來瞧熱鬧的諸多人，只趕緊上前客氣的問道：「嬤嬤，請問臣婦那孫女，公主殿下要作何安排？」

尹嬤嬤端著氣勢，很不屑的說道：「她自要代妳受罰，當然不會這麼輕易就了結了。公主殿下的大丫鬟因顏二公子受了驚嚇，便讓顏姑娘去服侍公主殿下吧。」

眾人皆是大驚，這侯府嫡女，小公主竟絲毫顏面都不給，直接喊去做丫鬟？

董氏也是焦急萬分，只訕笑道：「實不相瞞，臣婦那孫女，自幼嬌生慣養慣了的，恐伺候不好公主殿下。不然臣婦回府，多選幾個調教好的丫鬟，送予公主殿下如何？」

尹嬤嬤沈了臉斥道：「當公主殿下是什麼人？怎樣的丫鬟也收嗎？若不是顏姑娘身分不算低，公主殿下早就將她砍了頭了事。」

董氏趕緊閉嘴，不敢再說。

院外眾人心裡便有了計較，小公主性子暴戾，加之年少時與侯府有過節，只怕是故意叫顏姑娘去，好磋磨磋磨用以解忿，只可憐了年紀小小的顏家姑娘。

青彤卻耐不住，上前問道：「嬤嬤，那……請問我姊姊，她什麼時候可以回家呢？是不是公主殿下的侍女康復了便能回來？」

尹嬤嬤瞧了青彤一眼，她知道小公主對齊珍的態度，自然也明白小公主心疼這兩個小姑娘，便放緩了神情，說道：「公主殿下的決定，非是我們做下人的能揣摩的。不過姑娘也莫要擔心了，嬤嬤我瞧著妳姊姊很是機靈，不會有事的。」

然而這話一說，青彤卻更加著急了，她早就聽了沸沸揚揚的傳聞，只怕是小公主要拿姊姊作筏子。便問道：「那……臣女可以同姊姊一起服侍公主殿下嗎？」

還未等尹嬤嬤說話，董氏趕緊上前拉住青彤，說道：「哎呀我的祖宗，妳就別添亂了。妳姊姊去了公主府，祖母這心就不上不下，妳還要……」本想說還要自己跳入火坑，又想著小公主的下人在，終究是不敢放肆。

青彤心知也不大可能，又想著自己性子要是去了，恐怕會拖累姊姊，便繼續問道：「那……嬤嬤，臣女姊姊的丫鬟元宵，是一直跟在身邊的，不然讓她跟去？」

尹嬤嬤又端正姿態，不屑一顧的說道：「顏姑娘去公主府，是做丫鬟的，不是享福的，怎能還帶個丫鬟去？」說罷，便帶著小丫鬟回去了。

待公主鑾駕離開淨慈寺，各府貴婦方紛紛離去，只怕不多時，今日發生的事情便會傳遍洛城。

董氏這下子更是頭疼不已，偷雞不成蝕把米。回去之後，顏顯中定會雷霆大怒，還不知道要怎麼樣。

待回了侯府，果真顏顯中已經回來了，在正廳沈著臉坐著，手中握著一根長長的藤條。顏浩宇和齊靜站在左邊，顏浩琪和尚氏站在右邊，瀚彤、妙彤、綺彤、夢彤都不敢出聲的站在後頭。至於煒彤、熠彤年紀尚小，倒是沒讓他們過來。

董氏等一進正廳，便看到顏顯中手執藤條，衝著顏浩軒劈頭蓋臉就揮下。一眾下人見狀，全都作了鳥獸散，生怕多留片刻被主子記住，過後落不得好。

顏浩軒也不敢躲避，只圍著董氏哇哇喊道：「娘，娘，救我啊！」

董氏抱著顏浩軒，淚流滿面的嚷嚷。「打我，老爺要打便打我，不要再打軒兒了！」

顏顯中怒髮衝冠。「妳以為老夫打不得妳？都是妳這婦人，將我兒教養成這般模樣！」

話雖如此，顏家祖訓便是不打婦人的，因此顏顯中手中藤條，只得避開董氏，依舊往顏浩軒身上抽去。

第二十四章

見狀，顏浩宇與顏浩琪忙上前勸架。

顏浩宇拉著老父親說道：「父親，父親，孩子們都在呢，就給二弟留些顏面吧！」

顏顯中依舊怒不可遏，說道：「顏面？他做出這等事情，還要何顏面？」

說罷，卻是一陣咳嗽。顏浩琪連忙給父親撫背，說道：「父親，您身子骨不好，哥哥錯了罰跪便是，莫要自己動手，傷了身子啊！」

顏顯中吼道：「生出這般不孝子，我這老骨頭早該入土了。」又舉起藤條要打顏浩軒。

顏浩宇忙抓住父親的手腕，說道：「父親，不能再打了，二弟他知錯了。」

回頭便向顏浩軒使眼色，顏浩軒乖覺，也不管孩子們都在一旁，只趕緊伏下身子跪著哭喊道：「父親，兒子知錯了，當真是知錯了……」

顏顯中累得氣喘吁吁，指著顏浩軒道：「你從小就好高騖遠，眼高手低，這麼多年了還沒長進，小公主也是你能冒犯的？」

顏浩軒心中不忿，卻不敢作聲，只跪在地上不動。

董氏聞言，梗著脖子反駁。「自古富貴險中求，只是那小公主狡猾得很，竟提前探得先知……」

顏顯中聽了這話，更是惱怒吼道：「都是妳這個婦人，累得我兒生出這等心思。我這便將妳休回董家，這等婦人，咱們顏家要不起！」

董氏在一眾兒孫面前落了這麼個臉，哪裡肯依，當下嚎啕大哭起來。而顏浩宇、顏浩琪自是勸慰不提，邊上齊靜、尚氏也著急得不行，本來家裡出了這種事情就流言四起，父親若當真將母親休回去，豈不更是成了洛城的笑柄了？

齊靜左瞧右瞧，只見到青彤，當下心中詫異，又想著岔開話去，便一陣驚呼。「青彤，妳姊姊怎的沒回來？」

董氏的哭聲戛然而止，顏顯中這才發現，最疼愛的孫女竟然不在，當下也顧不得董氏與顏浩軒了，直盯著青彤看去。

青彤今日受了這許多驚嚇，她早就想說，偏一家子亂糟糟的，才不敢開口，白著臉在門邊站了這許久。此刻母親終於問到姊姊了，她當下大哭起來。「祖父、爹爹、母親，姊姊她被公主帶走了！」

顏浩宇忙問這是怎麼回事，偏董氏和顏浩軒支支吾吾，青彤又哭得上氣不接下氣。最後還是齊靜招來元宵，才將事情弄了個清楚明白。

顏顯中氣頭過了，坐在上首半晌說不出話來。

顏浩宇皺著眉頭，嘆道：「父親，終究是兒子從前惹下的禍，兒子這便去小公主府上，將碧彤討要回來。」

齊靜趕緊阻止道：「不可，小公主她既然將碧彤帶走，您就算去，也是要不回來的，平白落了旁人的口舌。」

顏浩宇眼睛一瞪說道：「碧彤是我女兒，便是拚命我也要試一試。」

齊靜被他反駁，心裡很不高興，卻耐著性子對顏顯中說道：「父親，姊姊幼時同小公主感情甚篤，靜兒常常跟著姊姊入宮，小公主著實不是個心狠之人。想來她如今召了碧彤去，應當只是念舊，並非是想要磋磨碧彤的。」

青彤趕緊問道：「可是，女兒也想去，公主的嬤嬤卻阻止了，若那小公主當真念舊，怎麼不讓女兒前去呢？」

齊靜也琢磨不出來，心中直打鼓，這都過去十多年了，誰知道如今的齊恭傑，還是不是從前那個良善的小公主？

顏顯中左思右想，開口說道：「小公主性子孤僻，硬碰硬肯定是不行的。靜兒，妳得了空，帶上青彤去長公主府打探打探消息，我們再做打算。」

若說小公主在洛城，與誰還有聯繫，便只剩下長公主了。長公主是她長姊，且長公主是個喜熱鬧心腸軟的人，想必她面上還能顧及一二。

齊靜立即點頭應了，當下喊了人去給長公主府下帖子。

顏浩宇卻滿臉灰白，對著顏顯中說道：「父親，從前珍兒還活著的時候，與小公主尚有書信往來。珍兒過世，兒子想著自是要知會小公主一番，怎想去了信，小公主竟回信將兒子痛罵一頓。兒子著實擔心，她恐怕是怪罪兒子沒照顧好珍兒，所以這才拿了碧彤去……」

顏顯中聽了這話，反而放下心來，說道：「這麼說當年小公主離城之後，與珍兒感情依舊不錯？你放心，如果真是這樣，那小公主定不會對碧彤不好的。她就算對你心中有氣，對珍兒的女兒不會差的。」

青彤依舊擔心，問道：「祖父，姊姊她當真沒事嗎？」

顏顯中也心繫碧彤，難得溫言安慰道：「莫要擔心，想來是碧彤今日主動替她祖母代罰，這才讓小公主上心了。」

齊靜也勸道：「青彤別擔心，明日母親便帶著妳去長公主府打探打探消息。」

顏顯中閉著眼睛想了一圈，睜開眼睛對著董氏說道：「既然小公主讓妳抄經，今日起妳便在暮春院抄經，晨昏定省都免了吧。」

這是禁足的意思了，董氏心中雖不滿，卻也不敢反駁。這回害得碧彤歸不了家，只是禁足已經算好的了，何況顏顯中她還能反抗反抗，小公主她是完全不敢反抗的。

顏顯中又看著顏浩軒說道：「我明日便上奏，將你官職降兩等。」

顏浩軒不可置信的看著父親，說道：「父親，今日之事，不是兒子，是……」

顏顯中瞇著眼睛看著他，看得他心虛，不敢再說下去。父親定是明白他的心思，這下子沒辦法將責任都推到母親身上了。

顏顯中又瞧了瞧顏浩宇與齊靜，說道：「阿宇，往後瀚彤與煒彤的功課學問，你多上點心。靜兒，妙彤一味跟著她祖母也是不合適，往後便跟著妳吧。」

顏浩軒心中一沈，父親這是要將自己兒女的撫養權都交給大房了。顏浩宇與齊靜自是同意了。

實際上，瀚彤、妙彤這樣大了，由誰教養問題並不大。瀚彤年滿十歲，便搬到外院去住，而妙彤姊妹們，年滿十歲的時候，就已經各自分了院子，幾個姑娘倒是都住在一處。只煒彤如今六歲，一直在肖氏身邊長大，因是庶子，顏顯中也沒有要求搬去齊靜身邊，曼彤是庶女，顏顯中更是不怎麼關注的。

第二日，齊靜一早起來，便收拾東西帶著妙彤與青彤二人，一起去了長公主府。

長公主早知她們的來意，讓林添添帶著妙彤、青彤二人去後院裡玩耍。

妙彤在學院有許多閨中好友，但自從兩年前母親被送往家廟之後，顯貴人家的閨女，大部分都慢慢疏遠她，而更親近碧彤、青彤。她又日日做出一副成熟懂事的模樣，不肯去討好旁人，漸漸地，便沒剩下什麼好友了。
齊靜也因為當初陳氏想要害她的事情，對妙彤不過是面上過得去，今日本不應帶她出來，畢竟陳氏去世不過數月。然而，顏顯中發了話，齊靜不得不遵從。
因此妙彤好不容易得了這個機會，能見到林添添，自是想要好好的表現一番，便拿出十二分的本事，用心討好林添添。
林添添平日裡被人捧慣了的，倒也沒覺得有啥不一樣，只拿她當旁的貴女一般對待。青彤卻覺得不齒了，平日裡只覺得大姊姊雖端著，但對她也溫柔大方，並不覺得有什麼。如今瞧見她處處哄著林添添，青彤著實有些不樂意，姊姊現在都還不知道什麼情況，她竟然還有心思交朋友?!
青彤向來隨興，臉上就立刻帶著不樂意。
林添添只當她是為姊姊著急，便安慰道：「青彤妳也莫要擔心了，碧彤這般伶俐，我姨母應當是喜歡她，才召她去的。」
妙彤想在林添添面前表現自己愛護幼妹，便嘆氣道：「無奈我昨日不能出門，若不然怎會叫碧彤受了這苦，定然是我去代祖母受罰了。」
青彤只當她是諷刺自己不顧姊姊死活，當了縮頭烏龜，馬上如同機關槍一般說道：「就妳那樣，遇到麻煩事情，比誰都跑得快，還主動代祖母受過？哼！」

妙彤被她一擠兌，臉一紅，趕緊反駁道：「青彤妳這是何意？碧彤如今這般，我心中也不舒服，妳怎的尋起我的不是來了？」

青彤哼了一聲，也不理她。

妙彤生怕林添添誤以為自己就是青彤嘴裡，遇到麻煩事就跑的樣子，便不依不饒說道：「青彤，我平日待妳們如何？妳這是何意？難道我就是那種拋下家人不管的人嗎？昨日若我在，定然不會放著碧彤不管的。反倒是妳，跟碧彤一起出去，卻獨自回來。」

妙彤本來是想假裝無意，在林添添面前抹黑青彤，然而青彤兀自著急流淚，也不接話，倒顯出妙彤是故意挑撥。

林添添皺眉拉了妙彤一把說道：「碧彤出了事，青彤性子倔了些，說些胡話，妳做姊姊的當沒聽到便是，何苦非要爭個贏？」

妙彤心道不好，這回著實有些用力過猛，便只訕笑道：「我這也是擔心碧彤，口不擇言了……」

林添添尷尬的笑了笑，便順勢岔開話題，只心中對妙彤略有些不滿意。

不多時，齊靜同長公主說完話，便帶著兩個姑娘告辭離去。

青彤一上了馬車立刻問道：「母親，長公主說了什麼沒有？」

齊靜嘆了口氣說道：「倒是答應我，明日去小公主府上問問。可是她說，小公主這次回來，回宮都只走個過場，誰的面子都不給……」

妙彤聽了心中竊喜，碧彤若是回不來了才好。

收到長公主下的帖子的時候，小公主正在看碧彤寫的字。

小公主說道：「孤記得妳娘寫的是女兒家最喜歡的簪花小楷，妳倒不一樣，寫的字同男人似的蒼穹大氣。」

碧彤抿著嘴笑起來說道：「從前，爹爹教我寫的是小楷。後來每日在祖父跟前練字，祖父說女兒家習小楷，是為了好看，然而讀書習字為的是有自己的思想，不被他人所引導，所以祖父要我練這遒勁的顏體。」

小公主微不可察的皺了皺眉頭，問道：「妳父親，竟教妳寫過小楷？」

碧彤點點頭。「是啊，爹爹寫得一手好的簪花小楷呢，他曾說我娘寫的字最是好看。」話說完，碧彤自己都愣了。父親是在她六歲時握著她的手教她小楷的，不過後來董氏說女孩子家不用那麼累，她們就都放棄了。

她重活一世是從七歲開始，若不是小公主提起，她都想不起來這件事情。也未曾想過，為何父親是個男子，卻會這女子最愛的字？原來，父親對母親的感情竟然這樣深刻。

一時間，小公主與碧彤，都沈浸在回憶之中，沒有說話。

尹嬤嬤走進來，將長公主的拜帖遞過來。

小公主看罷笑著對碧彤說道：「長公主明日要來，妳說這個時候孤這個姊姊，為何要來看孤？」

碧彤假作不知，笑道：「長公主這是想念殿下。」

小公主輕唾一聲，又道：「昨日妳母親同姊妹去了長公主府，今日她就給孤下拜帖，碧彤難道不知？」

碧彤彎一彎嘴角。「殿下，碧彤這是代祖母受罰，來當丫鬟的呢！」

小公主失笑，瞧著碧彤那一雙亮閃閃的眼睛，她這是明著說了不想這麼快回去。這小丫頭，看來是當真不喜歡她那個祖母了。這樣也好，這些年她也孤單慣了，幾日的相處，倒讓她格外希望碧彤能陪在身邊。

便又道：「既然如此，明日妳便跟著孤，做一天大丫鬟吧。不過孤不肯放妳走，只怕妳母親不會放心。」

碧彤沈默片刻，若是到時父親一個衝動跑到這裡來要人，可就不好了。便猶豫著問道：「殿下，明日能不能讓我母親與妹妹安心？」

小公主瞟她一眼，說道：「妳待妳母親很好。」

碧彤答道：「誰對碧彤真心好，碧彤自也願真心待她。」

小公主心下狐疑，碧彤只說讓齊靜與青彤放心，別的人絕口不提，又說齊靜乃真心待她。結合她前面維護顏浩宇的舉動，難道她祖母並非真心待她，甚至他們一家？只是瞧著碧彤抿著嘴不想多說的模樣，小公主也不好多問。

第二日，長公主帶著林添添來到小公主府。

長公主與林添添坐在廳內，就瞧著碧彤當真如同大丫鬟一般，小心侍奉著小公主。端茶倒水，掌扇揉肩，態度也格外謙卑。

長公主開口說道：「恭兒，前些日子在淨慈寺的事情，我也聽說了，讓妳受驚了。」

小公主擺擺手，難得笑起來溫和的說道：「姊姊無須掛心，想要害我，也要看有沒有那個本事。」

長公主細細瞧著，見碧彤聽了這話，似乎變得更細心謙卑了些，又說道：「恭兒，說起來這事情，也是永寧侯夫人之過，與這孩子是無關的，碧彤這孩子甚是懂事，與妳外甥女添添感情也很好。妳既然已經罰了那侯夫人，卻這樣將碧彤拘在身邊做個丫鬟，似乎不大合適吧？」

小公主臉色一沈，說道：「姊姊，難道如今連妳也要指責我的行事了嗎？何況，是碧彤願意服侍我，我才輕放了她祖母與二叔的，我可未曾逼迫於她。」

碧彤趕緊說道：「長公主殿下，碧彤確實是心甘情願的，小公主殿下未曾有絲毫為難臣女。」

妳表面沒逼迫，人家也不敢不應啊！長公主腹誹，又深知這些年，自己這個妹妹性情大變，便忙安慰道：「姊姊如何是指責妳？姊姊不過是想來討個人情罷了。」

小公主神情依舊不甚愉快，不過她凝神想了想，說道：「我說出去的話，豈有收回來的道理？這樣吧……姊姊若是願意做這個人情，往後每半個月，我帶著碧彤去拜訪姊姊一次。」

這是讓長公主牽線，叫齊靜與青彤，半個月可以見碧彤一回。

長公主既願意與妹妹多來往，叫妹妹不至於總孤孤單單的，也願意做個好人，替齊靜牽著這個線，自是應了，又問道：「那妹妹，妳可想過什麼時候將她送回去啊？」

小公主懶懶的說道：「待那侯夫人將經書抄來了再說吧。」

待長公主她們走了，碧彤抱歉的說道：「殿下，倒是碧彤的不是，叫妳枉擔了惡名。」

小公主不屑的笑了笑。「從前總想著名聲多重要，如今沒了好名聲，才真正輕鬆。旁人見著孤脾氣不好，沒一個敢惹孤，連著太后娘娘都對孤頗多容忍，實在是快活極了！」

碧彤輕輕嘆氣。「殿下說得不錯，人生若能恣意，該有多好？」

小公主上下打量她，噗哧笑起來。「妳小小年紀，說起話來卻如同老嫗一般。恣意快活，可不是妳這個年紀該有的。」

此刻，兩人都在為對方嘆息。小公主心想，這小丫頭當是受了許多苦楚，才這般傷春悲秋。碧彤心想，小公主只怕是看盡世間冷暖，才裝出一副不好相與的模樣來吧。

回長公主府的路上，林添添有些不滿意的說道：「娘，姨母她一點面子都不給，凶巴巴的。」

長公主嘆了口氣，拍拍林添添的手說道：「妳姨母自小便不甚如意，偏偏她性子又倔強。妳姨夫過世後，娘寫了無數次信叫她回來，她也不肯……」

林添添也聽到過那些流言蜚語，更是擔憂的問道：「那，姨母會不會故意磋磨碧彤啊？」

長公主愣了愣，她心中也擔心，當年整個洛城，妹妹只與齊珍相交，後來出了那樣的事情，只怕妹妹心中是恨極了顏家與齊家的人吧？

林添添未察覺母親的反應，只接著自言自語道：「不過今日瞧著碧彤倒是挺好的，還衝我眨眼睛呢。」

長公主笑起來。「碧彤那丫頭機靈著呢，妳姨母雖然性子不好，但也不會隨意拿小丫頭出氣的，妳放心好了。」

長公主是嫡出，自小受盡寵愛。嫁人之後，除了沒生出兒子之外，別的都是樣樣如意。這一如意了，便尤其愛多管閒事，只要入了她的眼，她便當成自家人來對待。林添添從小耳濡目染，跟她母親的性格倒是一模一樣，不喜仗勢欺人，卻肯仗義執言。

不過長公主之所以對顏家這樣好，是因為當年林添添五歲時，長公主帶她入宮見先皇。林添添在御花園與齊紹輝玩耍，不知怎的，二人從假山上跌落下來。

齊紹輝才六歲，為了保護林添添，做了人肉墊子，摔得意識模糊，搶救許久才活過來，而林添添因為自幼身體差，也是昏迷不醒。

當時還是顏妃的顏金枝到了假山旁，竟不顧自己的兒子，抱著林添添就往最近的宮室跑，跑得鞋子都掉了，腳都劃傷了無數口子。也就是因為顏金枝拚命相救，林添添才保住了一命。

從那以後，長公主與顏太妃的關係日益劇增，連帶對永寧侯府也甚有好感。

雖然這次是董氏想要害小公主，但究竟不是發生在長公主自己身上，感觸自然也不深。她偶爾還會想一想，那顏浩軒一表人才，若是妹妹願意，或許也是一段佳話。故而長公主只認為是董氏他們太急功近利了些，並未做他想。

半個月後，小公主如約來到長公主府。齊靜帶著妙彤、青彤二人已經候在正廳，有一搭沒一搭的與長公主和林添添說著話。

聽聞小公主到了，齊靜與青彤俱是眼睛一亮。終究不敢造次，就怕再生什麼變故，叫小公主心生不喜，不放碧彤回來了。

待真正見著碧彤，見她面色紅潤，依舊是貴小姐的裝束，看樣子小公主並未虧待她，齊靜與青彤二人方放下心來。

妙彤本來一副悲憫的模樣，似為妹妹擔憂心痛，待看到碧彤與往常並無差別，倒是心中暗恨，怎的小公主竟不磋磨她嗎？當了丫鬟竟還是一副怡然自得的模樣，可不叫人惱恨極了？

眾人行了禮，青彤便眼巴巴瞧了瞧姊姊，又向著林添添使眼色，讓她開口叫姊姊到一邊去，好能單獨說會兒話。

林添添心中好笑，有些羨慕她二人姊妹情深。便開口說道：「姨母，妳們說話，我們也沒興趣聽，便讓碧彤跟我們去花廳和院子裡玩吧？」

小公主不動聲色的打量下首的三個人，齊靜倒是耐著性子，青彤眼睛忽閃忽閃的只瞧著她姊姊，而妙彤眼神飄忽不定，似有些不滿意。這樣瞧著，小公主心中便有了計較。

既然來了，她自然不會下林添添的面子，但她已打定主意，不叫顏家人與碧彤說上話，便開口說道：「添添，妳是不知道，碧彤這丫頭甚得姨母的心，便是一刻都離不得。妳們要去玩自去吧，碧彤留在孤的身邊服侍。」

第二十五章

齊靜與青彤皆是臉色不快，妙彤心中暗喜，話說得冠冕堂皇，小公主這是看在長公主面子上，才肯讓她們見一面的，連私下說話都不允，想來背地裡定是磋磨得厲害吧？

又抬頭瞧一瞧碧彤低眉順眼的模樣，更是欣喜極了，只覺得碧彤這是故意裝出無所謂的樣子，免得叫她們擔心。

林添添只好站起來，招呼道：「妙彤、青彤，我們去花廳玩吧。」

妙彤恭敬禮貌的站起來，端著一副溫柔大方的模樣答道：「是。」

她心中得意，碧彤做了丫鬟，而青彤最是冒失，更容易襯托自己的高貴典雅了。

然而青彤只沮喪著說道：「郡主、長姊，妳們去玩吧，我今日身子不爽，便坐著陪著公主殿下們說說話。」

這話倒顯得妙彤無情了些，她面色僵了僵，旋即恢復正常，跟著林添添出去了。

小公主更是失笑，想不到這青彤比碧彤還要可愛許多。什麼身子不爽？只不過是想要多看看姊姊吧，這容易看透的性子，倒是同她娘親未嫁之前一模一樣。

儘管在公主與齊靜談話之時，碧彤給青彤使了無數眼色，讓她放心，然而青彤如何放心得下來，恨不得也跟去做個丫鬟陪著姊姊。

回侯府的路上，齊靜安慰青彤說道：「青彤，妳也瞧見妳姊姊的樣子了，氣色好，也沒憔悴消瘦，便放心吧。」

青彤噘著嘴不高興說道：「小公主看她看得那麼嚴格，我覺得姊姊是為了不叫我們擔心，才假作精神好的。」

妙彤深以為然，那小公主板著臉，看著就不好相處。便是對她親姊姊那般和善的長公主，都沒個好臉色，又怎會對碧彤好？這樣想著，她心裡又高興了幾分。

回了公主府，小公主在房內坐著出神，尹嬤嬤在一旁小心伺候著，著實有些心疼，小公主這些年實在是太辛苦了。

小公主回過神問道：「尹嬤嬤，妳今日瞧見顏青彤了嗎？」

尹嬤嬤笑道：「今日仔細瞧了，那性子當真是比碧彤姑娘更像她們生母。」

小公主點點頭。「碧彤經常說，顏浩宇和齊靜告訴她，她娘是個溫柔如水、體貼細心的女子。可是孤記得當年的阿珍，明明就如同青彤那般活潑好動，那時候我們還一起，穿著男裝出去玩……」

也就是那時候，齊珍對顏浩宇一見鍾情的。

尹嬤嬤見小公主又沈浸在往事之中，忙道：「奴婢覺得，青彤姑娘有些沈不住氣，不如碧彤姑娘沈穩大氣。」

小公主皺皺眉頭。「小丫頭片子，這般沈穩做什麼？不過瞧著齊靜那樣子，倒是當真對這對女兒上心。」

尹嬤嬤笑道：「殿下說得是，齊小姑娘當年，可比她姊姊還要活潑開朗得多，如今已為人婦，倒是溫柔體貼了。大抵，女子做了人婦做了母親，都要不一樣吧……」話說完，又覺得自己這不是更刺痛主子的心嗎？畢竟小公主可是從未有孕過。

然而小公主眉間卻沒有鬱色，反倒像是想起了什麼開心事，嘴角浮出一絲笑來。

碧彤這個夏季，便是在小公主府度過的。儘管齊靜、妙彤、青彤每次帶回去的消息是，碧彤應當過得不差，然而顏顯中卻因為最疼愛的孫女做了丫鬟，不能回家，對董氏與顏浩軒的不滿更甚了。

董氏因被禁足，每日抄經顧不得其他，倒也無甚影響。顏浩軒賣了乖，沒等父親上奏，便自請降職，洛城上下又都知道淨慈寺當日之事，流言蜚語沸沸揚揚，連顏顯中都被斥以治家不嚴。

八月初，中宮有孕的消息傳了出來，皇上登基五年終於有了子嗣，自是普天同慶。於是太后定於八月十五，洛城三品以上官員及家眷，入宮參宴。

顏顯中這才解了董氏一天的禁足，讓她入宮赴宴。顏浩軒本是正三品，偏降至正四品，沒有資格參宴。便只有顏顯中、顏浩宇，董氏與齊靜帶著長房和二房的孩子去。

宮宴並不分男女，基本上是一家人坐在一起。張太后與皇后皆是滿面春光，太妃、太嬪們坐在一處。自先皇過世，二皇子奪位失敗之後，先皇的妃嬪只剩下與張太后交好的幾位了。

皇上倒是沒什麼特別的表情，皇上後宮空懸，只皇后和一位美人。待明年皇長子出生，皇上便會充盈後宮。

往下左邊便是豫景王和廉廣王，再是長公主一家和小公主。燁王、辰王是旁支，故而坐在右邊。再下面左右是兩位國公爺家，齊家是國姓爺，比外戚張家身分上要高一點，但齊家兩位成年男子不在洛城，只夏氏與林氏帶著四個孩兒一處，倒顯得張家人格外多些。

再就是永寧侯府了。本來還有定遠侯府唐家，不過唐家萬年避世，新皇登基，便自請離開洛城了。

青彤一坐好，便往姊姊的方向尋去，見她坐在小公主身邊，方鬆了口氣。這樣的日子，若是小公主讓姊姊站著，當真做個丫鬟，可就真是在打侯府的臉了。

小公主今日倒是格外健談些，對著唐太妃說：「太妃娘娘，我當年離開洛城真真才剛出生，如今他都十六歲了，真是一表人才啊！」又看向豫景王，笑道：「真真，孤既是你姑母，又是你舅母，這關係可非同一般啊！」

唐太妃心中打鼓，小公主自從跟著庶弟離開洛城，無論是同皇家還是唐家都沒什麼聯繫。庶弟死後，先皇和唐家先後請她回城，她都不理會，唯一的聯繫，便是唐家每年送年禮，小公主也都會規規矩矩的回一份。

現在小公主這般熱絡，唐太妃倒不明白她打什麼主意了，不過面上仍是說道：「可不是嗎？真真，往後可要多去小公主府探望。」

齊真輝趕緊起身行禮。「是，母妃，日後兒子一定常去探望姑母。」

說完抬頭瞧了小公主一眼，卻見小公主笑不達眼底。齊真輝心下好奇，看樣子小公主與母妃並不熟悉，又並非當真喜歡自己，那她緣何要故作拉攏姿態？又瞧了瞧小公主身邊的碧彤，只見她並非坐在正位上，而是小公主側後方，本該大丫鬟站的位置。

齊真輝不由得失笑，這丫頭果真機靈，她的身分不可以與小公主坐在一起，但若站著，便是自降身分。坐在丫鬟本該站的位置上，既表明她是伺候小公主的，又表明她並非丫鬟。

此時皇上開口，對著唐太妃說道：「太妃，朕還記得幼時定遠侯對朕諸多教導，奈何如今，竟是面都見不到了。」

唐太妃微微一笑，側頭看看自己兒子齊真輝，方將目光放回皇上身上說道：「多謝皇上牽掛，然而我父親身子不好，兩個哥哥又平庸無能，實不能替明兒你分憂啊！」

皇上深深的看了她一眼嘆道：「朕以為，真真能做朕之左膀右臂，定遠侯世子也能。」

唐太妃瞟了瞟張國公，只見他目光如炬的看著自己。唐太妃眼神一閃，笑道：「真兒與紹兒二人，是皇上的親兄弟，自是你的左膀右臂了。」

皇上點點頭。「不錯，故而他們的外祖舅兄，同朕的外祖舅兄，是一樣的。」

顏顯中趕緊起身行禮道：「老臣感激皇上愛才之心，臣雖為廉廣王之外祖，卻萬不敢夜郎自大，只願為大齊，盡臣綿薄之力。」

皇上的眼色晦暗不明，張國公旁若無人的逕自吃著飯食，最後是張太后輕笑一聲。「明兒你根基尚不穩妥，正是需要肱股之臣的輔佐，先帝讓張國公輔政，自有他的道理。」

皇上沈了臉，猶豫片刻，終究沒有做聲。

碧彤心下更是好奇，上一世皇上在宴會上根本沒有開口過。而且上一世的皇上此刻名聲極差，昏庸無能，後宮妃嬪無數。直到她入宮才曉得，皇上是自暴自棄，本身並非好色之人。偏最後死時，被按上個荒淫無度，被妖后妖妃迷住的罪名。

此刻皇上卻是勤政愛民，一心想親政。而張國公、張太后不肯讓他親政，想來是皇后腹中皇長子尚未出生，他們怕大權旁落的緣故，待明年皇長子出生，皇上親政便名正言順了。

反正不管他們怎麼變化，碧彤這一世，再不要做妖后，也不要青彤做那妖妃。青彤自是與睿表哥雙宿雙飛，而她自己沒特別想過，反正有繼母安排，總不會太差便是。

一來二去之間，大殿內外的官員臣子及家眷都不敢再出聲，皆或低頭用膳飲茶，或拿眼睛瞧著皇上與張國公。

偏小公主不識趣，開口說道：「明兒，這些年未見，一國之君的風範同父皇倒是如出一轍。」

皇上還在琢磨，小姑母究竟是啥意思。就聽小公主繼續說道：「姑母我這些年，著實孤單，你瞧你大姑母，好歹有齊安相伴……」

皇上這下明白了，當下點頭說道：「小姑母說得是，既然小姑母有想法，便直接與唐太妃合計一下，看是過繼誰比較合適。」

唐太妃眼皮子一跳，難怪小公主今日這般熱絡，原來是起了過繼的心思。不過兩位兄長均只有一個嫡子，長兄倒是還有個庶子，只不曉得小公主看不看得上。

小公主笑道：「若是要從唐家過繼，我直接與庶嫂商量便是了。」

皇上奇道：「小姑母這是已經有了人選？」

小公主點點頭，站起來直接對著所有人說道：「從前，孤的夫君過世之後，阿珍曾說，她有一雙女兒，長女穩重，幼女活潑，讓孤選一個做女兒便是。孤知道，她當時不過是安慰之語，不過近來，孤召阿珍之長女碧彤，日日伴在身側，倒是當真想起這件事來。」

別說顏家眾人，便是碧彤都愣住了。她知道小公主明面上懲罰她，實際上待她卻非常好，拿她當公主府的千金小姐一般對待，可沒想過，小公主會當真起了讓她做女兒的心思。

其他人心中頗有詫異，傳聞不是說小公主與齊珍鬧翻了嗎？怎的聽小公主的意思是，她們婚後亦有往來，還親密得很？

顏顯中自是不願意，畢竟這是他最疼愛的孫女，但皇家公主的要求，也不好拒絕。更何況他覺得，碧彤跟著小公主，身分會更高貴，若是小公主高興，替她請封郡主，豈不是更好？

然而顏浩宇沈不住氣，已經站起來行至中間，跪下說道：「承蒙小公主厚愛，只是碧彤是珍兒留下的骨肉，臣實在不願意與她分別，更不願與她斷了父女之緣。」

碧彤也出列跪地。「殿下，臣女難捨家中親人，還望殿下體恤。」

妙彤心中嗤笑，本來她惱怒這等好事情被碧彤遇到了，沒想到碧彤這般不識趣，竟推拒了，只怕小公主會大怒吧？

小公主倒是當真冷哼一聲，卻只說道：「你們皆以為孤是要奪人子嗣嗎？孤是請皇上允許，收碧彤作為義女而已。」

義女與過繼子嗣不同，義女依舊在本家，只是多了個親人而已。只是這樣做對碧彤自是好處多多，對小公主卻沒任何好處，任誰也想不到，她竟肯如此對待碧彤。

顏浩宇與碧彤，都忘記身分之別，抬頭吃驚又感激的看著小公主。

妙彤登時嫉妒得眼睛都直了。這樣的好事情，竟真的被碧彤給遇到了！小公主竟願意收她做義女，而不是養在身邊的養女。早知道那一天，她也纏著董氏去上香，她也會自請代祖母受罰的。

若是青彤得知妙彤心中所想，定要狠狠的笑話一番。沒聽到小公主說了嗎？是看在她們過世的娘的面子上，才收碧彤為義女的。若是當初妙彤去受罰，指不定小公主就直接將她砍頭了呢。

這種事情，皇上自是應允了，還著意打量了碧彤一下。他記得這個丫頭，機靈得很，可惜年紀太小了。

待宴會結束，董氏與齊靜恭敬的候在宮門外。

等小公主過來，齊靜開口道：「小公主殿下，蒙您看重碧彤，不過她有三個月未曾歸家，可否今日讓她與我們一同回侯府呢？」

小公主板著臉上下打量面前的人，冷笑一聲，問道：「孤命妳抄的經書呢？」

董氏知道這是對她說的，忙行禮答道：「公主殿下，臣婦夜以繼日，剩下的不多了，兩個月之內，定能完成。」

小公主將手臂搭在碧彤手上，說道：「既是如此，等妳抄完再說吧。」

便就著碧彤的手登上馬車。

齊靜心中一沈，大殿上得知小公主要收碧彤做義女，她無比開心。可如今瞧著，竟還是拿她做丫鬟，一點好顏色都沒有。

一直到回府，董氏、齊靜並妙彤、青彤都是懨懨的各自想著心事。董氏自是為了那抄不完的經書，齊靜與青彤皆是擔憂碧彤，妙彤則是醋得厲害。

直到十月底，董氏將經書奉予小公主府，碧彤才回了永寧侯府。這做法，自是叫洛城貴人看得清清楚楚，小公主是因為念舊情，才這般喜歡碧彤。而就算她再怎麼顧念舊情，也絕不能讓別人在她跟前撒野。

碧彤回府見過家人，被眾人熱切的拉著關懷了許久，才放她回自己的院子。

青彤亦步亦趨的跟著她，終是不安穩的問道：「姊姊，妳當真沒事？小公主當真沒磋磨妳？」

碧彤回過頭看著她笑，伸手拉住她的手往自己臉上摸了摸。「妳瞧，我氣色這麼好，一點粉都沒搽，是當真養得好好的。」

青彤翻了個白眼，說道：「誰要摸妳搽了粉沒。」

雖是這樣說，手卻當真摸了摸碧彤的臉，又仔細瞧了瞧她，才略略放下心來。「那日宮宴，見妳伏低做小，我心中著實不舒服。後來小公主賜了我好些東西，我覺得更不是滋味，難道是妳這樣做牛做馬，才得來她的歡喜？連帶著對我也好上幾分？」

碧彤拉著青彤的手說道：「我既沒有當牛，也沒有做馬，公主待我極好，只是在外頭做丫鬟的樣子。她也是真的感念娘親，才會賜東西給妳的。」

青彤放下心，接著猶豫了半晌問道：「我聽旁人說，小公主與娘決裂了，有奪夫之恨。現在想想，傳言似乎並不真實。」

碧彤點點頭說道：「所以不能道聽塗說啊，不過更重要的是，原來流言當真猛於虎。」流言的威力，碧彤上一世就見到過。而董氏與顏金枝，便是將這猛於虎的東西，用得透透澈澈。

青彤久未與姊姊一處，當下高興得不得了，跟著姊姊進了她的院子，嘰嘰喳喳說個不停。感嘆道：「姊姊，妳也不要再想妳那個噩夢了，我們如今不是草包，也不是狐狸精。妳如今做了小公主的義女，身分更貴重了，真好。」

碧彤愣了愣，想到上一世，自己不過是有個第一美人的虛名，青彤都要不依不饒的，便忍不住小聲試探道：「青彤，其實這個義女，可以是我，也可以是妳。不過是機緣巧合，讓我拔了頭籌，妳不生氣嗎？」

青彤格格笑起來說道：「姊姊妳說什麼啊，雖然小公主是因為娘的原因才收妳做義女的，但更重要的是，妳入了她的眼啊！說實話，就算我再擔心祖母，也不敢在那種情況下替祖母求情呢。」

碧彤沒料到這一世的青彤心胸這般寬廣，果真上一世，她們都是被董氏所誤。

青彤沒瞧見姊姊的失態，只皺著眉頭又說道：「姊姊，我知道祖母待我們很好，但這些年來，我仔細瞅著，卻發現有些奇怪。想來或許是她年紀大了的緣故，不過姊姊，咱們以後還是注意些，不要老是聽祖母的，多聽聽母親的意見才好。」

碧彤含笑看著青彤，果真她是個靈慧之人，這些話怕是壓在她心裡許久，不好意思說出來吧。這一次她以為自己是真心為了董氏出頭，所以來勸誡一二。

碧彤也不解釋，只笑著點點頭說道：「我知道了，青彤妳放心吧。」

沒幾天，宮中傳出消息，說是皇后娘娘小產了，小皇子沒保住。

碧彤得了消息，更是吃驚，果真這一世變化頗大。上一世皇后的孩子活得好好的，他是皇上唯一的孩子，直到青彤入宮，這孩子才沒了的。

也就是那時候，碧彤徹底沒辦法原諒青彤的，因為青彤竟為了她自己的前途，將那才六、七歲、活潑可愛的小皇子，生生殺死了。

那計謀其實是太妃姑母出的，她對她們說太后與皇后視她二人為眼中釘，若不除去小皇子，日後皇子登基，她二人定將萬劫不復。她性子軟弱，不捨得下手，又一心以為姑母是為她們著想，而不敢告發，只明裡暗裡護著那孩子。

然而當時青彤的謀算自是比傻乎乎的自己要高明得多，不到半年，小皇子便沒了。

當時朝中上下，全都認為是她顏碧彤害死小皇子的，她一面替青彤承了惡名，一面發誓永不原諒青彤。

後來，青彤自己跑到皇上面前哭訴，說都是她如何不小心，要以死謝罪。當時的皇上，已經被青彤迷得失了方向，又怎麼捨得這愛妃受苦？自是嚴懲那些抨擊她二人的良臣。

這一世不知道是為什麼，後宮到如今都只兩個人。而她們姊妹絕色容顏的美名也未曾傳播，因此顏金枝並未計劃讓她二人入宮，難道是這樣，所以顏金枝乾脆自己動手除去了這個皇子？

不對……上一世她們還年幼，顏金枝怎可能把希望寄託在她們身上？定是也動過手，只是不明白為何上一世沒成功，這一世卻成功了。明明這一世的皇上，看著比上一世要冷靜能幹得多啊！

碧彤百思不得其解，最後猜測或許正是上一世皇上只沈浸在醉生夢死之中，顏金枝出手比較隨意，才叫太后查出來解除了危機。而這一世皇上精明，因此顏金枝也更加謹慎，反而得逞了吧？

第二十六章

儘管碧彤十月底便回了侯府，顏顯中卻直到小年之前，才解了董氏的禁足。

待各房都給董氏請安之後，顏浩軒焦躁的來到暮春院。大半年的不如意，顏浩軒已經不似從前那般沈得住氣了。

而董氏被關了這大半年，看著竟一下子老了好幾歲。她手持佛珠合眼喃喃誦經，若不是眉宇之間散發出陰狠戾氣，還真讓人覺得她是一心向佛了。

顏浩軒在廳內踱來踱去，看著母親閉眼不理世事的樣子，著急的說道：「娘，娘！您瞧瞧如今大哥他們一家子過得多好？您再看看兒子，夫人沒有了，剩一個妾室打理庶務……」

董氏打起精神說道：「什麼大哥一家子？咱們現在沒有分家，都是一家人。」

顏浩軒停住腳步，說道：「娘，中秋宮宴上小公主來那麼一著，您難道看不出來？她就是想說，她與齊珍感情好得很。所以當日說什麼，您是為了大哥報復她這事，根本不可能！沒聽到後來的流言蜚語，都說是兒子我……」

本來他想說，那些流言，句句指向他，說他貪慕權勢，構陷小公主。只是看著被禁足這麼久的母親如此憔悴，全都是為他擋災，終究是沒好意思說出來。

他三兩下行至董氏跟前跪下說道：「娘，兒子知道您為了兒子受委屈了，不過咱們是一體的，只有兒子好了，您才能更尊貴更好，不是嗎？」

董氏嘆了口氣，撫摸著他的臉說道：「如今你父親，是徹底不信任娘了。娘又根本沒辦法對熠彤下手啊，你也知道，齊靜將他看得跟眼珠子似的，根本找不到機會。」

顏浩軒抬頭說道：「兒子知道，這得一步一步來，但是碧彤呢？碧彤如今是小公主義女，身分如此高貴。妙彤則因為我和她母親的事情，名聲大不如前了啊！」

董氏猶豫著說道：「碧彤是個女娃娃，何須在意她？」

顏浩軒知道，因為碧彤自請代她受罰，反倒讓她生出一點祖孫情來了。當下說道：「不是兒子見不得她好，只是娘您想想，若是她得了好，將來我們想要對付大哥豈不是更不容易了？更何況……娘，太妃娘娘遞了信兒，問咱們是怎麼回事，生生累了妙彤。翻了年，妙彤就十三了，如今這樣子，娘娘怎敢主動提親？」

董氏一想，的確如此，碧彤的名聲比妙彤響亮多了，廉廣王妃要選妙彤也實在不合理啊。

董氏琢磨著說道：「咱們要給妙彤想法子，不能再扯她的後腿了。不然別說與紹輝的婚事沒指望，連瀚彤也沒好結果。」

顏浩軒抬起陰鶩的臉，勾起嘴角笑道：「若是碧彤名聲壞了，紹輝又願意娶妙彤呢？」

董氏眼皮子一跳，碧彤若是壞了名聲，自是會連累家中的其他姊妹。此時廉廣王願意求娶妙彤，旁人只會覺得廉廣王心善，不忍心外祖家的表妹們受了委屈。

董氏沈吟片刻，頗有些不忍，如此這般下來，除了妙彤，其他四個孫女也都是沒一點好處的，當下搖搖頭說道：「紹輝固然有好名聲，妙彤尚可說是被族妹連累，那曼彤呢？」

顏浩軒說道：「曼彤終究是庶女，名聲早就壞了。待妙彤做了王妃，有了做王妃的嫡姊，曼彤又會差到哪裡去？」

董氏聽了這話沈默許久，終究是慢慢的點了點頭，表示答應了。

這個新年過得尤其熱鬧，董氏經過這次的事情，對碧彤更親近了幾分。拜年的時候只要董氏在，都不懼人言，主動說出當時的醜事，處處說著碧彤代祖母受過，幾次下來倒是讓人感動這祖孫之情。

過了正月十五，這一日董氏坐在暮春院上首抹著眼淚。

碧彤伸手替董氏擦淚，問道：「祖母，您這是怎的不高興了？」

董氏嘆了口氣說道：「從前祖母啊，有個小姊妹，娘家姓李，嫁到外地去了。後來李家犯了事被抄家，我那小姊妹在夫家的日子就不好過了。年前祖母得知她獨自帶著個孫女兒回了洛城，昨日去看她，連個落腳地兒都沒有，在城西租間小房子住著……」

這又是要給誰下套？碧彤瞧著董氏抹眼淚的模樣，心中思索著，要說董氏會心疼沒落的舊友，她是打死都不會相信的，不論是誰，董氏不踩上兩腳就算是好的了。

顏浩宇聽了這話，略一思索問道：「母親，是兒子幼時見過的李家姨母？」

董氏趕緊點頭說道：「對對對！就是你幼時，總是抱著逗你玩的李姨母。你還記得？恐怕軒兒他們都不記得了。」

顏浩宇笑了笑說道：「兒子還記得些許，二弟當時年幼，想來是不記得了。母親，李家姨母是您從前的閨中好友，咱們也可接濟一二。」

董氏聽了這話，更是眉開眼笑，說道：「還是阿宇最懂母親的心思，我琢磨著，等二月二過了，再帶些東西去看看她。唉！可憐她在洛城沒了家人，親戚又不怎麼來往了……」又似突然想起什麼，說道：「她那孫女與妳們一般大，妙彤、碧彤、青彤，到時候與我一同去吧？」

碧彤不動聲色的打量了董氏一下，見她面無異常，只得按捺住心中的疑惑。

二月二，妙彤、碧彤、青彤三人照例在董氏跟前插科打諢，說了許久的話，董氏又特意著人弄了三人最愛吃的點心。

玩鬧了許久，董氏方道：「好了，妳們該早點回去，妙彤妳瞧瞧妳，這麼大的人了，玩得這樣熱，衣裳都不曉得解一解，仔細著了風受了涼。」

妙彤吐了吐舌頭說道：「難得多了一天休息時光，能與妹妹們一同陪著祖母，孫女兒實在興奮過頭了。」

董氏沒好氣的白了她一眼，說道：「越大越回去，倒是越發跟青彤似的，只曉得混玩。」

青彤不滿意的嘟嘴說道：「祖母，青彤哪有混玩？先生們都說，青彤進步大著呢。」

董氏哈哈大笑，狀若真被孫女們逗笑的模樣，笑過了才說道：「好了，今日早點回去歇息，明兒一早，咱們還要到妳們李家祖母那裡去串串門子呢。」

碧彤嘴角浮起笑容，點點頭，便與青彤跟著妙彤一起回去。

第二日一早，碧彤還未起床，銀鈴匆匆忙忙走進來，輕聲說道：「姑娘，四姑娘出了點小問題。」

碧彤一個激靈，掀開被子就要下床，問道：「青彤她怎麼了？」心中不由得責怪自己，她只曉得董氏怕是想在今日對付她們，卻不曉得在這之前，竟還要傷害青彤。

銀鈴忙按住她，說道：「姑娘您也別擔心，四姑娘應當是過敏了，銅釧已經著人喊大夫了。」

待碧彤起床收拾好，去了青彤的院子，見董氏、顏浩宇與齊靜都已經來了。碧彤心下更確定，一定是董氏搞的鬼，不然她怎會這般勤快，一大早就跑過來。

碧彤上前行禮問道：「祖母，青彤她怎麼樣了？」

董氏滿面愁容說道：「還不曉得這是怎麼回事，怎麼突然發病了？」

大夫檢查完畢，回頭行了禮說道：「無須太過憂心，四姑娘是吃了過敏的東西，身上長了些疹子，休息兩天便沒事了。老夫開個方子，弄點藥塗一塗，可止癢消毒。」

董氏問道：「青彤自小就對花生過敏，難道是昨日吃了花生的？」

銀釧聽聞，趕緊答道：「姑娘昨日是在浮曲院用的膳，在老夫人您的院子裡吃了點心，再沒吃別的東西了。」

碧彤心中一緊，難道這是要對準母親？不應該啊，自己怕熠彤被害，將浮曲院看得牢牢的，怎會出了這樣的差錯？

董氏說道：「那趕緊去查，看是誰竟敢傷了我的寶貝孫女，看我怎麼處罰！」

說罷，讓楊嬤嬤吩咐下人去檢查自己的院子。齊靜神色一凜，心想難道是自己那裡的下人馬虎了？那真正是該罰，便趕緊吩咐雲兮回去細細檢查。

不多時，楊嬤嬤便回來了，一臉抱歉的說道：「老夫人，是暮春院做點心的小丫鬟，昨日給四姑娘做點心之前，做了大姑娘愛吃的花生酥，弄了點花生進去……」

董氏大怒道：「這點事情都做不好，還要這丫鬟做什麼？這幸好青彤只是出了幾個疹子，若是有旁的異樣，她幾個腦袋賠得起？」

楊嬤嬤低著頭說道：「是，也是老奴沒有仔細調教……那這個丫鬟……」

董氏瞟了她一眼，不耐煩的說道：「這等無用的東西，自是打發去莊子上了，留著礙眼嗎？」

楊嬤嬤領命去了。顏浩宇趕緊勸慰道：「母親莫要擔心了，好在青彤沒什麼大礙。」

齊靜也放心下來，若是她那裡出了問題，婆母恐怕又要好一陣鬧騰的。

董氏嘆了口氣說道：「既然是這樣，青彤妳便好好休息，我帶著妙彤和碧彤去吧。」

碧彤低頭淺笑，原來董氏是要支開妹妹。不過這樣也好，免得自己行動的時候還要擔心妹妹的安危。眾人正準備起身，妙彤身邊的絲雨急急忙忙過來行禮道：「老夫人、大爺、大夫人，敢問大夫可還在？」

齊靜皺了皺眉頭問道：「妙彤出了何事？」

絲雨說道：「大姑娘半夜有點發燒，本來奴婢早就要請大夫，大姑娘說沒事……到現在燒還沒退……」

董氏怒道：「妳們怎麼伺候的？昨日我就說了，妙彤那般玩耍，都不曉得穿脫衣服。姑娘不懂事，妳們做下人的也不懂事嗎？」

顏浩宇勸道：「現在說這個也無用，趕緊讓大夫去瞧瞧。」

碧彤饒有興致的看著這一切，心中算是明白了，今天這一切的目的，就是要她單獨跟著董氏出門了。

洛城是大齊國都，自然是最繁華的地方，不過這般昌盛的地方，也有貧富之分。皇宮處在城東，周圍住的都是達官顯貴，城西則大多是平頭百姓，再往西，則是貧民窟。因地勢原因，每當有天災人禍，難民都會從城西蜂擁而至，長此以往，城西的窮苦人家越來越多。

而早年娘家衰敗、中年喪子、老年被婆家趕出家門的李氏，便帶著她唯一的血脈，住在靠近城西郊區的一間小屋子裡。

董氏帶著碧彤，又準備了一大車禮品，準備送給李氏。一路倒是安安穩穩，董氏拉著碧彤，給她講了許多年輕時候與李氏感情多麼深厚的事情。「一會兒看到李家祖母那個孫女，可要好好待她，知道嗎？」

碧彤只點點頭，兀自想著出發前元宵告訴她的消息。顏浩軒行前問董氏，為什麼要支開青彤，叫她們姊妹一起下地獄，豈不是更好？

董氏解釋說，若是她帶了一對孫女都出了事，恐怕顏顯中絕不會放過她了，不如一個一個解決。還說，馬氏在地下，也要一次又一次的被剜心。

想到這裡，碧彤忍不住傷感了，若是親祖母當真泉下有知，上一世當真是一次又一次被剜心了。不過這一世有她在，絕對不會讓那些悲劇再次發生了。

很快便到了李氏家裡，董氏拉著李氏，二人好生抱頭痛哭了一場。又說了好一會兒話，李氏起身，說是要去做飯給她們吃。

董氏又是一陣哭，說這當年的姊妹，從原本十指不沾陽春水的千金小姐，變成了如今事事都要親力親為的農家婦人。又瞧著李氏那孫女，衣衫破舊單薄，縮在後頭不敢出聲的模樣，捶胸頓足一通，要李氏跟她回侯府。

李氏自是不肯，二人拉扯了許久，最後董氏說就算不為李氏自己考慮，也要為孫女的將來想一想，李氏這才猶猶豫豫答應了。

董氏雷厲風行，立刻指揮下人替李氏收拾簡單的東西，又說旁的日後再來收拾。

回程的時候犯了難，馬車不夠坐。來的時候只有董氏、碧彤兩位主子，便只安排了一輛小馬車，現下回程，總不能讓李氏祖孫倆或者碧彤去乘坐下人的馬車吧？董氏立刻吩咐下人去租了一輛馬車過來。

等了沒一會兒，租來的馬車便過來了。李氏拉著孫女，想要上新馬車，董氏一把攔住說道：「好妹妹，咱們一起坐，叫孩子們坐後面。」

依著李氏如今的身分，自然是不夠資格搶碧彤的位置。不過有董氏撐腰，李氏又覺得碧彤不過一個小孩子，便只站著不動，拿眼睛瞅著碧彤，碧彤嘟著嘴不滿的瞪了她一眼。

李氏忙道：「怎好讓小姐坐後頭，我們坐後頭就行了。」

董氏依舊拉著她說道：「這是什麼話？妳是我的老姊妹了。碧彤是妳的晚輩，自然是她坐後頭了。」

碧彤看了看董氏，今日這是要逼她坐後頭了，也罷，由著董氏鬧吧。便裝出一副不情願的樣子，磨蹭著走向後頭。

李氏忙推了推自己孫女說道：「快，快去妳碧彤姊姊那裡。」

那女孩堪堪十歲，扭捏著就是不肯，抱著李氏的胳膊不撒手，眼淚汪汪，活像要把她賣了似的。

李氏不好意思的瞧著董氏說道：「這孩子，太不懂事了，您看能不能……」

董氏立馬應道：「加她一個也不多，咱們路上擠擠。」

碧彤嘴角勾起笑容，這李氏還真是個蹬鼻子上臉的人，若平日這般，董氏早發作一通，只是今日歪打正著，要是沒了那小女孩，動手更方便吧？然而要是今日事發，董氏又怎會當真留這二人在侯府？屆時董氏一味推託，李氏無知無覺的害了侯府嫡小姐，祖父與父親自是要好生拿她出氣的。

碧彤冷哼一聲，大聲說道：「銀鈴，妳跟我坐車！」

李氏這下更是尷尬，碧彤這舉動，就是將她孫女與碧彤的丫鬟放在一個地位，偏自己又不能生氣責怪，畢竟是自己孫女不懂事在先的。

董氏見碧彤上了車，心下高興，忙對著李氏解釋道：「這孩子，叫我慣壞了。別管她，咱們先上車回去……」

碧彤坐在車內，租來的馬車，自然不比侯府自己的馬車那般豪華舒適。坐過的人多了，裡頭總有股淡淡的怪味，幸而許是車主講究，在車裡頭兩個角落各掛了一只香囊，香味若有若無，味道倒是好聞得緊。

銀鈴心有警戒，遞過一方浸過藥水的絲帕，讓碧彤捂在口鼻上，又取了一方自己捂住口鼻，假作發愁的語氣說道：「姑娘莫要生氣了，等回了府，不與那打秋風之人來往便是。」

碧彤暗暗發笑，嘴裡卻只冷哼一聲。

正在此時，外面一陣騷亂，便聽見有男子大聲呵斥，婦孺輕聲驚呼的聲音。很快，騷動便止住了，馬車不過是頓了頓，又往前駛去。

銀鈴揚聲問道：「出了何狀況？」

等了半晌，車夫才答道：「無事，有流民鬧事，已經解決了。」

銀鈴似還想再問，便聽見碧彤嚷道：「怎的頭有點暈？」

銀鈴趕緊說道：「姑娘歇息一會兒，奴婢幫您按按……」

那車夫提心吊膽的等了會兒，見二人再沒有開口說話，方放心下來。賊眉鼠眼的左右看看，一甩馬鞭，馬車一路向西疾馳而去。

不知道過了多久，碧彤甕聲甕氣的說道：「銀鈴，我怎麼頭這樣暈啊？」

銀鈴也說道：「姑娘，奴婢的頭也暈……許是這車內的香味太重了，奴婢把窗簾拉開透透氣。」

說完，銀鈴伸手拉開她這一側的窗簾，卻赫然發現，那本該是視窗的地方，竟然沒有窗戶，窗簾只是個裝飾而已。碧彤也吃了一驚，趕緊回頭拉開自己這一側的窗簾，果然也沒有窗口。

銀鈴趕緊搖晃著站起來，伸手去推車門。車夫坐在外頭，車門是打不開的。銀鈴用力推了幾下，喊道：「開門，停車，開門！」

外頭只有呼哧呼哧的風聲，還有馬兒飛馳，凌亂的蹄聲。周圍似乎格外的寂靜，也讓人很不安穩。

銀鈴使勁拍著門，車夫卻用背將門抵得更緊，手中的馬鞭也甩得更快。

正在此時，一支短箭射向車夫胸口，車夫驚慌不已，急忙側頭躲開，那短箭隨即釘入門框上。

銀鈴與碧彤合力將門推開，車夫一馬鞭就甩了過來，車門登時掉了一半，銀鈴趕緊護著碧彤躲開。碧彤一瞧，此時她們都在山崖之上，那車夫目光凶狠，掏出短刀就往銀鈴身上捅。

元宵則騎在一匹馬上，手執長劍趕了過來，拚命往馬夫身上招呼。然而那馬夫看樣子也是個練家子，招招都完美躲開了，好在有了元宵的牽制，他也顧不得對付碧彤二人。

馬夫瞧見元宵後面，跟著一群功夫不弱的人都要策馬追上，當下一咬牙，索性也不管車內的兩個人，只用盡全力駕著馬車往前跑去。

此時他們正順著山路前行，車夫想將元宵逼至懸崖，便將馬車駕得左右搖晃。銀鈴得了機會上前要去推車夫，車夫用力一甩，銀鈴一下子摔出車外了。

碧彤驚叫一聲，便看見銀鈴努力攀著車沿，背部時不時的擦在峭壁上，不多時已經蹭破了春襖，血跡斑斑。車夫見狀，又將馬車往裡趕，想將銀鈴擠下去。

碧彤見狀急忙拔出頭上的金釵，一面往車夫撲過去，一面大喊。「元宵，元宵，快！先救銀鈴，快救銀鈴！」

元宵猶豫片刻，一躍而起，躍到馬車最前頭的馬上，一腳想將馬兒踢翻。但她高估了自己的實力，馬兒受驚了，越跑越快，元宵騎在馬上，怎樣都控制不住。

那車夫反手奪了碧彤的金釵刺向碧彤，碧彤一個閃身躲開來，車夫又伸手想要去拿馬鞭，偏巧那馬兒一聲長嘶，將馬鞭顛了下去。如此，本就危險的銀鈴更是慘叫不迭。

碧彤著急大喊。「元宵，莫要管馬了，妳快去救銀鈴，她撐不住了！」

元宵焦急的回頭看看碧彤，喊道：「可是姑娘……」

碧彤喊道：「別管我，快啊！」

元宵瞅一眼銀鈴，見她只剩下一隻手努力攀著車沿，身上衣服全都破損不堪，血流不止，顯然是要支撐不住了，終是咬一咬牙，又一個飛身抱起銀鈴，雙雙滾落在馬車後面。

車夫見狀，心知任務無法完成，只怕連自己也要交代在這裡了，便掏出短刀，往碧彤身上刺過去。這一次正中碧彤的左肩，車夫還要再刺，但前面那馬兒受了刺激，竟不曉得轉彎，直接往懸崖奔去，而車夫則搖搖晃晃，根本站不穩。

車夫見著馬車要掉下懸崖，哪裡還顧得上碧彤，急忙回頭想要控制住馬兒。碧彤見狀，忙又拔出一根金釵，直刺車夫的後背。

車夫回頭怒罵。「妳瘋了，快鬆手，不然咱們都得死！」

碧彤冷笑道：「橫豎是活不了了，不如拉上你這個墊背的。」

說罷，繼續瘋狂的往車夫身上刺去。車夫早在搖晃中扔了短刀，此刻手無寸鐵，又七葷八素一時沒有反應，倒讓碧彤得了先機。

元宵才穩住銀鈴，一回頭，就見到馬車摔下山崖，她家姑娘正在車門外面，卻是根本沒辦法上來，跟著馬車也跌了下去。

「姑娘！」

第二十七章

碧彤躺在床上，丫鬟們剛給她換過藥。

太醫恭敬的對小公主說道：「顏小姐不過是輕傷，公主殿下無須擔心，臣開一副藥，喝幾天補一補。」

小公主點點頭，說道：「送太醫。」

便有小丫鬟領命帶著太醫出去。

碧彤笑道：「義母真是小題大做，我不過是一點小傷而已，何須請太醫來診治？」

小公主浮出一絲笑容，瞧著這個面色蒼白的少女，心中彷彿有千萬般的柔情，與平日裡自己表現出的暴戾格格不入。

這個少女，總是能激起她心中的溫柔，讓她感到，這世界還是有這樣多的人或者物，值得她好好活下去。

小公主微笑著說道：「快到晚上了，妳祖父和父親他們已經去救妳祖母了。」

碧彤眼睛一亮問道：「義母，您可安排好了？」

小公主冷哼道：「想出這種毒計來對付妳，若不是妳有所提防，明日只怕是連命都沒了！」

碧彤彎一彎嘴角說道：「義母，我還有您。」

小公主輕輕撫摸碧彤的臉，問道：「碧彤，妳既然稱呼孤為母親，那妳實話告訴孤，妳究竟是為什麼這般防著董氏？她又為何這般害妳？」

碧彤斂下眼眸，這次她本來想讓睿表哥幫忙，只若是表哥幫忙，難免動用外祖家的人，屆時外祖母一定會知道的，到時候外祖母插手，即使真相大白，只怕父親母親也會有隔閡，所以才求到小公主。

只是，既然小公主知道了事情的發展，也肯定會如現在這般，好奇為什麼祖母竟想害寵愛的孫女，而孫女又為什麼會這般防著？

重生之事不能說，但碧彤並不打算過於隱瞞，更何況將來很多事情，若是小公主願意幫她，定然是極好的，便說道：「我曾經作夢，夢到祖母雖然寵愛我與青彤，實際上卻是捧殺。後來我暗自留心，竟發現果真，祖母對我們與顏妙彤她們完全不一樣。我之前想著，難道我與青彤並非爹爹親生的嗎？可是父親對我們的疼愛不似作假，而且……祖母連對弟弟也是這樣……」

小公主心中咯噔一下，皺起眉頭。她瞭解齊珍，碧彤二人絕不可能是別人的孩子。那難道，顏浩宇並非董氏的孩子？

又忽然想到，之前她查探顏浩宇消息的時候，發現碧彤的二嬸三番四次想要害齊靜的孩子，會不會與董氏有關？齊珍當年坐不住胎難產而亡，會不會……也是人禍？

小公主心中這樣想著，表面卻不露痕跡，只點頭說道：「還好妳機靈，曉得護著妳弟弟、妹妹。這些事妳不便查，孤卻可以，妳放心，孤定會護著妳和青彤的。」

碧彤感恩的看著小公主，心中格外內疚。小公主因為與娘的交情，是當真對她好，而她對小公主，卻是利用多過感情。

小公主看出碧彤的意思，只笑道：「不過今日妳魯莽了些，孤說了多派人暗中跟著，妳偏偏不要，妳那個小丫鬟能有多大本事？」

碧彤不好意思的笑起來，倒是想起了什麼，問道：「義母，今日要多謝豫景王，若不是他，碧彤恐怕要葬身崖底了……義母，豫景王他沒事吧？」

小公主微嘆一口氣，說道：「本來，孤不過是找他借調人手，沒想到他竟然親自出馬……也好在他親自出馬，不然妳此次只怕是凶多吉少啊！」

碧彤猶豫著又問道：「義母，豫景王救碧彤的時候，似乎受了傷。」

小公主點點頭。「是受了些傷，他已經回府了，莫要擔心，他傷勢不重。」

尹嬤嬤走過來，附在小公主耳邊輕聲說了什麼，小公主回頭笑道：「碧彤，孤有些事情，先出去了，妳好生休息。」

碧彤獨自躺在床上，閉著眼休息，腦海中卻沒法平靜下來。她只記得元宵的那聲嘶吼，接著豫景王一劍砍在馬車上，將她救了出來。他一手抱著她，一手執劍頂住那峭壁，劍花直閃，他的手也青筋突起，鮮血淋漓……

她不是真正十二歲的小姑娘，上一世活到二十二歲，這一世裝了五年的小姑娘。看到豫景王這樣救她，心思竟是回轉了千萬遍，尤其是伏在他胸口，聽著他的心跳，只覺得自己的心也要跳出來了。

上一世她曾得過皇上兩年的寵愛，但那當真是寵愛，就好像對一隻小貓，開心的時候，就過來逗一逗。而她一心認為自己高潔，是為了弟弟襲爵才入宮的，怎可能對皇上有感情？若說上一世有過感情，恐怕正是在豫景王替她求情那一日，產生過一絲絲的情誼吧？

碧彤不自覺紅了臉，不知道是為了上一世那個體弱溫柔的豫景王，還是這一世冷靜強勢的豫景王。只是，小公主怎麼會向豫景王借調人手？去年淨慈寺，豫景王明明說他與小公主不熟。就算小公主向他借，他為何會親自去救人？

碧彤自然不會天真的認為，豫景王是對她這十二歲的女娃娃動心，恐怕……關鍵還在廉廣王身上吧。

上一世皇上昏庸，廉廣王可以說是民心所向。若不是張國公輔政，只怕皇上的位置早就易主，不會等到皇上年過三十的。

而這一世皇上的政績很不錯，唯一缺的便是兒子了。

皇上既是明君，自然有人坐不住了。張國公不願還政，顏金枝則虎視眈眈，廉廣王應該是有了小動作叫皇上和豫景王發現了。

豫景王今日之所以來，醉翁之意不在酒，恐怕是想抓住永寧侯的把柄。畢竟祖父與爹爹再怎麼正直、不願站隊，侯府都還是顏紹輝的後盾。

碧彤正琢磨著，小公主又走了進來，還帶著元宵。元宵為了救銀鈴，也受了傷，不過並不是很嚴重。

元宵一見到碧彤，就跪了下來。

碧彤吃驚的問道：「發生了什麼事情？是銀鈴出事了？」

小公主看了跪下的元宵，抿了抿嘴說道：「銀鈴無事，她在養傷。」

碧彤疑惑。「那元宵這是做什麼？」

小公主嘆了口氣。「本來不想打擾妳，孤本打算直接出手，這丫頭死活要稟告妳，孤想著妳也是個有主意的……」

小公主在碧彤緊張的注目下，緩緩道出重點。「是青彤。」

碧彤一下子坐起來。

小公主忙上前扶住她道：「孤就說不能告訴妳吧？妳快躺好，小心傷口裂開！」

碧彤掀開被子說道：「我無事。元宵，青彤怎麼了？她不是好好的在家裡嗎？」

元宵焦急不安，她心中明白四姑娘對於自家姑娘來說有多重要，所以她得了消息，就一定要來告訴姑娘。「姑娘，我得了消息，姑娘走後，四姑娘不放心您，帶著湯圓尋您去了……但出去後便沒了消息，銀釧急得團團轉，又不知道我們在哪裡，所以拖到現在，奴婢才知曉此事。」

碧彤此刻深深後悔，自己只想著青彤在家裡肯定沒事，怎麼沒有想到，青彤那樣的性子，一定會起疑心的啊。

碧彤趕緊說道：「不行，我要去找她。元宵，快幫我拿衣服……」

小公主按住她。「碧彤，妳這樣子怎麼去？去哪裡？妳知道她去了哪裡嗎？」

碧彤頹然坐在床邊，眼淚嘩嘩的流下來。

「都是我不好，是我沒有照顧好她……」

小公主又道：「孤立刻派人去尋她。」

碧彤一把拉住小公主，說道：「義母，讓元宵去。元宵，去我外祖家，找我表哥，快去快去。」

元宵早慌了神，點點頭爬起來，轉身就往外跑，正與進來的尹嬤嬤撞了個滿懷。元宵回過神，不好意思的行禮說道：「對不起，嬤嬤。」

尹嬤嬤也不管她，匆忙走進來說道：「殿下、姑娘，豫景王的親衛送青彤姑娘過來了。」

碧彤趕緊站起來說道：「青彤來了？在哪裡？」

尹嬤嬤看了小公主一眼，小公主立刻說道：「將青彤直接帶到這裡來吧。」

不多時，便有丫鬟帶了青彤進來。青彤面色蒼白，一抬頭看見姊姊在這裡，也忘記先給公主行禮，只哇的一聲就往碧彤身上撲了過去。

元宵急忙攔住她說道：「四姑娘，三姑娘身上有傷。」

青彤眼神迷離，還未反應過來。碧彤忙一把摟住她說道：「青彤，妳無事吧？」

青彤搖搖頭，哭道：「姊姊，我沒事，但是湯圓，湯圓她受了重傷……她……」

小公主開口說道：「都先坐下再說吧。」

青彤才回過神，匆匆給小公主行禮，又拉著碧彤上看下看，眼淚撲簌而下，問道：「姊姊，妳怎麼受傷了？傷得可重？」

碧彤將青彤按在椅子上，說道：「我不過是輕傷，不甚要緊。妳告訴我，妳發生了何事？」

青彤說道：「祖母和妳出去之後，我越想越覺得不對勁。本來是想告訴母親的，可是母親身子不適，我便偷偷帶著湯圓出去……」

碧彤問道：「妳出去的事情，除了銀釧還有誰知道？」

青彤扭捏了片刻，說道：「我遇到大哥哥了，央求他不要告訴爹爹，他訓斥了我一頓，但是答應我不告訴旁人的。本來大哥哥要安排護院給我，我找藉口偷偷溜了。」

碧彤若有所思的點點頭，顏瀚彤……他或許不會告訴爹爹，但肯定會告訴二叔的。

青彤又道：「我和湯圓租了輛馬車，打聽了李家祖母住的地方，便過去了。沒想到那馬車不知道怎麼回事，七拐八拐，不曉得拐到哪裡去了。後來湯圓覺得不對，就棄了馬車，一路帶著我跑了，接著路上就有人開始追殺我們……

「姊姊，妳說我又沒犯事，為何有人追殺我們啊？那些人凶狠得很，衝著我就砍，若不是湯圓護著，我早就成了肉泥，湯圓現在被那些人砍成重傷了……」

青彤邊說邊哭，直哭得一旁的元宵也落了淚。

碧彤沈著臉，琢磨著，這到底是顏瀚彤自己的主意，還是二叔的手筆？應該是二叔吧？二叔心思重，甚至比董氏還陰狠幾分，只怕是早就想要她們姊妹的命了。

碧彤安撫著青彤，問道：「後來如何了？」

青彤繼續說道：「是一群蒙面人，他們傷了湯圓，又想要來砍我，我拚命跑啊跑，跑到一片樹林，正好見到一群男人在那裡……」

青彤紅了紅臉，小聲說道：「我當時也是慌了，就一頭撞到為首的那個男的身上……」

碧彤吃驚的看著青彤，然而青彤只是有些不好意思，並沒有別的神情。碧彤暗罵自己，此刻青彤只有十二歲，自己心中有鬼，便以為旁人也有嗎？

青彤繼續說道：「我當時很緊張，一直抓著那男子的手，讓他去救湯圓。後來我便暈過去了……再醒來，我便在豫景王府中，豫景王回來便安排人送我來這裡……湯圓受了重傷，不便移動，還在豫景王府中養傷。」

碧彤皺著眉頭，問道：「妳可看清楚，救妳的人是誰？」

青彤想了想，搖搖頭說道：「我只覺得面熟，卻想不起來在何處見到過。不過我昏過去的時候，聽到他身邊的人喊他主子，說我聽到他們的秘密，要把我給殺了。我還以為活不了了，沒想到他們沒殺我，還救了湯圓。」

小公主問道：「妳聽到他們什麼秘密？」

青彤又搖頭道：「我什麼都沒聽到，當時那些黑衣人正在追殺我，我哪裡聽得到旁的事情？公主殿下，那個被人稱主子的是誰？豫景王說是他府內的人，可他府內還有誰能被稱作主子呢？」

小公主想了半天，說道：「並沒有。紹輝未曾大婚，府內的主子，只有他一個。」

碧彤又仔細看著青彤，見她臉色好了很多，說道：「妳沒事就好，擔心死我了，往後不可這般衝動，若是妳出事了，叫我怎麼活得下去？」

青彤依舊帶著眼淚說道：「姊姊這是什麼話，難道叫妹妹我看著妳跳火坑嗎？姊姊，妳告訴我，祖母是不是要對妳做什麼？她為何要這樣？我今日就發現很不對勁，她明顯是要支開我和大姊姊，單獨帶妳出去。」

碧彤不知道怎麼跟青彤解釋，只伸手摸著她的臉，笑道：「莫要擔心，我沒事，今日多虧了小公主和豫景王救了我。」

小公主冷笑道：「是，若不是孤和紹輝，妳們二人今日真是要連番受害了。孤定會查出緣由。」

青彤忙站起來行禮，說道：「多謝公主殿下，為臣女與姊姊主持公道。」

小公主卻擺擺手。「孤無法替妳們主持公道，孤雖是妳姊姊的義母，卻不能插手妳們侯府的事情。不過在孤看來，妳二人就是孤的孩子，絕不會放任旁人傷害妳們的。」

青彤感激的看著小公主，又有些失落的看看碧彤，說道：「姊姊，為何……為何……」

碧彤笑起來，說道：「很多事情，不是我們能想通的，想不通就不要去想，我們努力過好自己的生活，兵來將擋水來土掩。不過青彤，妳要答應我，往後做任何事情，一定要跟我說，切不可單獨行動。」

青彤吃了這次虧，自然明白，當下點點頭表示知道了。

永寧侯府。

齊靜用過午膳，正陪著熠彤準備歇息，就見永嬤嬤急匆匆的走了進來。

齊靜略略有些不高興地說道：「嬤嬤，熠彤這才要睡著呢，作甚這般急躁？」

永嬤嬤慌慌張張說道：「大夫人，老夫人和三姑娘出事了。」

齊靜慌得立馬站了起來，顧不得還在揉眼睛的熠彤，忙問道：「出事了？出了何事？」

永嬤嬤搖搖頭說道：「說是老夫人硬拉著李老夫人回侯府，馬車不夠用，就租了馬車給三姑娘。怎奈城西魚龍混雜，遇到一群地痞流氓打架，慌亂之中，老夫人與三姑娘的馬車分散了，現在全都不知所蹤。

楊嬤嬤駕了驢車先回來，本來是要找二爺的，但是二爺也出去了，被門房聽到了，這才報到老奴這裡……」

齊靜也顧不得為何楊嬤嬤回來會先去找二爺，只邊往外走，邊喊道：「雲兮，喊乳母、丫鬟來陪著熠彤。嬤嬤，快去請楊嬤嬤過來，她是母親的嬤嬤，不論怎樣，咱們都要客氣點。再去差人尋老爺、大爺回來，快去。」

本來，府裡的老夫人和三小姐丟失的事情，當然是得瞞得死死的，否則姑娘家的名聲肯定要沒了。偏偏顏浩軒自以為天衣無縫，安排人手過了正午便大肆宣揚，永寧侯府的三小姐丟失了。

待顏顯中想要隱瞞下來私下尋找時，已經來不及了，洛城貴人們，哪一家沒有耳目？這樣大的事情，已經被徹底宣揚出去了，只是丟失的人還多了一個老夫人。

顏顯中顧不得其他，託人去齊國公府、張國公府，尋了羽林衛，又報了大理寺。鬧這樣大的陣仗，自然是想要在天黑之前，找到董氏與碧彤。若是天黑之前還找不到她們，碧彤這名聲便徹底毀了。

下午便得到消息，說是有人見著碧彤與董氏的車馬，先後往西明山去了。

顏顯中立刻帶著顏浩宇、顏浩軒兄弟二人，一起去西明山，想要早些找到董氏與碧彤。

西明山的半山腰上，有一座廢棄的尼姑庵，尼姑庵表面上是收一些犯了家事或者沒了名聲的女子，實際上竟是暗地裡利用那些女子做些見不得人的勾當。後來被先皇查出來，將尼姑庵裡面的庵主等人全都斬首，其他人也都入了收容所，而這尼姑庵做過這種事情，自然沒有人願意去了。

顏顯中父子三人，帶著一眾護衛，來到這尼姑庵，卻見門外暈著數名護衛。

顏浩宇下馬查探，有些詫異的回頭說道：「父親，這些人好像是不小心吸入了迷魂散。」

顏顯中的貼身侍衛小心的走近尼姑庵的院門，院門破敗不堪，此刻正半掩著。侍衛緩緩的推開門，小心的進門察看了一番。退出來說道：「侯爺，院子裡也暈著幾名侍衛，還有一個老婦人與一名女童，不過並非老夫人和三姑娘。」

顏顯中皺著眉，率先走了進去。顏浩軒雖然也是滿臉愁容，心中卻有些高興，碧彤一定在這裡，不過母親怎的也跟著不見了？

顏浩宇一進去，便輕喊：「大家屏住呼吸，這院子裡有古怪的香味。」眾人急忙屏住呼吸，慢慢的走進去，果然見到院子裡的古樹下，靠著一對老幼，似是祖孫二人。

顏顯中上前仔細辨認，依稀認出，這是當年與董氏交好的李氏。

侍衛取了水澆在李氏臉上。李氏醒過來，驚恐的看著眾人，抖抖索索的喊道：「別殺我，別殺我啊，我沒錢，沒錢！找她，她夫家是大名鼎鼎的永寧侯府，家財萬貫……」

顏顯中沈了臉，踢了踢她的腳說道：「李氏，胡說甚？本侯便是永寧侯，說，妳把本侯的夫人和孫女弄到哪裡去了？」

李氏惶惶的抬頭四下張望，這才看著顏顯中，只是半晌沒認出他來，仍舊抖抖索索的縮著。

顏浩軒不耐煩，吼道：「妳再不從實招來，我就把妳這孫女給弄死。」

李氏全身一震，這才想起來身在何處，看了看一旁的孫女，忙一把摟在懷裡，見她似乎沒死，方放心下來，又搖頭說道：「侯爺、侯爺，我不知道啊！是一群黑衣人，劫了我們去，本來是要拉我孫女的，不知怎的，一陣煙霧過來，我們便都暈了……」

顏顯中問道：「妳們怎麼會在這裡？」

李氏支支吾吾的直搖頭說道：「侯爺，我真的不知道啊，馬車被人趕上山，一群黑衣人劫持了我們……我暈過去之後，就什麼都不知道了……」

正在此時，一名侍衛走過來說道：「侯爺，堂內有人。」

顏顯中又帶著眾人往堂內走去，進了堂內，依舊是一些倒地的侍衛。顏顯中皺緊了眉頭，心中著實好奇。

顏浩宇搜索著地上侍衛的身上，摸出一塊權杖，舉起來看了看，卻臉色大變，說道：「父親，這是辰王的護衛。」

顏顯中更是大驚失色，辰王齊培熙乃皇室旁支，今年五十有六，最重要的是，辰王甚喜幼童，童男童女都是他的心頭好。辰王府內豢養著大量的孩童，只等他們年滿十歲，便可供辰王玩樂。這些事情雖然沒有擺在明面上，但是洛城的達官顯貴們又有幾個不曉得？

顏浩軒心中冷笑，無論怎樣，顏碧彤今日是跑不掉了。

顏顯中和顏浩宇則握緊了拳頭，顏浩宇紅著眼眶，看著顏顯中說道：「父親……這等事情，兒子絕不能忍。」

顏浩軒裝作踉蹌，一副心痛的模樣說道：「大哥，這事情，真是我們侯府的悲哀……今日這事鬧得太大，恐怕、恐怕……只能送走……」

顏浩宇赤紅著雙眼，低聲吼道：「我定要將他碎屍萬段！」

第二十八章

顏浩軒一把抱住顏浩宇說道：「大哥，大哥，這種事情，辰王能受到怎樣的懲罰？咱們侯府，又怎能與王府計較？不為旁人想，也得考慮考慮青彤啊！」

顏浩宇聽到青彤的名字，頹然鬆開手，竟是跪地大哭。

顏顯中瞪了他二人一眼吼道：「此事未有定論，不許胡說！發生了什麼事情，你我皆不清楚，怎能拿孩子們的名譽開玩笑？」

說罷，也不管他二人，逕自走進裡間，裡面一間房內，傳出一股淫靡之味。顏顯中閉了閉眼睛，心中格外悲哀，碧彤是他最疼愛的孫女，如今竟遭此大難……

顏顯中推開門，顏浩軒顧不得假裝關懷大哥，趕緊跟上父親，一同進了裡間。只見衣衫扔得屏風上、地上全都是，屏風後面，雖然看不見，卻也能想像是怎樣的場景。

未等顏顯中動作，顏浩宇已經跌跌撞撞走了進來，見到這一切，他強忍著眼淚，顫抖的脫下自己的外衣，步履沈重的往屏風後面走去。

一步一步走向屏風後，床榻上趴著一個滿身橫肉、胖胖的老男人，身軀雖然已經皺皺巴巴的，但皮膚尚白，他手臂大腿，皆壓著旁邊另一人。

顏浩宇深吸一口氣，上前仔細一看，那仰面躺著的，卻是一具成年女子的身軀，不……應當說是老人的身軀。同樣白白的、皺皺巴巴的皮膚，胸已是拉到了肚皮上，難看極了。

顏浩宇吃驚的想要回過頭不去看，但得搞清楚狀況，又耐著性子往她臉上瞧了瞧，更是大吃一驚，慌忙退了出去，不可思議的看著顏顯中。

顏顯中莫名其妙的問道：「怎麼了？」

顏浩軒心中暗喜，大哥這副模樣，難道是碧彤出了更嚴重的事情？忙開口說道：「大哥，趕緊給侄女披上衣衫，先將她帶出來吧！」

顏浩宇聽了這話，卻支支吾吾的，將手中的外衣遞給顏顯中，說道：「父親……父親……您進去吧！」

顏浩軒皺著眉頭說道：「大哥你糊塗了？這裡沒有女眷，你是她父親，自然只能你去了。」

顏浩宇憋紅了臉，半晌說不出話。

顏顯中見到兒子這副表情，心中打了一個突，伸手接過衣衫，輕輕走到屏風後頭。接著只聽「啪」的一聲，顏浩宇與顏浩軒都嚇了一跳，顏顯中顯然是給了誰一耳光。二人對看一眼，心道難道父親打了辰王？

二人不便留在這裡，便都齊齊後退，退至門邊，又不敢退出去，擔心父親若是喊他們，兩人聽不到，萬一父親吃了辰王的虧怎麼辦？

這一耳光自然是給辰王的，辰王嚇了一跳，從床榻上滾了下來，董氏也一下子驚醒了，不可思議的看著面前這一切。

辰王左看右看，站起來衝著董氏吼道：「怎麼會是妳？不是說好了，是妳那個白嫩的小孫女嗎？」

這一吼讓董氏慌了神，趕緊搖手，喊道：「不是……我不知道……老爺，不是啊！我真的不知道……」

辰王這話讓顏顯中馬上明白過來，自己的夫人竟然想要害碧彤?!他冷哼一聲，將手中的衣服扔給董氏，說道：「蓋上，成什麼樣子！」

辰王指著董氏的鼻子說道：「妳這個賤人，本王打死妳！」

說罷，出手便是兩拳，顏浩宇與顏浩軒聽到辰王暴怒的聲響，以為是同父親打了起來，趕緊過來幫忙。這一進來顏浩軒卻吃了一驚，那床榻上裹著顏浩宇衣服的，竟不是碧彤，而是他母親！

顏顯中面色冷峻，瞧著面前的辰王，冷哼一聲，轉頭對顏浩宇、顏浩軒二人說道：「你們先出去。」

顏浩宇一面心疼母親，一面又憤恨始作俑者的辰王，擔心的問道：「父親，如今這……」

顏浩軒趕緊說道：「父親，這樣的事情若是被旁人知曉了……不要說咱們家了，便是娘娘和五王爺，恐也會招人非議……」

董氏一聽到這個，趕緊哭訴道：「老爺，老爺，妾身真的是不知道啊！怎麼會這個樣子？妾身死不足惜，可是阿宇、阿軒怎麼辦？太妃娘娘怎麼辦吶？」

顏顯中閉著眼，腦中一團亂麻，按照辰王的說法，難道是自己相處三十多年的妻子，想要害自己的孫女？

顏浩軒咬一咬牙，不管怎樣，先把碧彤拉下水才行，便說道：「父親，母親與碧彤失蹤的事情，現在洛城人盡皆知……出了這樣的事情，母親聲譽若是不保，妹妹在宮裡也待不住了……不如乾脆，就假做是碧彤……」

顏顯中聞言，回頭一個耳光甩在顏浩軒臉上，一下子將顏浩軒掀翻在地，顏浩軒捂著臉不敢作聲，只深深的嘆氣，一副為著自己家族著想的樣子。

顏浩宇趕緊說道：「父親、父親，萬萬不可啊，碧彤她還年幼，我們若是這般做，碧彤這輩子都毀了呀！」

顏顯中怒氣攻心，一個不穩就要暈倒，顏浩宇急忙架住父親，扶他至床榻邊坐下，又怒對著辰王說道：「辰王爺，今日之事，侯府必將追究到底！」

辰王心中直犯噁心，他素來喜歡少男少女，今日與這個五旬老嫗同榻而眠，又怎麼能接受？只以為自己是被這董氏所害，才會暴怒質問。如今見狀，竟是他們都著了旁人的道，當下思緒轉得飛快。

這董氏想要害繼子，繼子卻只拿她當親生母親，顏顯中顯然是沒準備好，即便告訴他們真相，這種損傷名譽的事情，他堂堂王爺也不甚在意，但若讓人知道他與董氏合謀作亂，那就不好了。

本來只是貪圖那養尊處優的嬌嬌小娘子，怎想一遭失算，鬧得一身騷，偏又不得不處理好了。

便尋著機會開口說道：「侯爺，本王實在也是受害之人，可恨不知道是誰，竟把本王拉到這裡……此事攸關本王與侯府名譽，不如我們都各退一步……」

顏浩宇瞪圓了眼，冷哼道：「什麼受害之人？如今你這般傷害……」想要說他傷害了自己的母親，又說不出口，只改口說道：「你這般作為，豈不是不把我們永寧侯府放在眼裡？」

董氏見辰王已經想要大事化小了，偏自己那個便宜兒子還要搗亂，當下哭泣道：「阿宇，你這是要逼死母親啊！」

顏浩宇才要反駁，辰王忙道：「本王平日的喜好，想來世子也是有所瞭解的，若不是著了旁人的道，怎會做出今日這糊塗之事？不過想來，今日之事，尚需你們侯府與本王府一同查探，究竟是何人吃了熊心豹子膽，敢在本王頭上動土！」

顏浩宇這下子愣了愣，細細一琢磨好像真的是這麼回事，但究竟是誰和辰王府與永寧侯府有仇，竟這般對待他們？

顏浩宇也不敢多說，只好看著喘著粗氣的顏顯中。

顏顯中沒說話，眼睛淬了毒似的看向董氏，董氏心虛的不敢出聲。

許久，顏顯中深吸了一口氣，站起來說道：「既如此，此事……就阿宇，配合辰王府的人，好好調查清楚……」

調查二字，顏顯中說得格外咬牙切齒。

顏浩宇又問道：「父親，如今外面都知道母親與碧彤丟了，這次隨我們來的人，許多都是內史大夫的人，都知道地上那些是辰王府的人……這可如何是好？」

顏顯中沈吟片刻，起身對辰王行禮道：「今日多謝辰王，救了侯府夫人……」

顏浩宇瞪大了眼睛，又不得不低下頭。

是的，對外宣稱辰王救了母親她們，自然比旁的消息要好得多。母親出了這樣的事情，父親一定是最痛心的，如今卻要作出這種決定……

顏浩軒目光微閃，只能等之後再放出輿論消息，說辰王明面上是救了她們，實際上是侯府顧及碧彤的聲譽，故意這麼說，其實碧彤已經是辰王的人了。

辰王得了這個好，只訕笑著，拍了拍顏顯中的肩膀說道：「侯爺，您也到了這般年紀，想必也是有心無力了。此事本王也承你的情，往後有何事知會一聲，本王拿你當自己兄弟！」

顏顯中拉著臉看著辰王說道：「老臣不敢，王爺做事自有章法。日後若是再讓老臣知道，王爺打老臣家眷的主意，休怪老臣翻臉不認人！」

辰王被噎了一下，斜眼看了顏浩宇和顏浩軒二人，一甩袖子說道：「那請侯爺，好生看管自己的後院吧！」

顏顯中冷笑道：「無須王爺操心，老臣回府定當清理後宅！」

董氏瑟縮了一下身子，抬頭看了看顏顯中陰鷙的目光，心中甚是害怕，又求助似的看著顏浩軒。顏浩軒並不在意，反正為著做太妃的妹妹，父親也不會過於處罰母親的，最多不過是禁足而已吧。

辰王甩著袖子，心中頗有些不高興，卻也無可奈何，就算將害他的人找出來千刀萬剮，恐也難解心頭之恨。便也不理眾人，穿好衣服，轉身出去帶著人都走了。

顏顯中帶著兩個兒子出去，董氏抖抖索索的穿好衣服，跟在後面。顏浩宇向來孝順，想要扶一扶母親，又覺得今日之事實在噁心，便跟緊顏浩軒，不理會後頭的董氏。

董氏又是委屈，又是生氣，不知道該怎麼辦，不曉得回了侯府，顏顯中將會怎樣對付她。

到了院子裡頭，李氏和孫女還跪在地上，驚惶的看著四周的侍衛。

顏顯中走到李氏面前站定，問道：「本侯的孫女在哪裡？」

李氏搖搖頭說道：「我不知道……侯爺，我是真的不知道啊……」

顏浩宇不敢對母親說狠話，只好把氣往李氏身上撒，吼道：「妳不知道？妳們不是在一起的嗎？」

李氏縮著脖子，吶吶的說道：「侯府馬車小……董姊姊便租了一輛馬車，讓三姑娘坐那輛馬車去了……」

顏浩宇怒瞪雙眼問道：「哼，侯府的千金小姐，不坐自家馬車，卻讓給妳坐？妳好大的顏面！」

李氏更是害怕，聲若蚊蚋的解釋道：「本來應當是我坐的……董姊姊說我算是三姑娘的長輩……」

顏顯中一腳踢翻李氏，說道：「就憑妳，也敢自稱本侯孫女的長輩？」

顏顯中從不打女人，這次顯然是氣壞了。

顏浩宇生怕他氣出毛病，趕緊上前替父親撫背，又指著李氏說道：「我女兒坐不得侯府馬車，妳孫女倒是坐得？」

李氏忙磕頭請罪，說道：「是我不好、是我不好，我孫女……她認生，非要跟著我……實在是我不好……」

顏顯中回頭看了董氏一眼，說道：「若是碧彤今日傷了一根毫毛，本侯府也非良善之人！」

李氏心中悔恨萬分，已經到了這般田地，自己竟然還由著董氏的攛掇，竟真以為到了侯府，便又成了從前的主子了。

如今也只能祈禱三姑娘平安無事才好啊！

等到戌時，小公主趕到皇宮，向太后哭訴。

「皇嫂，我本想著，既然回了洛城，老一副遭人痛恨的模樣，也是不好。恰巧今日真輝要去西郊施粥，我便一力承擔下來，怎奈途中竟遇到流民傷人……嗚嗚嗚，嚇死妹妹了……」

太后、顏太妃、唐太妃以及董太妃皆坐在上首，瞧著年紀雖然比她們小，模樣卻比她們老許多的小公主，一副柔弱模樣的哭訴，實在是倒胃口極了。

太后最是自持，開口問道：「恭兒可傷著沒？」

小公主搖搖頭說道：「也是恰巧，我那個義女碧彤，被流民撞散了，正碰著我的車駕。本來有個流民，見著我穿著富貴，便心生不平，想要來刺殺我，幸好碧彤替我擋了那一刀，可憐了我的碧彤兒呀！」

顏太妃眼皮子一跳，今日之事，只大概知曉母親與哥哥是打算先對碧彤下手的。本來這事情她不甚贊同，碧彤、青彤是女孩子，何須如此麻煩？不過母親與哥哥執意這麼做，她也懶得管。

此時她只得一副憂心的模樣，問道：「碧彤受傷了？怎無人報於我？可無事了？」

小公主淚水撲簌簌落下。「受了重傷，此刻正在我府上養傷……庶嫂放心，侯府那邊，我已經差人去了。」

顏太妃更是心疼不已的模樣，說道：「唉，碧彤那丫頭，自小就成熟懂事得很。公主，不若我安排幾個太醫去瞧瞧？」

小公主用帕子拭拭淚水，哽咽道：「庶嫂莫要擔心，我已經請了太醫去診治，後面只是需要多加休養……不過，皇嫂，我今日來，還有一事相求。」

此話一出，太后有些頭大，若是長公主來求她什麼事情，她心中也明白，皆不會很過分。但小公主就不一定了，偏偏她性子孤傲，又不好得罪，只得耐下性子說道：「恭兒何事？」

小公主一副慈母模樣說道：「皇嫂，您也知道，上次碧彤代她祖母受罰，跟在我身邊五個多月。我是當真覺得這孩子蕙質蘭心、冰雪聰明，這才收她做義女。如今她又替我擋刀，如此敦厚之人，臣妹想要替她請封郡主。」

眾人皆吃了一驚，尤其是顏太妃，臉上那溫柔可人神情不見了，震驚之下全是嫉恨。碧彤的地位如今當真是水漲船高，若是成了郡主，豈不是能跟林添添平起平坐？

本來妙彤雖然是侯府長女，但因為二哥的官職不如大哥，妙彤身分上自是不如碧彤、青彤，但侯爺之位遲早是二哥的，因此她倒不擔心。可碧彤若是做了郡主，即使二哥繼承了父親的侯爵，妙彤也是比不上碧彤的。

顏太妃一頓，接著笑得一臉溫和。「公主，此事恐怕還得從長計議。碧彤那丫頭機緣巧合入了妳的眼，自是侯府的榮耀，只是她年紀小小的，榮耀太過了，豈不是讓她的心性變得虛榮？更何況，她救了妳，那是她的福氣，怎能借此邀功呢？」

小公主瞟了顏太妃一眼，心中琢磨著，看來不僅是董氏，碧彤這個姑姑也不甚喜歡她們，便只冷笑道：「庶嫂說什麼侯府的榮耀？孤做事情，需要顧及旁人的榮耀嗎？」

說罷，只看向太后說道：「本來請封這事情，孤應當找皇后的。不過如今皇后身子精神也不大好，少不得要麻煩皇嫂您了。」

張皇后自從去年沒了孩子，一直精神恍惚，整天叫嚷著有人要害她。著實讓太后頭疼不已，如今皇帝已經二十有一了，自是不能再等皇后生下嫡子。因此太后決定替皇帝廣納後宮，偏張國公與皇后不允，太后乾脆將皇后禁在宮中。反正後宮事務，向來都是太后打理的，倒也沒什麼影響。

小公主刻意這麼說，卻是說明自己的性子我行我素，若是太后這邊不允許，她便鬧到皇后或者皇上那裡。

本來小公主喪夫，就算過繼或者再嫁，都沒問題。如今只是想要替義女請封郡主，而且碧彤也算是高門貴女，太后自是願意承這個情，便笑道：「恭兒這是何話？這樣的事情，算什麼麻煩，哀家即刻便下懿旨，只是這封號，可能還需擬一擬。」

小公主得了好，態度更溫和了，笑說：「皇嫂也無須憂心，我自己選了封號，興德。」太后亦是微笑著點頭說道：「此號甚好，德行是女子最重要的東西，顏家碧彤，孝感動天，配得上興德這個封號。」

小公主立刻下拜說道：「臣妹在此替義女顏碧彤，多謝太后娘娘。」

顏太妃只得端著一副與有榮焉的模樣，心底恨得牙癢癢，若是這等好事放在妙彤身上，將來妙彤嫁給紹兒，豈不是又替紹兒增添了籌碼？

卻說顏顯中先著人將董氏送回侯府關起來，又將李氏祖孫送走。然後帶著兩個兒子繼續上山搜尋碧彤，搜遍整山也沒有結果，只好帶著眾人回了侯府。

一回去，齊靜便焦急的迎了上來。

顏浩宇只當她是心急碧彤，遂安慰道：「碧彤還未找到，不過已經全城搜救了，妳也莫要擔心了。」

齊靜搖搖頭，幾欲落淚，說道：「父親，大爺、二爺，妾身雖替碧彤憂心，只是……只是……」

三人都感到不妙，這是有別的事情發生啊。顏顯中眉頭一皺，語氣很是不善的問道：「怎的，如今妳結巴了？發生了何事？」

齊靜咬牙說道：「父親，青彤她也不見了。」

顏顯中一把捂住胸口，顏浩宇及時的扶住他，回頭瞪了齊靜一眼，意思是她不該說得這麼直接，老父親已經這般大年紀，今日又受了太多刺激。顏浩軒也趕緊上前扶住顏顯中，二人將顏顯中送至廳內坐好。

齊靜跟在後頭又委屈又難過，一雙女兒都不見了，她怎麼對得起地下的姊姊啊？

顏顯中喝了口茶，順過氣來，今日發生的事情都讓他接受不了，可是再接受不了，也只能硬著頭皮處理了，實在是家宅不寧啊！他忍著氣問道：「青彤又是怎麼回事？」

齊靜發愁的說道：「你們出去之後，銀釧才來告訴我，原來一早母親和碧彤出去之後，青彤竟然只帶著湯圓偷偷跟去了。後來聽說母親和碧彤出事，銀釧才著急了……」

顏浩宇又瞪了她一眼道：「都是妳平日裡慣著她們，招呼都不打一聲，竟然敢私下偷跑出去，回來我定要打斷她的腿！」

顏顯中有氣無力的說道：「如今說這些話，還有什麼意思？還不快再派人出去找？只要她兩個安安穩穩，好生活著，我便是入了土，也高興啊！」

顏浩宇紅著眼睛說道：「父親何必說這樣的話？放心，她們一定沒事的……都是我這個做父親的不好，沒有照顧好她們。」

齊靜更是淚水漣漣，一個勁兒自責，說自己沒看管好。

顏顯中擺擺手，說道：「阿宇你先去內史嚴大人家裡，讓他加派人手……靜兒妳先回去照顧熠彤。」

二人答應了，都走了出去，顏浩軒心中打了個突，忙說道：「父親，我與大哥一同去。」

「站住！」顏顯中沈聲一吼。

顏浩軒身子一抖，站在旁邊一動也不動。

齊靜聽了眼皮子一跳，回頭看了眼顏浩軒，心中著實不安穩，難道此事與他有關？偏偏也不敢問出來，更沒辦法告訴顏浩宇，只能壓住心中的好奇，回了浮曲院。

顏浩宇與齊靜一出去，顏顯中就站起來，給了顏浩軒一耳光。

顏浩軒喊道：「父親，您這是做什麼？」

顏顯中憤怒的問道：「此事是不是你與你娘做的？」

顏浩軒心思轉了轉，看樣子父親是猜到了，但不管怎樣，自己都不能暴露出去，便一副委屈的樣子看著顏顯中說道：「父親，你作何要這般想我？」

第二十九章

顏顯中又一巴掌打過來，怒吼道：「當初你媳婦陷害你嫂子、陷害熠彤，是不是你指使的？你以為我不追究，心裡就不清楚嗎？這次你母親想要害碧彤，結果偷雞不成蝕把米，是不是？」

顏浩軒明白了，父親已經知道是母親做的。忙搖頭說道：「我不知道啊，父親，我當真不知道啊。」

顏顯中冷笑一聲。「你不知道？你母親這麼做為了誰？還不是為了你、為了妙彤！」

顏浩軒知道再狡辯也無用，但絕不能讓父親知道，他已知曉大哥並非母親親生的。於是梗著脖子喊道：「是，我是看不慣，您處處偏心大哥，我也是您的兒子啊！母親也是，處處偏心碧彤她們，明明我是幼子，母親卻疼碧彤、青彤超過妙彤……你們都這樣偏心！」

顏顯中仔細打量顏浩軒，狐疑的問道：「你是覺得我偏心？所以想要害碧彤、青彤？」

顏浩軒忙道：「我沒有害青彤，是碧彤……碧彤她如今名聲太過……襯得妙彤……」

顏顯中怒道：「碧彤的名聲好，是託了小公主的福氣，妙彤若是沒有你們這樣的父母，又能差到哪裡去？你自己心胸狹小，帶累了我的孫女！你告訴我，你把碧彤弄到哪裡去了？」

顏浩軒搖頭說道：「當真不知道啊父親，我也不明白，為何碧彤會不見了。本來兒子也沒打算怎麼樣的，就是把她藏半天……」

顏顯中陰沈的看著他問道：「然後呢？然後你侄女沒了名聲，妙彤就能落得好處？」

顏浩軒囁嚅道：「我本想著，碧彤還小，送回柳州養三年，再接回來……自然是什麼風聲都沒了的。」

顏顯中又冷哼一聲。「那你母親打的什麼主意？」

顏浩軒咬咬牙說道：「紹輝要大婚了，母親屬意妙彤……但是有碧彤在，恐怕妹妹她……」

顏顯中一拍桌子，怒道：「糊塗！為了個王妃之位，你們竟狠心到傷害自己的親人？屬意妙彤？那碧彤何辜？」

顏浩軒跪下說道：「父親，您懲罰兒子吧，兒子是一時昏了頭，想著將來大哥襲爵，碧彤、青彤總不會太差。但是妙彤呢？父親，您知道的，妙彤沒了母親，兒子官職又低，若紹輝不娶她，她就嫁不到好人家了啊！」

顏顯中氣得鬍子一翹一翹的，坐在椅子上沈思。算是明白了，二兒子一心嫉妒自己哥哥，董氏又偏心老二一家子。說到底還是自己疏忽了，竟以為董氏不過是些小動作，沒想到她的動作一點都不小，恐怕當年陳氏要害熠彤的事情，董氏並不只是睜一隻眼閉一隻眼，根本就是始作俑者吧！

外頭一陣響動，讓顏顯中回過神來，看著地上痛哭流涕的兒子，心中也是一陣愧疚。他記掛著髮妻，難免對浩宇的關注更多些，又因浩宇是長子，將來要襲爵，且他認為董氏會偏心親生子，便更心疼浩宇一些。

自小浩軒便是小家子氣，目光又短淺。他總想著，反正浩軒是幼子，長子浩宇不論是能力還是心腸，都是合格的一家之主，即使將來他去了，浩宇也能好好的引領這個家族走下去。

只是沒想到，他的這般不管不問，倒讓董氏與浩軒生出別樣的心思來，看浩軒這樣子，應當還不清楚浩宇並非董氏的親生子。

想到這兒，顏顯中仔細看了看顏浩軒，心中更是疑惑，他當真不曉得浩宇並非董氏親生嗎？沒想多久，就聽外頭似乎有人走過來，顏顯中終究是心疼這個幼子，便說道：「先起來，後頭我再找你算帳。」

顏浩軒明白父親這是沒打算讓大哥知道，當下鬆了一口氣，默默的站在一旁。

顏浩宇急匆匆走進來，一眼便看到父親面色沈重，弟弟低著頭，似乎是被父親訓了。

顏顯中問道：「叫你去尋碧彤、青彤，你做甚？」

顏浩宇眉眼間卻帶著喜色，笑道：「父親，碧彤、青彤皆無事。小公主府來人了，說是碧彤和青彤在小公主府上。」

顏顯中雖說很是詫異，但聽聞兩個孫女都無事，當下放心下來，只覺得老天保佑，趕緊問道：「可知曉是出了何事？」

顏浩宇搖搖頭說道：「公主府的人沒說，不過兒子去打探了消息，說是今日小公主去西郊施粥，遇見碧彤了。」

顏顯中點點頭說道：「那你還不去將她們接回來？」

顏浩宇皺著眉頭說道：「聽說碧彤好像是受傷了，小公主也入宮了，兒子這樣貿然去，定是也接不回來。父親請放心，兒子馬上讓靜兒帶著妙彤去看看她們的情況。」

顏顯中聽了這話，看了顏浩軒一眼，說道：「讓人守著，等晚一些，得了公主出宮的消息，再讓靜兒自己去便是了，妙彤便不出去了。」

顏浩宇愣了愣，點頭說道：「也好，碧彤的傷還不知道是什麼情況，今日發生這樣多的事情，妙彤身子也不大舒服，時辰也不早了，便不讓她四處跑了。」

顏浩軒見顏顯中瞧他，立馬做出一副愧疚的模樣，倒是讓顏顯中稍微好受一點，這個兒子雖然鑽了牛角尖，總還曉得他自己做的事有多醜。

小公主府內，小公主入宮去了，碧彤與青彤二人躺在一起說話。

青彤問道：「姊姊，妳早就知道對不對？妳知道今天會出事，妳都安排好了？」

碧彤默不作聲。

青彤著急的問道：「姊姊，此刻只有我倆，妳老實告訴我，為什麼妳會提前知道？若是妳告訴我，我還能配合妳，不然妳瞧今日，我不僅沒能救妳，還差點害自己陷進去了。」

碧彤聽了這話，倒是當真醒悟過來。是啊，這一次若是提前告訴青彤，她定然不會這般魯莽，若不是遇到那個陌生人，若不是那個陌生人是個好人，還真不知道青彤此刻會怎麼樣呢。

青彤見姊姊神情鬆動，忙道：「姊姊，我知道，從前妳一直不肯說實話，是怕我一時衝動。我現在長大也懂事了，不會再那般魯莽衝動，妳告訴我好不好？」

碧彤點點頭，低聲說道：「很多事情，我不知道怎樣告訴妳，我想說的是，在家裡，人心是最不可測的。我們要防著，防著祖母，連二房、三房，都要防著。」

青彤嘴巴微張，遲疑著問道：「姊姊，我很好奇，為什麼是祖母，祖母平日雖然有些老糊塗，但她對我們卻是真正的好啊！為何她要害妳？」

碧彤依舊不敢將實話告訴她，只如同與小公主說的一般，說道：「我告訴過妳，我曾經作夢，那些並非假話。我夢到的是祖母對我們並非真心疼愛，包括二叔和已逝的二嬸。從前不告訴妳這些，是因為我並不相信，但是夢中許多事情，都真實的發生了，我不得不信。到後來我便多留了心眼，發現祖母和二叔他們，當真對我們不是真心。」

青彤抓住碧彤的衣衫，問道：「妳夢到什麼？夢到祖母她這次要害妳？祖母她是怎樣害妳的？」

碧彤搖頭道：「並非夢到這次是怎樣害我，只夢到從前發生的事情，所以我一直都多長個心眼，這一次我心中覺得不對勁，便拜託小公主幫襯，沒想到，他們果然是想要害我。小公主安排的人，在半途中將我帶回來了，所以我才安然無恙。」

青彤瞪大了眼睛，不可思議的看著碧彤，旋即低下頭。是的，她從未想過祖母會傷害她們，每次都認為祖母的所作所為不過是太過寵溺了。若是這些事情當真是祖母參與其中，那該是多麼可怕的一件事情啊！

青彤苦笑一聲說道：「姊姊，怎是安然無恙，妳都受傷了……」

碧彤笑道：「這點小傷，何足掛齒……說起來妳見到四王爺沒？他救我時，倒是受傷得厲害。」

青彤搖搖頭說道：「因是外男，我倒是未曾注意到他受傷了。不過姊姊，祖母做什麼要害我們？我們是她的親孫女啊！」說到這裡，青彤又自言自語道：「親孫女？若我們當真是她親孫女，她怎會這般對我們？難道我們並非……」

青彤又不可置信的看著碧彤，碧彤嘆了口氣說道：「我並不知道究竟是為何，這些事情，我只敢爛在肚子裡。青彤，妳也一定要爛在肚子裡，這些都是些捕風捉影的事情，就算明白是祖母參與進來，我們也沒有證據……」

青彤用力的點點頭說道：「姊姊，我不會說的，妳放心好了！不過這些事情，若是不查出來，我這輩子都不甘心！姊姊，本來我帶著湯圓好好的，卻不知怎的會被人追殺，難道咱們家有仇人？」

碧彤瞇了瞇眼睛說道：「妳今日遇見瀚彤了？」

青彤愣了愣，姊姊對大哥哥，竟是直呼其名了，難道大哥哥他也是虛偽的？當下點點頭。「大哥哥說要替我保密的……」又看了看碧彤，吃驚的說道：「妳是說……大哥哥想要殺我?!這是為何？」

碧彤眼神一閃，苦笑了一聲。「青彤，我一直在想，當初二嬸那般大膽，想要害母親和熠彤，真的是二嬸一人所為嗎？二叔說他一點都不知情，妳相信嗎？」

青彤一眨不眨的看著碧彤，倒是認真思索這個可能。是啊！從前只覺得二嬸狼子野心，如今細細想來，狼子野心的恐怕也有二叔吧？更何況連祖母都想要姊姊的命了，這究竟是怎樣的一家人？

碧彤笑道：「妳別瞎操心了，小公主她說了，這些事情她要查個清清楚楚。」

青彤有些擔憂的問道：「姊姊，小公主對我們這樣好……我有點害怕，是不是對我們有所圖呢？」

小公主哈哈大笑著走進來說道：「青彤，妳倒是說說，妳們有什麼值得孤去圖謀的？」

青彤嚇了一跳，忙站起來行禮，支支吾吾的說道：「殿下，我……臣女並非有意冒犯……臣女是……是……」

支吾了半天也不知道應該說什麼，只好側頭看著碧彤，乞求她幫忙。

碧彤卻若有所思的點點頭說道：「義母，我覺得青彤說得有道理啊，實際上我已經受了您太多的恩情了。」

小公主擺擺手坐下，倒是微嘆一口氣。「碧彤，孤常日說妳聰明伶俐，現下看來，實際上妳比青彤還要天真。青彤尚且知道懷疑一下，妳卻是誰對妳好便全心信任。若孤當真對妳們有所企圖，妳豈不是羊入虎口？」

碧彤笑起來說道：「義母，碧彤自是認得清誰是真心、誰是假意的。」

小公主又細細看看二人，感嘆道：「真是羨慕妳們姊妹情深，青彤妳也無須憂心。當年孤與妳們娘親，說是閨中密友，其實她與孤，比長公主更似親姊妹。當初讓妳們娘親背負了這些年的流言，當真是孤的不是……」

小公主的眼角，隱隱閃著淚光，碧彤與青彤對看一眼，都沒有做聲。

小公主自己笑起來說道：「瞧瞧孤，過去的事情還提它作甚？妳們既是她的女兒，孤自然會好生看顧，不叫旁人害了妳們去。」

碧彤自是不好追著小公主問那久遠的事情，於是忙道：「義母，無論如何，碧彤都要感謝您的庇佑。」

小公主微笑道：「妳們早些歇息吧，孤已經往侯府去了信，說是明日再送妳們回去，讓他們莫要擔心，也不必過來了。」

碧彤開口問道：「義母……碧彤想要去看看銀鈴，回來之後還未看見她……」

銀鈴與元宵同住一個房間，倒也方便二人照應。碧彤去的時候，元宵正在給銀鈴餵藥，見了碧彤，二人都有些吃驚。元宵忙放下藥碗，站起來想要去扶碧彤。

碧彤擺擺手說道：「妳也傷著，別管我了。」又去看銀鈴，見銀鈴幾乎是遍體鱗傷，連臉上都慘不忍睹。碧彤的眼淚一下子就湧上來了，哽咽道：「銀鈴，都是我不好，要是我不讓妳上馬車就好了。」

銀鈴只是皮外傷，外加失血較多，此刻嘴唇都是白的，她舔了舔嘴唇說道：「姑娘，快莫要這般想了，奴婢受的這些傷並無大礙，若是不讓我跟著，只怕奴婢早就急瘋了。」

碧彤上上下下打量銀鈴，忍不住伸手要去摸她臉上的傷。元宵一把攔住說道：「姑娘，不可，留了疤就不好了。」

碧彤趕緊縮回手，問道：「大夫怎麼說？會不會留疤？」

元宵說道：「姑娘放心，大夫說了，只要好生養著，臉上是不會留疤的，傷口並不重。可身上……」

碧彤的眼淚瞬間就湧上來，自責的說道：「都是我不好，姑娘家的皮相最是要緊……」

銀鈴趕緊說道：「姑娘不用擔心奴婢，奴婢沒事，公主賜了藥，說是應當不會留疤。就算留了，有衣服擋著又有什麼要緊的？」

碧彤心道：那日後妳嫁人了，可要怎麼辦呢？又不敢問出來，只擦了擦眼淚，想伸手握住銀鈴的手，但見她身上沒一處好皮，又默默的縮回手。

元宵和銀鈴見狀，好說歹說，才慢慢把碧彤給勸了回去。

銀鈴躺在床上，看著元宵替她蓋好被子，又轉頭收拾她用過的藥碗，突然噗哧笑起來。

元宵瞪了她一眼道：「妳都傷得這般嚴重了，怎還笑得出來？」

銀鈴想到之前銅鈴說的話，說小姐待元宵比待她好，便笑著說道：「元宵，自從妳來了，我心中難免有些吃味，以為姑娘對妳這個新來的，比我這個自小服侍她的貼身丫鬟要好很多。今日看到姑娘這般擔心我，我倒很是羞愧。」

元宵回頭看了她一眼，見她哪裡有羞愧的模樣，遂又瞪了她一眼道：「小肚雞腸！虧姑娘平日那般喜歡妳。」

銀鈴動了一下，扯著傷口了，不自覺「啊」了一聲。元宵趕緊過來瞧了瞧，見她無事方道：「小姑奶奶，妳消停些，要是姑娘瞅見妳這個樣子，可不又要擔心了。」

銀鈴吐了吐舌頭說道：「從前總自我安慰，覺得我倆各司其職，直到今日妳這般細心照料我，姑娘又這般緊張，我才發覺原來從前的我真的心有不忿，只是不肯承認。」

元宵不自覺的笑起來，銀鈴肯這般說出來，定是自己想通了。便又替她蓋好被子，說道：「若我是妳，心中也會如此，所以妳不要覺得是自己不好，總之我們做丫鬟的，最重要的便是忠心守護姑娘。很晚了，快睡吧。」

說罷，吹熄了燈，爬上自己的床。

銀鈴等眼睛適應了黑暗，向著元宵說道：「元宵，今日真的，謝謝妳。」

元宵支起上半身，有些不理解的說道：「謝我作甚？是姑娘讓我救妳的，其實當時，我雖然心疼妳，卻並不打算去救妳……畢竟差一點姑娘就……」

想一想覺得這些話，不應該對銀鈴說，便又躺回去不做聲，等著她回話。可等了半天，卻只聽見銀鈴細細的呼嚕聲。

建章宮內，皇上與齊真輝坐在內殿。

齊真輝頗有些不耐煩說道：「皇兄，臣弟受了重傷，又這樣晚了，你還將臣弟召過來做甚？」

齊明輝鄙夷的看了他一眼說道：「真真，你那傷也叫重傷？那，要朕宣太醫否？」

齊真輝嘿嘿乾笑兩聲道：「就算不是重傷，臣弟這也受傷了不是？話說皇兄，你怎的跟顏家小娘子攪和到一起去了？」

齊明輝皺著眉頭說道：「朕是不是在哪裡見過那位小姐？」

齊真輝點點頭。「每年宮宴，她都會入宮的，自是見過……不過皇兄您若當真對她有印象，應當是當年她參加洛城書院入學考試的時候，被她那個庶族妹陷害。」

齊明輝點頭道：「這件事情我記得，她們姊妹二人，機靈得很。不過當日的事情，朕印象深刻的反而是她姊姊……可今日，朕見到那顏家姑娘，當真覺得曾在哪裡見過她。不是小時候的樣子，而是如今的模樣……不，似乎比現在更年長幾歲，應當是成年了的模樣……」

齊真輝不懷好意的笑道：「皇兄，怎的，她如今才十二歲，還是個小娃娃，您居然起了心思？」

齊明輝臉一紅，瞪了他一眼，沈吟片刻說道：「她是五弟的表妹，今日又似乎聽到了我們的計劃，朕其實不應當留下她的。可是朕當時真有一種感覺，好像很早很早以前就認識她，好像……好像沒有她，生活便沒了滋味一般……」

齊真輝皺著眉頭，倒也沒有再笑他，只專心想一想說道：「雖然臣弟沒有皇兄這般憐香惜玉之心，不過皇兄也莫要憂心。臣弟懷疑，永寧侯世子，與顏太妃並非一條心。」

齊明輝不甚在意地說道：「永寧侯忠心耿耿，恐怕他也未曾想過，他女兒竟然會起這般心思。而永寧侯世子與他一脈相承，與顏氏不是一條心，也很正常。」

齊真輝湊近齊明輝身邊，說道：「不是的，皇兄知道，臣弟今日做了什麼事嗎？」

齊明輝猶豫片刻。「真真，朕知道小姑母因為你母妃的緣故，最近與你往來甚密。不過你也要明白，現下永寧侯還在，顏氏自是不會做出大逆不道之事。然永寧侯將至古稀，待將來他故去，只怕是因著顏家小姐的緣故，小姑母也有可能站隊……」

齊真輝笑起來，低聲說道：「今日之事，正是為了姑母的義女，顏家小姐。不過你可知顏家小姐出了何事？她祖母，也就是侯夫人，竟想將她送予叔爺爺。」

齊明輝腦子轉了個彎才反應過來，叔爺爺只有辰王與老燁王，老燁王很早便過世了，那說的就是辰王？當下目瞪口呆道：「永寧侯夫人要將自己孫女送給辰王?!」

齊真輝點點頭，說道：「而且，顏家小姐似乎提前知道了，求助於小姑母，小姑母缺少人手，便私下找臣弟幫忙……臣弟也是覺得，既然永寧侯府有內鬥，不如就去瞧一瞧，若永寧侯府出了事情，那些投靠老五的官員，只怕也要考慮考慮了。

「只是臣弟萬萬沒想到，那侯夫人竟對她十二歲的孫女做出這種事情！辰王是何性子，皇兄您也清楚，堂堂侯府嫡女、公主義女，若是出了事輕則名譽盡毀，重則……」

齊明輝瞇了瞇眼睛，說道：「顏家碧彤，自小就聰穎非凡，朕從前還不懂為什麼她會如此早慧，現下想來，有這豺狼一般的家人，也難怪她處處小心了……」

第三十章

齊真輝點點頭說道：「並且，那顏小姐，不僅希望小姑母救她出來，更想要她祖母自受其害。小姑母只告訴臣弟，讓臣弟救那顏小姐，但反過去陷害侯夫人之事並未告知臣弟，那一應的事情，都是臣弟找人查探得知的。」

齊明輝愣怔半晌，問道：「真真，朕覺得當真是無用極了，外戚專政，幼弟虎視眈眈。如今朕竟因侯府不能齊心而慶幸……從古至今，又有哪個皇帝如朕這般窩囊？」

齊真輝趕緊說道：「這不是您的過錯。皇兄，如今會越來越好的，您想想，母后已有心替你選妃，三地藩王若能助您，還怕旁的不成？」

齊明輝浮出一絲苦笑，說道：「不瞞你說，朕有時候會覺得，自己是否不適合當這個皇帝，內憂外患，當真是沒意思。今日朕在行宮，他們報於朕，說是三地藩王皆有推託之詞。那顏家姑娘要是聽到了我們的談話，告知顏氏，只怕她即刻便要替老五奪位了。」

齊真輝說道：「皇兄胡說甚，若是不放心，臣弟即刻找人處理掉顏家姑娘便是，那姑娘叫青彤，與她姊姊長相相似，不過她姊姊更貌美些。」

齊明輝擺擺手說道：「你是不知道，朕本有殺她之心，但是瞧見她害怕的模樣，著實下不了手。朕竟有種感覺，曾經朕害怕至極，就是她那雙眼睛給朕鼓勵，那雙手輕柔的擁著我，讓我不再害怕，不再畏懼生死……」

齊真輝皺著眉頭，心道這裡的人真奇怪，對著一個十二歲的娃娃都能動情，難道皇兄與那辰王一般喜愛幼女？又想一想今日懷中抱著的那位碧彤姑娘，竟也是面色緋紅的望著自己，十二歲的娃娃也會思春？這裡的人當真是早熟啊！

齊明輝突然抬起頭說道：「真真，張國公不允朕納妃，恐怕朕幾年之內都無法再有子嗣了。」

齊真輝微微震了片刻，安慰道：「莫要擔心，母后已經鬆動了，這事情您也不必發愁，由著國公爺與母后去鬧騰。母后貴為太后，定能替您納妃，屆時皇長子出生，三地藩王又有何拒絕之詞？」

齊明輝盯著齊真輝看了半晌，突然笑起來，說道：「真真，有你在，是朕之幸。若無你，恐朕早接受現實，老老實實做個傀儡皇帝，將來或許便老老實實被老五格殺，老老實實的讓位於他了。」

齊真輝著實不愛聽這樣的話，有些不耐道：「皇兄！再叫臣弟聽到這些話，臣弟便甩手做個逍遙王爺，再不管任何國家大事，便這大齊……這大齊，總是臣弟，有心無力啊。」

齊明輝不置可否的笑了笑，揮揮手說道：「你趕緊回府吧，夜太深了，只怕再留你，明日母后與張國公又要念叨朕了。」

齊真輝巴不得早點回府，當下也不含糊，說道：「臣弟這便走了，明日還有諸多要務，實在是累得慌啊！也不知道小姑母又要出什麼么蛾子，明日免不了要陪她演戲了。」

說罷，他急急忙忙的收拾東西出宮了。

齊真輝剛走，張太后便來了，沈著臉說道：「明兒，哀家說過很多次了，夜深了，你弟弟他們已經長大了，不便留在宮中。」

齊明輝嘆了口氣，站起來行禮說道：「母后請放心，朕後宮只皇后與美人一名，四弟就算留宿宮中也無甚要緊。」

張太后瞪了他一眼，倒是放軟了聲音說道：「哀家知道，明兒這是怪哀家一意孤行，不許你納妃。其實哀家只是不想皇長子生在其他人的肚子裡啊！張國公一直是外戚，有很多事情，哀家不得不做……」

齊明輝打斷她的話說道：「母后無須再言，母后所求，兒子皆願意成全。」

張太后愣了愣，為了納妃、生皇子之事，皇上與她爭吵了幾年。她自覺理虧，可是耐不住自己父母親的哀求壓迫，只能守著後宮，不允旁人接近皇上，沒想到如今皇上竟自己妥協了。

張太后猶豫著說道：「明兒你放心，母后已經想清楚了，子嗣自是最重要的，母后會與你外祖父說，廣納妃嬪，早日誕下皇嗣。」

齊明輝抬頭看了眼張太后，冷笑一聲。「這皇位，本就是外祖父的，母后又何須如此委屈？放心，兒子並未有納妃之心。」

張太后面色一滯，訕笑道：「從前皇兒年幼，你外祖輔政也是應當，待你誕下皇子，外祖定是要還政的……」

又著實不好意思再說下去，太醫只說蓉蘭的肚子恐怕是不能生了，父親又一味的要壓住消息，不肯告知皇兒，這沒有孩子，皇兒如何能好好的當皇帝？日後等真輝、紹輝生下孩兒，豈不是更糟糕？

此刻有她壓制著唐、顏兩位太妃，她們都不敢動替真輝、紹輝選王妃的心思，只是，壓得了一時，壓不了一世啊！

看來還是得早日讓父親鬆口，張太后這樣想著，只嘆了口氣，轉了話題說道：「今日你小姑母入宮，說是想替她義女請封郡主……」

她本想說自己已經答允了，話到嘴邊，又吞了回去。皇上一年一年長大，再也不是從前那個對她唯命是從的皇兒了，若是再一味的越過他去下懿旨，只怕母子情會更加淡薄。

齊明輝沒有抬頭，只說道：「這事情母后自己處理便是了，何須問朕？」

張太后聽兒子冷冰冰的語氣，心知再說下去，氣氛只會更加劍拔弩張，只好叮囑了幾句讓他早些歇息，便悻悻離開了。

第二日一早，小公主便安排人手，送碧彤、青彤以及元宵、銀鈴回了侯府。

顏顯中帶著顏浩宇和齊靜一起迎接，元宵跟銀鈴自是先回了院子休息。

尹嬤嬤倒是面露喜色，恭敬的給顏顯中行禮說道：「三姑娘孝心可鑒，昨日多虧了三姑娘，公主殿下才能安然無恙。」

顏顯中忙道：「多謝公主殿下，倒是她倆叨擾殿下了。」

說罷回頭示意了一下，齊靜身邊的永嬤嬤，立刻拿了個紅封，上前拉住尹嬤嬤，千恩萬謝的說道：「辛苦嬤嬤跑來跑去了，拿去喝點茶水潤潤喉。」

尹嬤嬤早年見得多了，又知曉小公主樂意與碧彤、青彤親近，自是不會推託，只含笑著接了告辭去。待尹嬤嬤一行人離去，齊靜立刻上前仔細打量碧彤和青彤。

碧彤見狀，忙笑著說道：「祖父，父親、母親，我們無事。」

齊靜依舊上下打量著問道：「聽說妳受了傷，傷在哪兒？」

碧彤搖搖頭安慰道：「不過是輕傷，休息了一晚上，無事了。」

齊靜見她精神很好，便也放心下來，又去看青彤，卻見青彤神色倦怠，忙問道：「青彤可是受了驚嚇？」

青彤想了一晚上，覺得祖母不似祖母，家也不是家。此刻見到母親這樣嘘寒問暖，眼淚一下子止不住的流了下來，就想要一頭鑽進母親懷裡。

然而顏浩宇眼疾手快，一把攔住青彤，青彤的眼淚硬生生收回去，帶著濃濃的鼻音不滿的喊了聲。「爹爹！」

顏浩宇倒是先紅了臉，又不好意思的回頭對顏顯中說道：「父親……昨個晌午，靜兒她不舒坦，女醫瞧了說是……碧彤她們又有弟弟妹妹了。」

碧彤、青彤對看一眼，立即喜笑顏開問道：「真的嗎？母親，您肚子裡又有寶寶了？」

齊靜也不好意思說道：「昨個才得了消息，時日尚短，還不能確定呢。」

顏顯中也是眉開眼笑，摸著鬍子說道：「不錯不錯，兩個丫頭回來了，靜兒又有了好消息，今日真是個好日子！」

「什麼好日子？」

妙彤走了進來，見著眾人都一副高興的模樣，便也微笑著走近碧彤。「三妹妹，昨日聽說妳不見了，可把姊姊擔心壞了。如今見妳無事，真好，昨日還聽說妳受了重傷，可嚇死姊姊了。」

碧彤瞧瞧妙彤那一副嘘寒問暖的樣子，簡直想一個耳光過去。嘴裡卻只說道：「多謝大姊姊記掛著，不過是輕傷。昨日還好大姊姊不舒服沒有去，不然可不得嚇死了，大姊姊，妳身子無事吧？」

妙彤笑著搖搖頭說道：「我已經無恙了，昨日要是我陪著一起去，也許妳就不會受傷了。」

碧彤眼眶一紅，拉著妙彤說道：「大姊姊待碧彤真好。」

妙彤有些不適應她這般親近，僵硬的扯了扯嘴角，又立刻擺出一副好姊姊的模樣，伸手摟住她說道：「碧彤莫怕，往後姊姊會陪著妳的。」又瞧了青彤一眼，見她神情不好，便關心的問道：「四妹妹可曾受傷？」

青彤一心只想著，二叔與大哥哥都不是好東西，大姊姊恐怕也不是什麼好東西，臉上便擺了出來，理都不想理她。

碧彤忙道：「大姊姊，青彤她雖然沒受傷，可是受了好大的驚嚇呢，妳瞧，她到現在都回不過神來。」

妙彤倒不疑有他，只左右看看，問道：「怎的沒瞧見青彤的丫鬟湯圓啊？」

一提湯圓，青彤哇的一聲，跑到顏顯中身邊哭道：「祖父，湯圓她不知道去了哪裡，她為了救我身受重傷了……」

顏顯中忙起身摸了摸青彤的頭，問道：「莫哭，告訴祖父，是怎麼回事？」

昨日公主府只傳了消息說了碧彤的事情，青彤的事倒是沒怎麼細說。

青彤哽咽著，斷斷續續的說道：「祖父……昨日青彤帶著湯圓出去，結果被莫名其妙的黑衣人追殺……湯圓是有功夫在身的，一路護著我，不曉得跑到哪裡……最後我大喊救命，才遇到小公主的人，將我帶到小公主身邊去了……但是、但是湯圓她身受重傷，小公主的人找了許久，都沒找到她……祖父……」

顏顯中皺著眉頭，心想碧彤是被老二害的，那青彤呢？定要好好查一查！當下說道：「阿宇，趕緊安排人手，好好查一查。按道理咱們侯府的姑娘，便是光明正大的出去，也沒人敢動一根手指頭的，竟然還是追殺……那個湯圓，活要見人，死要見屍！」

青彤又哇的一聲哭開了，問道：「祖父，湯圓她……她不會真的死了吧？」

顏顯中趕緊又摸摸她的腦袋說道：「莫怕莫怕，妳不是說湯圓有功夫的嗎？一定沒事的。」

碧彤是目瞪口呆的看著青彤演戲，平日裡都是自己演戲，沒想到這個妹妹演戲更厲害，完全不輸上一世已經成年的她啊。

而妙彤開始見到青彤跑到祖父那邊，心中就很不是滋味，祖父那般嚴肅，她是很害怕祖父的。偏偏先是碧彤輕鬆就得了祖父的喜愛，現在青彤也仗著沒臉沒皮，敢去祖父跟前撒嬌了，真是看了眼熱。

偏青彤又說有人追殺她，妙彤心中忐忑，她只知道昨天祖母回來就被關起來。萬一，祖父與大伯父查到父親頭上可怎麼辦啊？

顏浩宇也安慰道：「青彤莫怕，放心好了，爹爹一定查個水落石出。」

眾人勸了一圈，青彤方擦乾了眼淚，又黏在齊靜身邊看了又看，破涕為笑說道：「希望母親這次，再給我生個弟弟。」

妙彤嚇了一跳，問道：「大伯母有了弟弟妹妹了嗎？」

齊靜笑道：「還不能確定，是青彤這孩子一驚一乍的。」

顏浩宇說道：「靜兒莫要聽青彤的，這一次是兒子是女兒，我都喜歡。」

齊靜溫柔的看著顏浩宇，心中頗有些感動。

倒是顏顯中虎著臉說了句。「顏家孫輩男孩本就稀少，靜兒這一次若是再給本侯生個孫子，本侯大大有賞。」

顏浩宇不敢反駁父親，又想安慰一下自己的妻子，最後只尷尬的摸了摸腦袋。

齊靜早就摸清公公的性子，知道他喜歡男孩，對女兒家不甚關心，也不在意，當下說道：「父親，媳婦也是這般想的，熠彤只有兩個姊姊，若是有個弟弟相伴，自然更好些。」

正說著，管家匆忙跑過來行禮說道：「侯爺、世子，宮裡來人了。」

顏顯中趕緊站起來問道：「是何人？」

管家忙道：「是太后身邊的公公，太后下了懿旨。」

顏顯中忙說道：「阿宇去喊你母親，妙彤去讓妳父親、妹妹出來，碧彤……碧彤先歇著吧，青彤妳去讓三叔一家都出來接旨。」

永寧侯府闔家來到正廳內，齊齊跪拜。

太監尖著嗓子說道：「太后懿旨，恭順公主之義女，永寧侯府顏家碧彤，聰慧敏捷，端莊賢淑，孝感動天，特封為從二品，興德郡主。」

林添添是正二品齊安郡主，碧彤冊封的是從二品，雖然比林添添品級低，但對於無品級的貴女來說，已經是很了不得了。

顏家的女孩們都驚愕極了，妙彤倒是很快就低下頭藏住憤怒，曼彤眼裡的嫉妒是藏也藏不住，她似乎也沒打算藏著，眼睛一直往碧彤身上瞅。而三房的兩個姑娘都沒什麼表情，只有青彤一臉高興的笑。

董氏本是跪著接旨，一下子呆坐到地上。她心中想不通，明明要受害的是碧彤，為什麼最後變成了她？更重要的是，碧彤還高升一等，做了郡主。不過好歹她活了五十多歲，經歷的事情多，竟也堅持著沒出聲。

齊靜自是主動吩咐永嬤嬤送了紅封，顏顯中與顏浩宇二人對著太監謝了又謝。

太監笑道：「不用謝，咱家不過是來辦事兒的。太后娘娘同顏太妃娘娘著咱家問一聲，興德郡主身子如何？昨日恭順公主可是哭了一大場，說是郡主為了救她受了重傷。」

董氏淬了毒的目光立刻看向碧彤，見她規規矩矩的跪在那裡，嘴角帶著恰到好處的笑容，又哪裡有個身受重傷的模樣？

董氏突然想起了，不知道什麼時候起，碧彤就不再是那個天真單純好哄騙的小丫頭了。似乎她不管做什麼動作，碧彤都能知道，並且及時的解決。那浮曲院，至今都圍得跟鐵桶一樣進不去手……

董氏斜坐在地上，正看見碧彤抬起頭，衝著她邪邪一笑。董氏驚慌的爬起來，跪坐在地上，指著碧彤嚷道：「妳妳妳……妳……」

碧彤膝行上前，握住董氏的手，輕聲說道：「祖母莫要憂心，我不過是外傷，失了不少血，看著可怖而已，叫義母她擔心了一場。」

董氏抖著嘴唇，還想要說話。碧彤又道：「祖母您是身子不適嗎？怎麼發抖成這樣？祖母，大人還未離開呢！」

董氏聽懂了，碧彤這是威脅她。她最愛面子，又怎會在旁人面前失態？更何況這是太后身邊的人，若是失態，豈不是丟了金枝的臉？

顏顯中回頭看了董氏一眼，皺了皺眉，又趕緊轉過去對著太監說道：「讓大人看笑話了，昨日內人亦受了驚嚇……孫女碧彤無大恙，還請大人代為轉達，謝太后憐憫！」

太監含笑著點點頭，又說了幾句客套話，便告辭離去了。

太后的宮人們一走，董氏就尖聲喊道：「妳不是碧彤，妳是魔鬼！是魔鬼！」

碧彤往青彤身邊靠了靠，面帶委屈，問道：「祖母這是何話？孫女怎麼會是魔鬼？」

董氏上前一把抓住碧彤，凶惡的問道：「昨日妳去了哪裡？去了哪裡？妳說，妳怎麼會在小公主府？是不是妳害我？妳害我的對不對，妳這般惡毒，妳這個惡毒的小賤人！」

碧彤面色一白，伸手想要把董氏的手掰開，紅著眼眶喊道：「祖母！祖母您弄疼我了，祖母，我這個肩膀受傷了。」

青彤見狀也伸手去推董氏，喊道：「祖母，姊姊她受傷了，祖母妳這是做什麼？」

董氏怒極，伸手就要去打青彤，齊靜趕緊將青彤護在懷中，董氏見到她們母女三人抱成一團，心中更是怒火中燒，一把推開齊靜。

齊靜沒站穩，仰面倒下去，還好顏浩宇扶住了齊靜。

顏浩宇頗有些生氣的說道：「母親，您這是做什麼？靜兒她有了身孕，您怎能推她？」

董氏一愣，又急又氣怒吼道：「她又懷孕了？她怎能懷孕……」

顏顯中一個耳光甩了過來，直將董氏掀翻在地，幾個晚輩愣住了。他陰沈著臉，董氏果真是見不得大兒子好，他抬頭看了看顏浩宇，見他一臉心疼的看著董氏。他心中有些酸楚，阿宇是將董氏當成自己的親生母親敬愛的……

顏顯中深吸一口氣，說道：「今日起，妳去小佛堂吧。」

眾人又是一愣，三房不知情的人便面面相覷了，顏浩琪心中一琢磨，嫡母絕不只是出去弄丟了碧彤，不然禁足就夠了，肯定有別的事情發生。不過既然父親不說，自己當然當作不知道。

顏浩軒昨日才被父親打了一巴掌，此刻跪在地上乖覺不作聲，只想著如何將自己撇清，叫父親不再生氣。

顏顯中又深吸一口氣，說道：「都散了吧，碧彤回去好生歇息，等妳身子大好了，入宮謝恩，再去一趟小公主府。」

碧彤恭敬的低頭應道：「是，碧彤知道了。」

顏顯中上下打量這個孫女，又道：「這幾天妳便好生歇息，無須練字了。等大好了，再去外書房。」說完便轉身走了。

碧彤抬頭看他，覺得他的背脊不復從前那般挺直了。碧彤默默想著，上一世的來年夏天，祖父便過世了。無論怎樣，上一世大房，的確是在祖父庇佑下，才能維持表面的安穩，她得多用點心。

顏浩宇關懷的扶著齊靜問道：「靜兒，妳怎麼樣？」

齊靜搖搖頭說道：「我沒事，又沒磕著碰著。」

顏浩宇點點頭，對青彤說道：「快把妳姊姊扶起來，她受了傷。」

青彤趕緊扶起碧彤，見她安然無恙，方放下心來，回頭對顏浩宇說道：「爹爹只顧著母親和姊姊，青彤也受了好大的驚嚇，都不知道關心人家！」

顏浩宇聽了這話，臉色終於好起來，笑著拍拍青彤的頭說道：「這般大了，還跟個孩子似的。」

青彤繼續噘嘴。「女兒再大，也是父親貼心的小棉襖，爹爹怎能這麼說青彤？」

齊靜也捂嘴笑著，說道：「趕緊送妳姊姊回院子，好生歇著，就算是外傷，也要好生休養著。」

見大房一行人說說笑笑著離去，三房也四個人都一聲不吭的跟著走了，只剩下二房的顏浩軒與孩子們。

第三十一章

顏浩軒臉色晦暗不明，不知道在想什麼。等了許久，瀚彤見著妙彤、曼彤都在偷偷的鬆一鬆身子，顯然是跪麻了腿，才輕聲說道：「父親，我們也回去吧？」

顏浩軒回過神，點點頭，站起來一個趔趄，險些摔倒，待他站直了，卻是頭也不回就出去了。

曼彤一下子癱坐在地上，皺著眉揉著腿，嘟囔道：「爹爹這是怎麼了？」

瀚彤眼神閃了閃，說道：「妳們回院子歇息吧，我有事情先出去了。」

曼彤不滿意的嘟囔。「今天真是奇怪，哼，大姊姊，怎的什麼好處都落到碧彤頭上去了？虧妳還是長女呢。」

妙彤心中煩悶，本來學院的貴女都往碧彤身上靠，如今碧彤做了郡主，吹捧她的人只怕是更多了。

只是曼彤的挑撥，她並不放在眼中，只說道：「休要胡說，三妹妹得了這樣的好處，自是侯府的榮耀。我作為長姊，也是衷心祝福的。」

曼彤扯了扯嘴角。「嫡長女做成妳這般模樣，當真是可悲。」

妙彤怒瞪她吼道：「妳胡說什麼？憑妳一個……」終是沒說出口，努力調整了許久，掩住臉上憤怒的神情，又恢復了原先端莊的模樣，什麼話也不說，逕自走了。

曼彤「切」了一聲，慢慢爬起來，揉揉膝蓋。她深吸了一口氣，瀚彤如同父親一般冷血，妙彤總端著一副虛偽的面孔，大房的青彤又時不時的挑釁，著實讓她受夠了這個家。可是她毫無辦法，生為庶女，天生就低人一等。只能等滿了十三歲，一定要好好利用姨娘現在還有的權力，嫁個富貴的人家，再不要過這種無人疼無人愛的日子了。

顏浩宇與齊靜，先送了一雙女兒回她們的院子，才回浮曲院。回到浮曲院，顏浩宇逗了一會兒熠彤，便進屋去陪齊靜。

齊靜正靠在椅子上，彩娟替她按著額頭，旁邊一個小丫鬟正在講外頭聽來的故事。見著顏浩宇，都福身行禮。

齊靜坐起來問道：「大爺不用去書房嗎？」

顏浩宇擺擺手，示意丫鬟們下去，上前坐在旁邊的凳子上，伸手撫摸齊靜的肚子，彷佛她肚子裡立刻就要生出一個小寶貝一樣。

齊靜噗哧笑起來說道：「如今才個把月，肚子都沒鼓一點，能摸到什麼？」

顏浩宇面帶微笑，手卻不肯放下來，悠悠的說著：「靜兒，父親是希望妳生兒子。不過在我看來，兒子女兒都是一樣的，妳莫要有壓力。」

齊靜溫柔的看著自己的丈夫，心中暖烘烘的，點點頭說道：「我知道的，若是生個與碧彤一般貼心，或者與青彤一般可愛的孩子，我也是很高興的。」

顏浩宇只含著笑容，慢慢的，眼中似乎有了淚花。

齊靜頗有些奇怪，問道：「夫君可是為了碧彤的傷勢擔憂？」

這一聲夫君，拉近了二人的距離。

齊靜因為是繼室，總覺得自己占了姊姊的丈夫與女兒，從來都是喊他一聲大爺。而顏浩宇雖然疼愛妻子，一方面覺得她不似亡妻那般處處妥帖，一方面又總覺得她像是妹妹，需要人呵護著。

此刻聽她喊一聲夫君，又想到熠彤和她腹中孩兒，心中劃過一絲暖流，覺得好像一直以來的重擔，其實這個妹妹一樣的妻子，也是可以分擔的。

他將臉埋在齊靜的手上，有些沙啞的說道：「靜兒，昨日的事情，我想了又想，總覺得這事情有不同尋常之處……」

齊靜豎起了耳朵，這件事她昨日就覺得有異，仔細想想，母親竟是想要單獨帶碧彤出去，偏偏出去之後就出事了。再聯想碧彤即使搬出了浮曲院，也時刻緊張著浮曲院的一舉一動，尤其是緊張熠彤。

可是這些話，她不敢告訴顏浩宇，怕他以為自己對婆母有偏見。此刻聽到顏浩宇這樣說，立刻支起耳朵，仔細聽著。

顏浩宇繼續說道：「我心裡知道，我不該這樣疑心，可我就是疑心……妳可知昨日我看到什麼？並非是傳出去的消息那樣，說是辰王救了母親，而是辰王與母親做了苟且之事……」

齊靜瞪大了眼睛，支支吾吾問道：「辰王?!那辰王不是都……外界都傳他……他……」

顏浩宇點點頭。「當時二弟竟然說……竟然說這事情不好壓下來……母親自然是得保下來，所以要叫碧彤……靜兒，碧彤是他親侄女，抱在懷中、看著長大的親侄女啊！」

齊靜尚沒緩過神，又聽到丈夫這般說，心中更是惱怒，只慶幸碧彤被小公主所救，不然跟著婆母就算沒事，光是遇到辰王，流言就能將她淹死。

齊靜眼睛轉一轉，緩緩開口說道：「二爺當真這樣說？夫君，他怎麼敢這樣說？平日裡我們對妙彤如何？如同親生女兒一般……再說了，若昨日是妙彤，他可捨得？」

顏浩宇此刻對二弟心有不滿，聽了這話，又仔細一想，若是二弟的親生女兒，他怎麼可能捨得？再想著若是推己及人，昨日是妙彤，他作為伯父，也絕不會推侄女出去擋災的。這樣一想，更覺得二弟心術不正。

顏浩宇抬起頭，頗有些憤怒的說道：「靜兒，這些話我也無人可說，可憋在心裡又難受。昨日我想著，辰王的癖好特殊，就算是醉酒，母親這般年紀與幼童又怎能相比？我琢磨著，難道他的目標另有其人？可是侯府的女兒家，他怎敢隨意欺辱？想來想去，便覺得是有人同他串通好的……」

齊靜眉頭緊皺，反過手握住丈夫的手，點頭說道：「夫君，你我本是一體的，切莫要將不愉快的事情憋在心中，妾身別的事不懂，卻懂得守口如瓶。夫君有何苦惱，妾身便是不能替你分憂，只聽你將心中苦悶發洩出來，也是好的。」

顏浩宇見妻子一心只想著他，心中舒心了不少。話匣子打開了是關也關不住，說道：「回來之後，父親支開我們，我當時就覺得有異樣。回去給父親報碧彤平安的時候，我瞧見二弟的臉，顯然是被父親打過的模樣！那個時候，父親竟還有心思教訓二弟？讓我不得不懷疑……可是靜兒，二弟他、他做什麼要這樣？我實在是想不通啊……」

齊靜呆愣了許久，瞅著丈夫煩躁的模樣，站起來將他摟在懷中，說道：「不管別人是什麼原因，夫君，我知道你的心。不過這件事情，我們都要小心一些……或許人長大了都會有自己的想法吧？可我們最重要的，就是幾個孩子了，萬萬不能叫他們受到一丁點傷害……夫君，我真的是無比慶幸她們無事，不然，我將來有何顏面去見我那早逝的姊姊啊？」

顏浩宇窩在齊靜懷中，聽了這些話，心中頗有些感慨。是啊，從前二弟妹有自己的心思，二弟未必沒有，三弟的心思更是明顯，能撈多少好處便撈多少好處。只有自己，一味的想著這是一家人，都要照顧好……但二弟、三弟又有沒有當大房是一家人呢？

顏浩宇又說道：「妳可曾聽到今日母親是如何說碧彤的嗎？我的碧彤，自幼乖巧聽話，父親甚至私下跟我誇讚她，說她身為女兒身，倒是吃了虧，若是身為男兒，咱們侯府的將來便不用發愁了。可是母親竟那般指責她……我當時真的又生氣、又傷心，那是她的親孫女啊，她以往也是疼寵著的，如今竟然這樣出口侮辱。」

齊靜撫著他的背，說道：「夫君，想來母親也不是故意的，她素日裡雖然不甚喜歡我，但對碧彤、青彤還是萬分疼愛的。或許是昨日出了事，情緒不穩定的緣故……」

顏浩宇點點頭，這樣與齊靜說了一番，雖然沒有實際性的定論，但是心情好了許多。對著二弟，也不會那般彆扭了，面上如同從前一般，還是能和睦相處，只是內心多了一些心思罷了。

顏顯中坐在外書房，重重的咳嗽了幾聲。貼身隨從倒了一杯茶遞給他，他擺擺手說道：「你出去吧，我想一個人靜一靜。」

他獨自坐在那兒，心中壓抑得很，他想到從前的妻子，拚死替他生下長子。阿宇的性子如同他母親一樣良善溫和，本來他認為，就算董氏和其他幾個兒子有旁的心思，只要阿宇將來襲爵，顏氏這個大家庭，總會安穩的走下去。可如今發現，似乎是不可能了。

董氏與老二，竟然起了這樣的心思，這豈不是把阿宇一房架到火上烤嗎？本來他看著董氏這些年的作為，還認為是自己心胸狹窄，才總擔心繼室會害了阿宇。現在看來，這些年的擔心，並非多餘，想必若不是自己一直以來的壓制，只怕董氏也不會拖到現在才有所行動。現在董氏定是看自己年老體弱，再不能成事，才決定立刻動手的吧？

顏顯中皺著眉頭，開始思索著，若當真是如此，不如在自己死之前，將阿宇並非董氏所出的事情告訴阿宇。好讓董氏和老二心中都有所顧慮，待自己死後，依著阿宇的性子，也會因撫養之恩，對董氏、二房多加照顧的。

不過此刻，最要思考的便是，昨日那事情，顯然是董氏與老二想要陷害碧彤。但最後碧彤是如何遇到小公主？他是從不相信什麼機緣巧合的，就像去年董氏陷害小公主一事，他心中明白，那是董氏與老二一起做的手腳。這一次，肯定還是董氏與老二的手筆，只不明白，碧彤究竟礙著老二什麼事了？

碧彤這孩子，從當年老二媳婦鬧事的時候起，他就發現她不同尋常。帶在身邊三年，看著她心思敏捷、沈穩大方。可是，昨日這事，她是提前知曉，還是臨時隨機應變？或者說，董氏與老二的手段，碧彤究竟知道多少？小公主肯替碧彤出頭，又是知道多少？

顏顯中揉揉眉心，小公主當年的事情，他從前也不知道，只以為是小公主惱了齊珍，後來才曉得，原來齊珍生前與小公主的感情一直很親密，現在她對碧彤這般照拂，又隔三差五的賞賜青彤，恐怕很大一部分，都是因為當年與齊珍姊妹之情的緣故吧？

這一次小公主救了碧彤，她心中肯定會有所計較，這個計較對於碧彤的影響並不大，對董氏等人的影響肯定就大了。只是永寧侯府，好不容易走到這一步，絕不能就此崩散。

顏顯中閉著眼睛，想到老妻馬氏生前，伏在他膝上所說的那些話。「老爺，顏家只剩下您了，如今又有了小宇……往後妾身沒辦法再陪著您了，您一定要好好活下去，恢復顏家從前的輝煌。」

他的眼中蘊出淚光，他的老妻馬氏，也是他舅家表妹，幼時沒了雙親，投靠顏家一直跟在母親身邊。剛滿十五便嫁給他，生了一雙兒子，卻在逃難途中全都死了。

顏家不能散！顏顯中將臉埋在手中，輕聲嗚咽。他已經太老了，小熠彤也長大了，他本可以安安心心的去尋老妻了，可是如今叫他怎能安心？

碧彤被封郡主之事，轉眼間傳遍了洛城。尤其是貴女們都議論紛紛，深恨這樣的好運氣怎麼不落在自己頭上。而貴婦們則開始琢磨自家小子年歲是否相當，過兩年是否可以求娶。

小公主著人放出風聲，倒是將整件事情還原，讓一眾群眾都弄清楚了來龍去脈。

原來去年冬天，大齊西部好幾處都受到雪災，然而地方官員一律壓下，不曾上報。直到災情壓制不住，百姓鬧起來，地方暴動打死了數名官員，此事才被上報朝廷。

張國公雖然立刻安排欽差大臣，各地駐軍亦前往救援，但由於救援並不及時，且朝廷未曾處理好災後重建的問題，眾多災民就開始往附近繁華的城鎮湧去。

洛城自然是許多難民的首選之地，他們相信皇城腳下，是絕對不會發生賣兒賣女、吃死人的情況的。於是新年前後，大批的難民蜂擁而來，洛城東面環山傍水，倒是無甚影響，而南、北、西郊都有大量難民，尤其是西郊。

西郊本就多流民，這時候大量的難民與流民糅雜在一起，時不時有衝突發生，周邊的村落也常常被襲，使當地百姓苦不堪言。洛城指揮官與其麾下這個年也過得極其鬱悶，日日在外頭協助安撫百姓、安頓流民。

過了正月初五，廉廣王照例開始安排救濟施粥等事宜，不過他是天潢貴胄，辦的是洛城百姓的事情，主要施粥都在城內。西郊城外只安排下人過去，基本上是去一次，就被那些流民難民搶奪一空，王府有頭有臉的僕人，每回身上的衣物飾品都被搶個精光。因此慢慢的，西郊城外，廉廣王也不再安排人過去了。

倒是豫景王得知此事，便主動去尋廉廣王，說是打算安排二月初三去西郊施粥，想與廉廣王一同前去。廉廣王笑得一團和氣，說自己已經安排好，二月初三這一天，要去南郊派米。

豫景王自是不好強留，便說那自己帶著人前去便可。這事情在小公主入宮同幾位太妃閒聊的時候得知了，原只是唐太妃勸服不了兒子，擔心兒子親自前去，衝突之中受了傷。可小公主得知此事，竟要求跟著豫景王一起去。

這下子連太后都憂心忡忡了，豫景王好歹是男兒，邊上多了一個手無縛雞之力的小公主，豈不是更麻煩？然而豫景王與小公主都不當一回事，旁人又不敢深勸，便只剩下唐太妃天天在各太妃太嬪跟前抱怨了。

二月初三，豫景王倒是安排了眾多人手，如今他掌督察使之職，手中兵衛眾多，又有下面趨炎附勢的官員跟著，浩浩蕩蕩大隊人馬，那施出去的粥，也比往日廉廣王的粥要稠上許多。

施粥的地方，正在千行山西面山腳下，小公主的馬車一路從東面繞過去，這路上，就遇到一輛普通的馬車被流民團團圍住。小公主一時善心，著人去問，這才發現，竟是被流民衝散了的碧彤。

小公主自是將這個義女帶在身邊，準備等施粥結束，再送碧彤回府。

正在這時，來了一群不知道是流民還是難民的人，口中辱罵小公主的車駕多麼豪華，又說正是這高官顯貴，只顧著自己酒肉歡愉，不顧百姓的死活，才叫他們無數人妻離子散，流離失所。

這一哄鬧，那些流民難民們便蜂擁而至，想要從小公主和周圍的丫鬟、嬤嬤身上撈點值錢的東西。混亂之中，便有流民手執匕首，攀上馬車，一邊怒吼著小公主是吃百姓的血汗，一邊瘋狂的要刺小公主。碧彤眼疾手快，將小公主推開，自己中了兩刀。

好在豫景王及時趕到，著人控制住現場，只是推搡之中也受了輕傷，他不甚在意，一直等晚上才回府就醫，傷勢這才看起來稍嚴重了些。

之所以等晚上才回府，是因為豫景王即使受了傷，依舊坐鎮指揮，不但鼓勵官兵們多關心百姓民生，更安撫難民們，保證朝廷一定會妥善安排。

又派遣士兵們維持秩序，讓難民們好生排隊，才再沒有發生那種一群人哄搶、老弱婦孺們得不到吃食的情況。而且這次的粥米稠密，不似廉廣王慣施的薄粥，還有熱騰騰的饅頭，著實讓眾人吃了一頓飽飯。

豫景王強調，他是替皇上做事，皇上對難民一事極其重視，皇上與朝廷定會讓每個人都吃飽，讓孩子們都能健康長大。

如此一番，百姓們統統歡呼起來，覺得看到了希望、覺得就算進不去洛城，也有了安置。並且當天，豫景王還著人搭了不少簡易的草木棚子，雖說著實簡陋，連寒風都擋不了多少，但總算有個棲息之地，百姓們也有了盼頭。

小公主這一渲染，更讓洛城高官顯貴吃了一驚。大齊國力不強，邊城時有騷擾，多虧了齊國公駐守，三位藩王也肯出力，卻也只能緩解外憂之急。至於內患，六年前先皇薨逝，太子與二皇子奪位之亂，影響深遠，直到這兩年才有所好轉。又遇上皇上無嗣，張國公遲遲不肯還政，朝堂動盪，國庫也甚是空虛。

洛城顯貴歷經三代，手握重權重金，若要安撫百姓，國庫自是不夠的，那顯貴們的利益，勢必要大大受損。但他們又怎麼肯？從前廉廣王施粥派米，他們願意付出些許，換個好名聲。如今豫景王這番作態，可不是些許付出就能了結的。

高官人人自危，鬧到張國公那裡，處處申斥豫景王空口說大話，不顧國力是否安穩，沽名釣譽。只有少許清流或是新興勢力，則認為豫景王是為國為民，為了皇上與朝廷做實事。又說那些顯貴們不過是吸百姓鮮血的螞蟥，難民流民眾多，既是天災亦是人禍，除了地方官員好大喜功、瞞下災情，朝中顯貴們平日更是壓榨太過。

正當兩方人馬鬧得不可開交，好逸惡勞的辰王站出來陳情，說當日他本是想著去瞭解情況，怎奈發現百姓民不聊生，到處流民糾結，還險些傷了永寧侯夫人，幸而被他所救。辰王甚至入宮跪請皇上，早日下旨安頓流民，並願意捐贈千兩白銀以及大量物資。

平日裡辰王可以算是那清流們口中的螞蟥了，今日竟如此大方，倒是讓清流一派以為自己戳中了顯貴們的心事，鬧得越發厲害了。

辰王頭一日與永寧侯夫人相遇之事，本就鬧得甚大，如今這樣一澄清，倒讓人覺得是冤枉了他。畢竟辰王好幼童並非絕密之事，而永寧侯夫人年紀也忒大了。

當然，也有人暗搓搓的想著，辰王一定是做了什麼事情，才肯這般作態，明顯是替侯府澄清謠言。

眾人便打聽到，原來那日在場的除了侯夫人，還有從前的李家小姐，被休回來，只帶著個十歲幼女……於是李氏孫女的名聲是徹底沒了，不過李氏早就被顏顯中送離了洛城，倒也無甚大礙。

第三十二章

第二日，皇上與辰王齊心，逼得張國公不得不接手這爛攤子。張國公雖不情願，卻琢磨著之後要以此事威脅太后，不許為皇上納妃，故而也算爽快。

而皇上見張國公允了，便又強調豫景王一心為民，且最得他的信任，而皇后久不能生，國事繁重，他暫時也無納妃之心。為免以後煩擾，著封豫景王齊真輝為皇太弟。

朝臣們這兩日接收的消息著實之多，此刻倒是冷靜，大多數心中明鏡似的，皇上這是要和張國公槓上了，只是苦了豫景王，被推到風口浪尖上了。

下了朝，豫景王就跟著皇上去了寢殿。

齊明輝不耐煩的說道：「平日要你來陪朕，你總是不樂意，今天沒宣你，你跑來做什麼？」

齊真輝一臉無辜問道：「皇兄，你真想害死臣弟？搞什麼皇太弟？就算想將朝政拿回來，也不用犧牲臣弟我吧？」

齊明輝翻了翻白眼，嘆道：「朕有此想法很久了。你也知道，朕性子綿軟，實在不是當皇上的料……反正張國公不想朕納妃，不如早早立你做皇太弟，哪天朕一命嗚呼了，皇位交到你手中，朕放心。」

齊真輝抓狂的喊道：「我也不想當皇帝啊！皇兄，臣弟早就說過，臣弟有輔佐之能，並無帝王之才啊！」

齊明輝淡定的坐於桌前說道：「這不都是學出來的？本來朕之事，十有八九都是你幫朕處理的……真真，你也別煩了，你心中亦清楚，五弟那心思，只差沒撕破臉皮罷了，朕可不想便宜了他。」

齊真輝皺著眉頭，他瞭解皇兄，也瞭解五弟。皇兄仁善，有自己輔佐，大齊只會越來越昌盛。而五弟看似仁善，其實最善做表面功夫，為人剛愎自用，若是五弟接手這岌岌可危的大齊，只怕不用十年，大齊便會被周圍幾個大國給生吞活剝了。

正在這時，有太監過來說道：「陛下，太后娘娘請陛下前去長樂宮。」

齊真輝擔憂的看著皇上，齊明輝則不甚在意，安撫的拍拍他肩膀說道：「趕緊回府吧，小心些。」

長樂宮大殿之中，太后端坐在上首閉目養神，眉宇間完全看不出一絲波瀾。張國公站在下面憤怒得滿面通紅，顯然是想抓個人來暴打一頓，而想暴打的物件，正是外頭慢悠悠晃進來的皇上齊明輝了。

齊明輝一本正經的走了進來，對著太后行禮喊道：「母后安康。」

太后終於有了一絲表情，說道：「明兒累了嗎？坐吧。」

齊明輝笑著坐下，又說道：「外祖父過來了，怎的沒人讓坐？」

張國公冷哼一聲說道：「不敢，皇上如今本事大著呢。」

齊明輝好脾氣的微微一笑，點點頭說道：「外祖過獎了，朕如今二十有一，若是再沒點本事，又怎對得起屁股底下的龍椅？」

張國公氣結，想不到皇上會這般駁他，當下指著皇上說道：「你……你……果真是翅膀硬了？」

張國公平日就算自恃功高，對著齊明輝也端著臣子的模樣，不敢落人口實，如今卻是連這點顏面都不給了。

齊明輝也不惱，只笑著不作聲。

太后倒是有些不愉快，說道：「明兒大了，自然是有本事了，父親如此失態，是見不得自己外孫有本事嗎？」

張國公聽了太后這句話，終於警醒了，彎腰給齊明輝行禮，說道：「皇上，臣今日前來，是想問一問，怎麼封皇太弟如此大的事情，皇上就這般匆忙決定了？」

齊明輝一本正經的搖頭說道：「外祖父這話錯了，朕決定並不匆忙，皇后如今身子太弱，朕尚無其他妃嬪，國本不立，朝堂不穩，故而朕早立皇太弟，以穩固朝綱。」

張國公忍不住翻了個白眼說道：「皇上，您堪堪二十一，便是暫無子嗣，又如何這般著急？臣只問您，若是將來，皇帝血脈出生，豫景王他要如何自處？」

齊明輝笑道：「外祖不必擔憂，若是豫景王要朕之龍椅，朕即刻給他亦可。不過豫景王與朕何止血脈親兄弟，更是同生共死之人，如今護著朕坐這位置，日夜辛苦全無好處，這位置即便朕讓於他，他亦不要。」

張國公炸了毛說道：「皇上，誰不想做皇帝？豫景王此刻只怕是笑開了花！」

齊明輝收起笑容，冷冷的看著張國公說道：「外祖覺得豫景王不配，那朕明日改立廉廣王可好？還是外祖覺得……表弟更配？」

這話說得甚是誅心，直指張國公意圖篡位了。

張國公立即跪倒在地喊道：「臣絕無此意！皇上，臣只是替皇上憂心。將來皇上百年，您的孩兒們豈非要與豫景王和廉廣王的子嗣……」

齊明輝冷笑。「朕百年之前，有無子嗣還是個問題。朕若不這般做，朕之四弟、五弟，連娶妻生子都不敢。」

張國公一時語塞，跪在地上抬頭看著齊明輝，見他薄唇緊抿，顯然是絕不肯相讓的態度了。又想到今日朝堂上，辰王與他一唱一和，逼著自己表態的場景，心中深恨這個長大了的皇帝，竟絲毫不給自己面子。

太后輕嘆一口氣，父親與明兒不睦，也不是一、兩天的事了。父親覺得明兒幼稚單純，難當大任，明兒覺得父親獨斷專行，不肯還政。

太后開口打圓場。「父親先起來吧，其實這事情也不難解決，豫景王與他外祖一脈相承，性子雖開朗些，卻也是個無欲無求的。所以還需明兒早日納妃誕下麟兒，屆時無須明兒要求，豫景王定會主動要求廢除皇太弟之封號。」

「不可！」張國公年紀大了，爬起來尚未站穩，便聽到太后這樣說，急忙喊道：「娘娘，皇上正值壯年，無須這般著急，臣已經四處搜羅神醫，相信皇后娘娘不久便能再獲佳信。」

太后有些生氣，聲音也尖銳起來，喊道：「父親！蓉蘭是什麼情況，我們都清楚得很，哀家只有這一個兒子，蓉蘭不成，難道明兒便不能有其他子嗣嗎？」

張國公皺著眉頭，自己這個女兒如今也有了心思，當下皺著眉頭說道：「太后娘娘，庶出皇子對嫡出皇子的影響，娘娘如何不知？難道要將來皇上的後嗣，也經歷諸子奪嫡之亂嗎？」

太后怒道：「父親，諸子奪嫡，也需要諸子，您外孫如今可是一個孩兒都沒有。若是不廣納妃嬪，真要眼睜睜的看著皇位拱手他人嗎？」

張國公還想要說外戚換做他人，張家就會大不如前的話。不過齊明輝顯然是不想聽了，擺一擺手說道：「母后，朕與蓉蘭琴瑟和鳴，並無納妃之意。」

太后無語了，若是說明兒與蓉蘭琴瑟和鳴，那可真是天大的笑話。蓉蘭性子本來倒是和順乖巧，怎奈數年來生不出孩子，慢慢的想岔了，性子急躁起來。

偏明兒向來不喜歡父親外戚專權，如今又覺得蓉蘭與旁的貴女一般，在他面前侷促得跟個鵪鶉似的，很是不喜，若非自己強迫，只怕是連蓉蘭的宮殿，他都不會踏入一步的。

太后愣了半晌，才說道：「蓉蘭如今身子不適，也不能服侍你……你若是不納妃……」

齊明輝繼續睜眼說瞎話。「母后無須擔憂，朕自是心疼蓉蘭，她雖不能服侍朕，還有萍美人呢。」

那萍美人是除了皇后張蓉蘭之外，齊明輝唯一的夫人了。萍美人已經二十有五了，原是個小宮女，齊明輝有一次同張蓉蘭大吵一架，便在後宮中隨手召了個小宮女侍寢，侍寢完了便封做更衣。

張蓉蘭嫉妒，第二日便給萍更衣下了絕育藥，這件事讓齊明輝對張蓉蘭更為不滿了，當下便升更衣為美人，並且允她不去向皇后請安。

不過這個萍美人膽小怕事，雖然不向皇后請安，卻日日來給太后、太妃們晨昏定省，除此之外便是縮在自己宮中數月見不到人。這番做派齊明輝也不甚喜歡，個把月才召她侍寢一回，位分也再沒有升過了。

張國公見皇上自己開口說不納妃嬪，心中自是巴不得如此，當下笑道：「既如此，便再等幾年也無妨的。」

齊明輝懶得跟面前的二人虛與委蛇，當下說道：「朕還有諸多朝政須處理，便先回去了。」

齊明輝一走，太后的臉便沈了下來，說道：「父親，您別以為我不知道您的計劃，您是想著能拖就拖，蓉蘭不能生，你便把主意打到芸蘭身上對不對？」

張國公嘆了口氣說道：「娘娘，您如今嫁入皇家，便不替張家考慮了嗎？若將來太子並非從我張家女兒肚子裡出來，這外戚之權，豈不是要拱手他人？」

太后騰的站起來問道：「父親，您作為外戚，已經專權了這麼多年，還想要控制我皇兒嗎？若張家有適齡女兒家，女兒又何須發愁？」

張國公問道：「既然娘娘您也發愁，就替張家多考慮考慮。老臣將張家親眷女兒都尋了個遍，若非沒有合適的，何須強迫於您啊？再等幾年，芸蘭入宮了，便好了。」

太后不可思議的看著他，問道：「父親，您當真如此想？芸蘭如今才三歲啊！待她長成，怎麼樣也得十二年才能入宮。十二年，難道明兒的後宮，都不能有他人？」

張國公沈默片刻，說道：「琴瑩，不是為父狠心，妳也知妳兄弟皆不成器，侄子亦無所長……為父只怕不日入土之後，再無人照拂他們了啊。」

太后淚水漣漣，問道：「父親，哥哥他們是您的後代，明兒他亦是您的外孫啊。十二年之後，明兒都已經三十有三，在皇家的，有哪一個是長壽的？父親，您這是要您外孫絕後啊！」

張國公長嘆一口氣，說道：「芸蘭……便是十一、二歲入宮亦可……」

太后捂著臉大哭。「十一、二歲？父親，咱們張家女兒的命，便是這般不值錢嗎？十一、二歲便要承受生育之苦？芸蘭還能有命活著？」

長樂宮中一片寂靜，只剩下太后跪在地上捂臉痛哭，張國公站在她前面，看著這個自小溫柔賢慧的女兒，心中略有傷感，可是回想家中兒郎，不自覺的又挺了挺腰板，再沒說一句話，只躬身行禮退去。

朝中的一切，彷彿與永寧侯府無關。永寧侯府如今也不甚太平，流言蜚語不絕於耳，董氏被關在小佛堂，顏浩軒告病在家甚少出門。顏顯中的身子大不如前，很快便奏請致仕。

顏浩宇雖不如顏顯中精明能幹，卻也對朝廷盡忠盡力，皇上很快便允了顏顯中的摺子，又將顏浩宇官升兩等，準備襲永寧侯爵。因著顏浩軒告病，顏浩琪倒是得了好，皇上正值無人可用之際，便將顏浩琪也提了兩等。

顏顯中致仕之後，便日日帶著瀚彤與碧彤二人。瀚彤如今年滿十五歲，已經不再去書院了，但暫時也沒有蔭封任職，平日都是跟在表哥廉廣王身邊，在家的時候，便隨著祖父看書習字，偶爾也自己去練武場射箭學習。

顏浩宇升了官，早出晚歸，休息的時間更少了，更沒辦法經常帶著小熠彤去看父親。碧彤便偷偷教唆青彤，讓她隔三差五的帶著熠彤去外院陪著祖父。

碧彤一方面是私心，祖父對大房照拂越多，父親與熠彤的將來便越好。另一方面，母親的肚子一天天大起來，帶著熠彤也是辛苦。更何況，若是按照上一世的情況，不過一年，祖父便去世了，碧彤希望在祖父的有生之年，她們姊弟都能多陪陪祖父，讓祖父享一享上一世沒享過的天倫之樂。

書院中，妙彤獨自坐著，從前與她交好的貴女們，因為她母親身死、姨娘當家而冷淡了大半，如今又因父親官職降等，現在病休在家，交際狀況更是慘上加慘了。

若非還有太妃姑姑，大伯父高升，堂妹碧彤被封郡主，只怕她妙彤在洛城貴女中，就連名號都沒剩下了。可就是碧彤如今的地位，叫她無時無刻不在嫉妒，幾乎要發了狂。

旁邊偶有兩名貴女談天說笑，在妙彤看來，她們都是嘲笑她不復從前，嘲笑她不如堂妹們風光。

下了學，妙彤依舊一副溫柔端莊的模樣，等在學院門口，看著碧彤與青彤，如同眾星捧月一般走了出來。

妙彤微笑著走過去打招呼。「碧彤、青彤，我們回去吧。」

碧彤點點頭，對著身邊的貴女說道：「姊妹們明天見。」

青彤卻翻了個白眼，低聲附在碧彤耳邊說道：「從前她總說朋友多，叫我們無須等她。後來妳成了公主義女，她倒是有空等咱們，現在妳做了郡主，她也不管咱們是不是有空。」

碧彤瞪了她一眼說道：「如今也有十二歲了，還這般不懂事，在外頭也能瞎說的嗎？」

碧彤倒不是替妙彤說話，只是在家裡由得青彤折騰，在外頭如此，只會叫人笑話青彤沒教養，父親襲了爵便瞧不起隔房的姊妹了。

待大家嘻嘻哈哈的散開去，妙彤端著笑容，與碧彤、青彤一起出了院門。

卻見長公主府的馬車候在門邊，便有貴女竊竊私語。「這不是長公主府的馬車嗎？齊安郡主又不在書院上學，馬車在這裡是等誰？」

許是聽到外頭的聲響，馬車門打開來，林添添就從馬車中探出頭來，見著碧彤，笑得眉眼彎彎。「碧彤，我母親與姨母囑咐我來接妳呢。」又看著青彤與妙彤說道：「妳們也一同來吧？」

妙彤怎肯放棄接觸到兩位公主的機會，正要點頭，青彤已經歡愉的說道：「林姊姊帶姊姊去便好啦，妳們自家親人聚會，我與大姊姊去做甚？」

碧彤心知青彤就是不願妙彤一同前往，便也笑著不做聲。林添添本也只是客氣，見青彤如此說，只笑道：「青彤，下回妳去我家，看我不撕了妳的嘴。」

妙彤聽郡主這語氣，也清楚再強跟著只怕不好看，只得在她面前做個賢慧的長姊，細細叮囑碧彤萬事小心，莫要太晚歸府云云。囑咐完了，才依依惜別，帶著青彤上了馬車。

馬車上妙彤想要與青彤說話，青彤如今厭極了二房的人，有一搭沒一搭的應著。妙彤自覺沒意思，便端正坐著，也不再理會青彤。

妙彤心想如今祖母被關起來，父親整日窩在書房不曉得做什麼，哥哥更是不問後院事情的，誰都靠不住，不由得著急起來，想著今日既然碧彤不去外書房尋祖父，乾脆自己去盡一盡孝好了。

她本是怕極了祖父，但此刻只想著自己的將來。看大伯母那樣子，肯定不會好生安排，姨娘更是只做表面功夫。父親若再這般頹廢，只怕自己與表哥這口頭的親事，便要告吹了。於是鼓起勇氣，做了一份鴿子湯，端著食盒往外書院走去。

走到門口，便有小廝過來行禮。「大姑娘過來了？」

妙彤笑得端莊。「來看看祖父，祖父可有空？」

那小廝猶豫片刻，不知道該如何作答。此時書房內傳來顏顯中淳厚的笑聲，說道：「真的嗎？」

便聽到熠彤奶聲奶氣的聲音。「祖父，是真的，姊姊她可壞了，不許我吃糖，又不許我去掏燕子窩。祖父，您可要幫熠彤打姊姊哦！」

又聽到青彤的聲音。「哼，你這小猴子，天天爬上爬下，看姊姊回去可不教訓你！」

顏顯中的語氣帶著自豪。「青彤，只要防著熠彤不叫他發生危險即可。男孩子嘛，多動動也是有好處的。」

妙彤沒聽到青彤的回答，此刻的她沮喪極了。不知道什麼時候，這一切都與她沒有關係，最高貴的是碧彤，最受寵的是青彤。什麼好處都是大房的，無論是爵位、郡主之位。她妙彤幼時，便有人斷言貴不可言，可如今她哪裡還有貴不可言的影子？

小廝看著大姑娘落寞的背影，有些心疼，又覺得自己莫名其妙，人生來就不平等，大姑娘的母親沒了，父親遭了老爺的厭，自是落到如此下場的。更何況從前不盡孝，這個時候再跑來做樣子，又有誰肯看呢？

連著半月，碧彤發現妙彤似乎心情奇差，整日懨懨的，還請了兩天假在家休息。不過這些與碧彤都沒有關係，她忙著做個高貴的郡主，也忙著陪祖父度過祖父最後的時光，更忙著關注母親的胎相。

雖然董氏與顏浩軒都倒下了，但百足之蟲死而不僵，只要他們沒死，碧彤就不會放心。

端午過後，小公主給齊靜下帖子，邀她帶著碧彤、青彤一起到小公主府一聚，著意強調是想看碧彤、青彤二人，不要帶著旁人。說得這樣直白，齊靜是連熠彤都不帶上的，自然也不會帶妙彤。

若是往日，妙彤自會委屈哭訴一番，讓旁人知曉齊靜委屈了她。不過近來她只顧著悲春傷秋，倒也懶得管齊靜是否不帶她出門了。

到了公主府，小公主與她們說了會兒話，便笑道：「碧彤、青彤，我園子裡的荷花開得不錯，前些日子又從燁王府弄了些紫薇花，妳們要去看看嗎？」

小公主這話，是想要支開她們，單獨與齊靜說話，碧彤二人便一起行禮相攜而去。

齊靜是個直爽的性子，見兩個女兒走了，便問道：「小公主殿下今日興致倒是不錯，不知道宣臣婦前來是有何事相告？」

小公主微微一笑，說道：「妳幼時，倒也時時跟在孤身邊，那時卻是個無法無天的性子？怎的長大了，倒是同妳姊姊越來越像了？」

齊靜面色微紅，笑道：「殿下說笑了，小時候父母長姊寵愛太過，養成了不知天高地厚的性子。如今臣婦已為人妻、為人母，哪裡還能那般胡鬧呢？」

齊靜這些年雖然性子沈靜了不少，但是由於幼時活潑好動，即便嫁人生子，也未曾過於壓抑自己的性子。不過自去年年底，齊國公戰亡，國公夫人一病不起，齊靜倒是真正成長了不少，沒有了疼愛她的父親、母親，她如何還能同未嫁時一般無憂無慮呢？

小公主也知道內情，本也只是引個話頭，並不預備多說，平白惹得齊靜傷感，便說道：

「二月初三，碧彤出事那次，靜兒妳也是知道的，其中疑點重重……」

齊靜聽小公主如同她幼時一般稱呼她，知道小公主這是拉近距離的意思，忙點頭說道：

「還要多謝殿下的關心，當日之事，臣婦也覺得很是奇怪……好在殿下照拂，讓碧彤平安無恙，不然臣婦都無顏面對地下的姊姊了。」

第三十三章

小公主聽她說到齊珍，臉色變了變，這件事情她查清楚之後，不免就更懷疑，當年齊珍之死，究竟是不可抗的，還是人為的？只是時間太過久遠，自己終究不是永寧侯府的人，沒辦法更仔細調查。

小公主說道：「當日碧彤若未遇見孤，會發生什麼事情，靜兒妳在侯府只怕也曾聽到一、兩絲消息。再者青彤當日其實是被豫景王府內之人所救，因名聲所礙，送至孤府上，她被追殺一事也因此被遮掩了。這兩樁事情，處處透著奇怪。」

齊靜點點頭，說道：「殿下說得不錯，當日碧彤得虧是遇見了殿下，臣婦也知道一些內情，只是心中疑惑，並不敢隨意說出來。至於青彤，當日追殺之事，侯府內俱都知道的，但侯爺調查了很久，卻仍一無所知。」

實際上侯府也去豫景王府打探過，因為過了不久，豫景王府將撿回一條命的湯圓送回來。當時顏浩宇倒是上門問過，只是也沒有查出那一群黑衣人的來歷。

小公主擺擺手說道：「孤也知道你們目前仍一無所知，不過孤倒是查出些許東西來了。」

齊靜心中疑惑，小公主究竟查出了什麼？怎麼還刻意召見她來？

小公主呷了口茶，又用手指敲了敲桌面，彷彿是在思考怎麼組織語言，將這件事情告訴齊靜。許久，乾脆直接說道：「靜兒可知，永寧侯爺……也就是妳那夫君，碧彤、青彤的父親，並非老夫人董氏所生？」

齊靜瞪大了眼睛，瞧著小公主。

小公主說道：「靜兒應當知曉，侯府有個先老夫人姓馬，不過馬老夫人很早便過世了，而侯爺便是這馬夫人的獨子。當年應當是老侯爺繼娶董氏之後，擔憂侯爺若知道自己不是親生的，會與董氏不睦，便索性隱下這事。」

齊靜張口結舌問道：「獨子？這麼說二爺與太妃娘娘……」

小公主點點頭說道：「不錯，董氏入府之後，才生了顏二爺與顏太妃。」

齊靜心中百感交集，婆母並非夫君親生，二弟也並非親弟，那麼很多事情就說得通了。夫君一直不理解婆母與弟弟的行為，原來並非夫君小心眼，疑心他們，而是他們本就與夫君不是同一條心。

齊靜抓住裙子，紅著眼眶說道：「我一直以為，因為我是繼妻，婆母害怕我對碧彤、青彤不好，才這般不喜的。原來她根本對碧彤、青彤也非真心，可憐侯爺這些年，還為這莫名其妙的母子情所苦。」

小公主瞧了一眼齊靜那四個多月的肚子，嘆了口氣說道：「孤之所以只宣妳前來，不顧妳如今身懷有孕便告知妳真相，其實是因為，此事既然是老侯爺一力隱瞞，孤亦不願意做這個惡人將真實情況戳穿給侯爺。只是，孤又擔憂你們在府內，不明白真正的敵人是誰，莫名其妙做了人砧板上的肉……」

齊靜的眼淚湧了出來，又有些不好意思說道：「實不相瞞，殿下，從前臣婦還老是責怪碧彤，在自己家中那般小心。現在想想實在是愧疚，若非碧彤她這般小心謹慎，臣婦的熠彤，哪裡還能安然無恙呢？」

小公主見她情真意切，此刻才鬆了口氣，發現原來這麼久以來，自己其實都在擔憂，齊靜會不會對碧彤、青彤，如同她婆母董氏一般是虛情假意的。

小公主見齊靜將淚水擦乾了，才說道：「此事，孤的意思是，不能由妳之口說出來，畢竟老侯爺還在，妳若是鬧出來，就算侯爺知曉了真相，只怕是妳也不被容於侯府了。如今就算不替妳自己想想，也要考慮一下熠彤與妳腹中孩兒。」

齊靜千恩萬謝的應了，再想說些別的話，卻是力不從心。小公主也不強求，說了幾句，便讓她們回府了。

坐在馬車中，齊靜的心思千變萬化，只記得公主殿下的最後一句話。

「此事孤也只能查個大概，當年實際的情況，老一輩的人都是知道的，妳母親她應當也是知曉的……」

齊靜此刻恨不得馬上調轉車馬，往齊國公府去好好問一問母親。又想到母親臥病在床幾個月，自己若是問出了口，豈不是叫她明白自己在侯府過得並不如意？

回了家，碧彤、青彤瞧著母親臉色不好，便齊心協力，想盡辦法湊趣，倒是叫齊靜暫時放下煩擾，開心了些許。

顏浩宇日日繁忙，便是休沐也是漫天星辰才得以回府，齊靜肚子大了，也不能等得太晚，倒是說不上幾句話。這倒讓齊靜鬆了口氣，這事情要是告知夫君，只怕平白惹了他煩擾，如今婆母、二爺皆不得意，想來也沒什麼本事來害他們，自己往後多多注意便是。

後面幾日，碧彤發現，妙彤一改前些日子的頹廢，竟又端起那副端莊溫柔的模樣，整個人又容光煥發起來。碧彤心中好奇，妙彤這是怎麼了？難道最近她有什麼好處不成？

很快，碧彤就知道妙彤為何如此高興了。董氏雖然關在小佛堂，但是身子一日不如一日，對外也是說董氏生了重病。太妃娘娘顏氏求了太后，六月初二，回侯府省親。

碧彤冷笑起來，妙彤倒是有本事，董氏與顏浩軒沒用了，她立刻便能引上顏金枝的關注，難怪上一世，能那般輕鬆做了廉廣王妃。只是兵來將擋水來土掩，如今自己已是興德郡主，齊靜也未與齊國公府鬧翻，有小公主與齊國公府作為後盾，她碧彤又怎會害怕顏金枝呢？

太妃回府，闔家都要接駕，便是關在佛堂、臥病不起的董氏都爬起來，抹了些胭脂讓自己看起來不那麼蒼白，由楊嬤嬤扶著出來了。

顏金枝的大轎才到侯府大門口，顏顯中已經攜全家跪拜下去，一直等顏金枝下了轎，眾人才磕頭高呼娘娘長樂未央。

顏金枝眼中帶淚，看著年邁的父母如此下拜，心中亦是感慨萬分，生生受了禮，上前想要扶起父親。

顏顯中最重規矩，即便那是自己的親生女兒，也不得過多接觸，忙避開說道：「老臣謝太妃娘娘關懷，萬萬不可、萬萬不可……」

顏金枝又去扶董氏，董氏咳嗽兩聲，不敢讓顏金枝扶自己，但長久不得見，實在是想要摸一摸這個女兒，便借著楊嬤嬤的力氣站起來，伸出手假裝扶住顏金枝，一眾人又浩浩蕩蕩的進了府。

到了府內，沒有外人，講究便也不甚多，顏金枝總算是能好生看看父親、母親了。

眾人說了許多客套話，顏金枝便一個一個打量下來，等晚些她回了宮，不知道何年何月才能再見到這些親人了。這樣想著，她的眼眶又紅了。

董氏嘆著氣說道：「娘娘，本是一家團聚，高興的日子，娘娘快莫如此傷懷。」

顏金枝含笑點頭，眼眶的淚，卻是散也散不去。待看到碧彤，才笑起來說道：「碧彤長大了，果真是窈窕淑女，花容月貌。」

碧彤微微一笑，一副孩童模樣說道：「多謝姑母誇讚，碧彤若是當真如此，那便是隨了姑母的國色天香。」

顏金枝年過三十，模樣生得不過七、八分，不過在宮中這十八年，倒讓她養得格外雍容華貴。

眾人又說了會兒話，顏金枝方道：「母親身子不適，趕緊先去歇息吧？女兒先與父親說說話，再去看您。」

因為顏金枝省親，董氏這幾日都在暮春院住著。住在小佛堂四個月，她的精神也的確大不如前，當下點點頭，被楊嬤嬤扶著回了院子。董氏一走，大家都各自回了院子。

正廳中只剩下顏顯中與顏金枝二人。

顏金枝上下打量著老父親，微微嘆一口氣說道：「父親早該致仕歸家休養了……」

顏顯中擺擺手說道：「娘娘莫要擔心，其實這幾個月沒什麼事情，老臣反而感覺身子不如從前呢，實在是勞碌慣了的。」

顏金枝笑起來說道：「父親，往日裡您太操勞了，您有這麼多子孫，何愁無人可用呢？」

顏顯中嘆了口氣說道：「妳大哥、二哥加起來只有三個兒子，瀚彤平庸，煒彤、熠彤年幼……叫我如何不愁？」

顏金枝聽了這話，忙道：「父親真是的，顏家雖然兒子少，但是女兒多啊。光耀門楣，可不是只能靠兒子的，女兒也一樣。」

顏顯中帶著些許不滿，抬頭看著顏金枝說道：「十八年前，老臣是何態度，如今就是何態度！顏家女兒安安分分嫁出去，好生相夫教子就好，無論作為父親還是祖父，老臣都不希望她們過上不如意的生活！」

顏金枝情緒有些失控，說道：「父親以為相夫教子就是最好的嗎？如今女兒貴為太妃，誰見了女兒不恭恭敬敬的行禮？如若當初聽了父親您的話，嫁個小門小戶，我豈不是一輩子低人一等？」

顏顯中挺直腰背站在那裡，一如他這一生，坦坦蕩蕩從從容容，他說道：「老臣與娘娘想的不一樣，老臣以為，女兒家一世孤獨，是何等可悲可嘆？我永寧侯府再差，也能保兒女們後世無虞。女兒家只要尋個貼心兒郎，又豈會白日約束，晚間寂寞？」

顏金枝見父親這般直白的撕開自己的內心，心中很不是滋味。當年母親執意要送她入宮，父親不允，母親便告知她若是入宮，做了娘娘，將來是何等風光……這麼多年過去了，她心裡如何不清楚，這風光的後頭，又是怎樣的酸楚？

顏顯中又道：「娘娘當日所求，也全都達到了。」

顏金枝只覺得這些年，自己修練得泰山崩於前而面不改色的境界，在父親面前全都功虧一簣，她提高聲調喊道：「父親！當初張國公與穆國公的鬥爭，您以為若不是女兒機靈，暗中助力，我們侯府還能這般輝煌嗎？」

顏顯中冷然。「這正是老臣不願娘娘入宮的原因，人生皆有起伏，只要行得正坐得直，何須擔憂那一波又一波的風浪？」

顏金枝頹然坐在一旁的椅子上，默默垂淚。她知道父親一直怨她，甚至後來，父親手書家訓，最重要的一條，便是效仿齊國公府，絕不站隊，那簡直是赤裸裸打她的臉呀！

顏顯中長嘆一口氣又道：「娘娘，事情都過去了，再如何回憶，都不是能改變的。」

顏金枝擦乾眼淚，又恢復那個高高在上的太妃娘娘。她也不再繞話，直接說道：「最近太后，在琢磨著給皇上選妃，哀家甚看好碧彤那丫頭。」

顏顯中毫不猶豫拒絕。「老臣絕不會讓碧彤入宮的。」

顏金枝問道：「父親，為何女兒想要做任何事情，你都是反對的？這件事對碧彤只有好處沒有壞處，父親想想，皇后如今既不得寵，也不能生育了，碧彤入了宮便可獨寵，又有女兒照拂，她的將來，肯定是貴不可言的。」

顏顯中沈默半晌，方試探道：「碧彤年幼，娘娘若是願意，妙彤年長一歲，讓妙彤去吧。」

顏金枝慌忙站起來高聲喊道：「父親！」

顏顯中盯著她，直盯得她心虛。

顏金枝避開顏顯中的眼睛，說道：「碧彤貌美，妙彤不如碧彤。」

顏顯中冷笑一聲。「為皇室延綿子嗣，無關容貌，更何況妙彤溫柔賢淑，容貌也不差。」

顏金枝思慮片刻，勉強道：「父親，妙彤幼時，女兒便與二哥說好了，讓紹輝與她結娃娃親……」

顏顯中失望的看著顏金枝，說道：「紹輝娶碧彤或是青彤亦可。」

顏金枝嚇了一跳忙道：「可是父親，女兒與二哥先說好了的……」

顏顯中冷淡的說道：「無妨，老臣會與軒兒說清楚。」

顏金枝忙搖頭說道：「不是……女兒是覺得碧彤、碧彤她身分高貴，自是更合適做皇妃。」

顏顯中彎腰行禮，說道：「娘娘，老臣話已至此，與娘娘無話可說了，只有一句，老臣年邁，不日將入土了。娘娘的長兄亦是親兄，他性格和善，在朝政上懂得進退，有他在一日，永寧侯府將屹立不倒。」

顏金枝愣怔半晌，深悔今日貿然提出請求，父親這態度顯然知道了，自己只親二哥，不親大哥。當下又有些抱歉，大哥、二哥的能力，父親最是清楚，便點點頭說道：「父親莫要憂心，莫說旁的，大哥對女兒如何，女兒清楚得很。」

顏顯中得了顏金枝的話，抬腳往外走，行至門口說道：「娘娘，老臣還有一言。前路漫漫，您與王爺名聲太過，必須斂其鋒芒……也望娘娘，莫要行錯了路。」

顏金枝瞪大了眼，想不到父親竟然猜到自己的計劃了。只是還未等她分辯，顏顯中已經離去了。

顏金枝打起精神，到暮春院去瞧董氏，比起嚴肅的父親，母親董氏是最寵愛她的。只是現在想想，董氏一心只想她往上爬的心思，讓她受了那樣多的苦。皇宮內院，哪裡是常人能忍受的？然而她有了紹輝，她要為紹輝考慮，那個金光閃閃的位置，她要想盡辦法讓紹輝拿到。

董氏靠在床上，眼巴巴的看著這個十五歲便被她送入宮的女兒，這麼多年偶爾入宮，也只能待個一炷香的時間，哪裡有機會好生看一看呢？

顏金枝瞧見董氏這般模樣，心中又是一陣酸楚，母親終究也年紀大了。

董氏趕緊喊道：「娘娘，娘娘，來，讓娘看一看您。」

顏金枝三步併作兩步走到床前坐下，二人相視而泣。楊嬤嬤在一旁勸了許久，二人方擦去眼淚，勉強笑了起來，董氏看了楊嬤嬤一眼，楊嬤嬤會意，轉身出去守著，不叫任何人靠近。

董氏拉著顏金枝的手，嘆著氣說道：「娘娘，母親無用，一件事都沒辦好，如今妳哥哥他被妳父親壓在家裡，對外稱病了四個月了，妳大哥向來是不願意好生攜帶弟弟們的，等他再回官場，恐怕只能混個芝麻官了……娘娘，如今只能靠您了，妙彤已經滿十三歲，娘娘，不如早日將她的親事定下來吧？」

顏金枝斂下眸子，沈吟片刻，如今母親的身子不好，還是不要刺激她了。這樣想著，便抬頭說道：「母親，不是金枝不願意。實在是如今朝堂不太平，皇上不肯納妃，四王爺尚未大婚，我們紹輝又怎敢說出訂婚的事情呢？」

董氏猶豫的想一想，低聲說道：「早知道，娘娘便不該弄了皇后那孩子，只要皇后生下孩子，紹輝大婚也是名正言順了。」

顏金枝有些煩躁的說道：「母親這是何話？母親以為皇后的胎那麼容易解決？還要不暴露自己。好不容易得了這個機會，女兒自然得好生把握，好在張國公心大，倒是讓女兒有機可乘。」

董氏一震，又嘆著氣說道：「那娘娘，您有無同您父親說，讓碧彤入宮啊？碧彤這個小賤人，上次一定是她，是她害得我……害得我……」

顏金枝聽到這個，又蹙起眉頭，想到父親說的話，此刻冷靜下來，倒是讓自己有了旁的想法。雖然大哥與自己不同母，那也是自己的大哥啊，便只說道：「母親這是糊塗了？碧彤如今身分高貴，若是入宮為妃，豈不是給皇上增加籌碼？」

董氏著急的說道：「等入了宮，妳偷偷的給她下藥，讓她不能生育不就行了？」

顏金枝愣了愣，搖頭說道：「母親，您也不想想，即便碧彤她不能生了，她也是大哥的女兒，大哥重情，不會不管她的，到時候紹輝想要做什麼也不成了啊。」

董氏閉了閉眼睛，悠悠的問道：「難道就這樣輕易的放過那個賤蹄子嗎？都是母親當初心軟，就應當一鼓作氣，弄死她父親，否則哪裡會生出她這般可惡的魔鬼來。」

顏金枝只當董氏受了苦口不擇言，略略勸慰了一番說道：「再等一等吧，如今的確不是個好時機，好歹等二哥回到官場上去吧。」

董氏知道如今也沒有旁的辦法，便只一口又一口的嘆氣。顏金枝心中不愉快，她好不容易回來，母親只曉得拉著她說這些有的沒的，還不如父親，好歹父親還關心了幾句，雖然話不中聽，仍是心疼自己。

碧彤並不知道原來這一世，她才十二歲，顏金枝就把主意打到她頭上來。不過這一世祖父還活著，自然也不會讓她再進入那狼虎窩中。

而妙彤因為被姑母單獨召見說了許久的話，倒是一本正經，又端起她嫡長女的派頭，再不見之前的頹勢了。

過了半個月，顏浩宇總算是有一天能待在家裡，顏顯中立刻將他與齊靜喊到外書房說話。

顏浩宇恭敬的問道：「父親，可是有什麼事情，需要兒子去辦的？」

顏顯中點點頭，說道：「的確，如今碧彤、青彤二人的年歲，也慢慢大起來，這親事，也需要相看相看了。」

顏浩宇有些發窘，這些事情，應當是齊靜這個當家夫人的責任，難道父親是擔心齊靜對繼女們不好嗎？不過當下只笑著說道：「父親，她們才十二歲，哪裡需要這麼早就定下人家？」

齊靜卻反應過來，公公一定是害怕將來他去了，婆母會拿碧彤、青彤的親事作筏子，這才想在他活著的時候，讓兩個孫女的親事早些定下來。

果然，顏顯中嘆了口氣說道：「阿宇，熠彤為父是擔憂不上的，最擔憂的便是兩個孫女了。如今為父是一腳踏在棺材裡了，早些定下來，也能讓為父安心離去啊。」

顏浩宇趕緊說道：「父親這是什麼話?!父親，您身體康健，緣何有這般傷感之語？」

顏顯中擺擺手說道：「不是傷感之語，父親的身子自己知道，不過是想趁著腦筋清楚，安頓一雙孫女罷了。」

顏浩宇又鎖緊眉頭說道：「按道理，妙彤、綺彤皆沒有定人家，哪裡有先定碧彤和青彤的道理呢？」

顏顯中又道：「無妨，妙彤你母親與弟弟已經有打算了，綺彤她母親自己也有打算。碧彤、青彤的親事，我想親自瞧著。」

顏浩宇還要再說，齊靜勸道：「侯爺，父親既然有這個想法，我們便商量著，左右她倆已經到了十二歲，也是可以相看的年歲了。」

顏浩宇見妻子不反對，也點點頭，說道：「只是這個安排匆忙，兒子這裡也沒有合適的人選，靜兒妳可有考慮過？」

第三十四章

齊靜忙笑著說道：「父親、侯爺，妾身從前就有所考慮，只盼著她們將來能安安穩穩的……妾身自己最滿意的，便是妾身娘家侄子齊睿。」

顏浩宇聽了，也滿意的笑道：「父親，睿兒那小子允文允武，國姓爺家裡人口簡單，碧彤嫁過去便是長媳，如今的齊國公夫人是林家姑娘，品性各方面都很好。」

顏顯中瞇著眼睛思索了片刻說道：「雖然靜兒父親不在了，不過她哥嫂也不錯，若是兩個孩子其中一個嫁過去，咱們也能放心……靜兒，妳哥哥不止一個兒子的對吧？」

顏浩宇聽了這話更是興奮，說道：「不錯，靜兒，大舅兄有三個兒子，內侄齊睿自是沒話說，齊智和齊聰性格活潑一些，卻也是不錯的好兒郎。」

齊靜為難的說道：「本來妾身也是如此想，不過之前我母親娘家夏家有一房女兒，算是我表侄女，我那表兄嫂年紀輕輕便去了，留下這一個孤女，住在堂叔父家中。我母親擔憂她受欺負，早年便放了話，待她成年，便接過來直接嫁給聰兒……」

顏浩宇趕忙問道：「那齊智呢？」

齊靜搖搖頭說道：「當年嫂嫂大著肚子回林家，遇著她表姊姊也大著肚子，兩個孩兒說是同男同女便義結金蘭，一男一女便定下娃娃親……這嫂嫂生了智兒……」

顏顯中與顏浩宇算是明白了，齊家只得一個齊睿是空著的，沒定下親事。

顏顯中又琢磨一番，問道：「靜兒可有旁的人選？」

齊靜說道：「妾身之前把洛城適齡的男兒都選了一遍，豫景王與廉廣王倒是適齡……」

顏顯中斷然搖頭說道：「不，她們不入皇宮，亦不入王府。」

齊靜斟酌著說道：「那旁的門當戶對的人選，目前沒有合適的了。董家兩個小子是混不吝，妾身實在是不放心，陳家倒是有個不錯的，偏從前妾身與陳氏有了齟齬，也不合適，再就是唐家，又久不在洛城，便只剩下……」

顏浩宇聽到她還有合適的，趕忙問道：「還有誰可行？」

齊靜覷著顏顯中的臉色，說道：「其實也算是皇家的，燁王世子算是洛城第一美男，文學武功皆不在話下。」

顏浩宇撫掌笑道：「不錯不錯，燁王世子家世清白，的確不錯。燁王妃還是靜兒妳嫂子的親姊姊，很是不錯。」

顏顯中皺著眉頭說道：「我覺得不行，燁王世子今年十九歲，年歲稍稍大了一點，倒是不妨事。只是他曾經說過，洛城女子皆濁氣太甚，皆是他厭惡之人。」

顏浩宇遲疑著說道：「這是三年前的事情了，那時候碧彤、青彤才十歲，應當不包括她們吧？」

顏顯中斜著眼睛看著這個沒腦子的兒子。

還是齊靜點頭附和。「妾身倒是忘記這一層了，既然是這樣，那燁王世子也是不合適的。」

見顏浩宇依舊不明所以的模樣，齊靜只得解釋道：「侯爺，不論當時世子說的是否包括碧彤、青彤。就他如此說，便是有些看不起洛城女兒家，若是咱們還將女兒嫁過去，豈不是……」

顏浩宇自己雖然是個大老粗，不甚重視女人，但從不會亂說女子的不是，當下點點頭說道：「那怎麼辦？」

顏顯中瞇著眼睛又想了許久，說道：「如今靜兒的侄子，也已經十七歲了，恐怕再不訂親，便來不及了。不過碧彤、青彤，定下誰比較合適呢？」

顏浩宇說道：「那就碧彤吧，一個一個來，碧彤是姊姊，先安排了碧彤，再看青彤的吧。」

齊靜忙搖頭說道：「父親，媳婦是這樣想的，碧彤沈穩些，便是遇到什麼事情，她也能從容應對。青彤衝動些，又耳根子軟，若是能嫁去我兄嫂那裡，也有個照應，我們也能放心。」

顏浩宇點頭說道：「靜兒說的也有道理，而且如今碧彤的身分是小公主的義女，若是訂親，恐也要經過小公主的同意。不過父親，妙彤和綺彤都還未定下來，我們恐怕不好先定啊？」

顏顯中沈吟片刻說道：「國姓爺家也不等人的。靜兒，妳這幾日抽個時間，先同妳兄嫂說好。私下裡知道便可，待妙彤、綺彤定下來，我們也可以替青彤定下來了。」

齊靜應了，心中琢磨著，恐怕要早日同小公主聯繫，說一說碧彤的親事了。

由於夏氏的病，齊靜每旬都要回一趟國公府探望。這一日照例將碧彤、青彤、熠彤一起帶著去，讓夏氏瞧著心情舒展些，對身子也好些。

夏氏的精神頭倒是不錯，知曉齊靜她們要來，靠在床頭巴巴的等著瞧著，一見她們到了，立刻笑開了花。

青彤知道外祖母估計是熬不了多久，眼睛先紅了，蹭蹭就跑到夏氏面前去握著她的手。碧彤知道由於青彤的模樣更像娘，此刻外祖母最想見的恐怕就是青彤了，因此落後半步，跟著青彤來到夏氏跟前。

夏氏對著一雙外孫女左看右看，怎麼都看不夠的樣子，許久才嘆了口氣說道：「我的碧彤、青彤都長大了，我也要離開妳們了。」

青彤的眼淚立刻嘩啦啦流了下來，碧彤亦紅了眼眶，齊靜與林氏忙上前勸慰著。

夏氏笑道：「妳們不用擔心，人活一世，總是要走的。只要妳們都安好，叫我不擔心著，我也能走得安穩些。」

齊靜與林氏對看了一眼，齊靜說道：「母親莫要再說這種話了，我們都年輕不懂事，需要母親時刻提醒著，方能得一世安好。」

夏氏聽了這話，笑得皺紋布滿了臉上，又擺擺手說道：「都是大人了，還說這種胡話。靜兒，母親如今最擔心的便是妳了，妳姊姊留下的這一雙女兒尚未長大，熠彤還小，妳肚子裡又有了個小的……」

齊靜忙道：「母親，碧彤、青彤都懂事了，熠彤也是乖巧聽話。若母親放心不下，就多教教女兒，叫女兒不至於稀裡糊塗，帶不好他們。」

夏氏又招手讓熠彤到跟前，上下仔細看了許久，點點頭摸著他的腦袋笑道：「熠彤像他父親，養得甚好，靜兒辛苦了。」

齊靜跪在夏氏床前，也忍不住眼中含淚說道：「養兒方知父母恩，靜兒幼時一味混玩，叫母親操心了。」

這話是真心實意。她本是庶女，旁人家的庶女不受重視，不被嫡母磋磨就算好的。可是夏氏待她的好，卻是半分不摻假，噓寒問暖，手把手教寫字練琴，便是習武，夏氏也時常親自去武場看著。幼時她嫌嫡母囉嗦，如今是當真知道嫡母待她有多好。

夏氏轉過頭去劇烈咳嗽了好幾聲，回頭看著碧彤、青彤擔心的目光，熠彤尚不懂事，只眨巴著大眼睛，奶聲奶氣的說道：「外祖母，祖父跟我講，不舒服咳出來就好了。外祖母妳咳嗽這麼久，可覺得好了？」

夏氏哈哈笑起來，一把摟過他說道：「我的小心肝，外祖母真的是好多了。」

林氏擔心婆母說話說久了不舒服，笑著說道：「叫敏兒過來帶她表妹、表弟們去玩吧？」

青彤回頭說道：「舅母，青彤想陪著外祖母。」

夏氏的臉又笑成一朵菊花，摸摸青彤的頭說道：「外祖母老了，沒得將妳們拘著了。」

青彤忙道：「青彤不怕。」

碧彤見狀，拉拉青彤的袖子說道：「青彤，外祖母想來是許久不曾休息了。咱們先出去玩會兒，讓外祖母歇一歇，等會兒再來陪外祖母說話吧。」

青彤聽了這話，忙站起來，又摸著夏氏的手說道：「外祖母，那您先休息會兒，我們一會兒再過來？」

見夏氏點點頭，青彤才牽著熠彤，與碧彤一起出去了。

夏氏瞧著他們都出去了，才露出些許疲憊，靠在靠枕上長長的舒出一口氣，又看著齊靜說道：「她二人如今乖巧懂事得很，也是妳教養得當的功勞啊。」

齊靜搖搖頭說道：「女兒是沾了姊姊的光，得了這一雙好女兒……說起來，這次女兒來看母親的意圖……並不單純。」

夏氏早就看出齊靜今日似乎有旁的事情，老拿眼去瞅林氏。這會子聽她直白說出來，便也不拐彎抹角，問道：「靜兒直說便是了，這裡只有我和妳嫂子。」

齊靜臉色微紅，她也才二十餘歲，年輕得很，就要替繼女說親了，總是有些不好意思。但現在又不得不說，便沈吟說道：「是關於她倆的親事。」

林氏有些詫異，說道：「她倆如今才十二歲，怎的這般著急？敏兒都十四歲了，我還未曾給她定下人家呢！」

齊敏情況較為特殊，祖父才過世，孫輩需要守孝一年。不過她是齊國公府孫輩獨女，自是不愁嫁的。

齊靜說道：「是我公爹，他甚是疼愛碧彤、青彤，想能見著她們定下親事……」這話雖沒說特別清楚，但夏氏與林氏皆明白，這是說顏顯中，想在活著的時候看到孫女訂親。夏氏點點頭表示理解，又問道：「可有想法了？」

齊靜說道：「睿兒快十八歲了，原是出了孝就該訂親的，想來母親與嫂子也在尋人家了。公爹和侯爺皆很是看好他，靜兒這便厚著臉皮來求一求，想下一輩也續一續兩姓之好。」

林氏很喜歡這對外甥女，忙高興的對夏氏說道：「母親，您總是心疼她倆，如今嫁一個進來也好，有媳婦照顧著，定不叫她受半分委屈……可惜智兒和聰兒早早定下了，不然便叫姊妹二人都嫁進來，做我的兒媳婦。」

夏氏開玩笑說：「妳倒貪心，妳妹妹兩個女兒，都想弄進來。」

林氏自是知道夏氏最喜歡這對外孫女，又著意想哄她高興，便抿嘴笑著，又說道：「母親，碧彤那孩子穩重，最適合長房媳婦了。」

夏氏還想要說林氏連位置都安排好了，卻見齊靜一臉猶豫，心中有些詫異，問道：「靜兒是有別的想法？」

齊靜更不好意思的說道：「母親、嫂子……我公爹的意思是，青彤性子單純，恐去了旁人家受委屈……不過青彤也是機靈的，如今歲數小，養兩年性子也會沈穩的……」

林氏臉色僵了僵，青彤更像早逝的大姑子，她也是打心眼裡喜歡，拿青彤當女兒一般看待，但女兒與媳婦究竟不同。

夏氏聽了這話，也有些猶豫。

齊靜忙又道：「是這樣的，碧彤如今是小公主義女，我們侯府私下訂親，總不好不與小公主通氣的……可她年紀尚小，小公主未必肯同意……」

夏氏看了眼齊靜，倒是點頭勸林氏道：「青彤也是懂事的，性子雖是直白了些，不過妳兩個妹妹未成婚之前，可比她還要胡鬧許多。尤其是靜兒，被妳夫君寵上了天，妳瞧她如今這當家夫人的樣子，可是一點都不差。」

林氏聽了點點頭，只是心裡多少有些不愉快，又問道：「碧彤的親事呢？不嫁咱們家，難不成嫁入皇家？」

除了皇家，身分最高的便是齊國公與張國公了。齊靜之前被張國公府退婚，自是不會將碧彤嫁入張國公府。碧彤如今是郡主，總不能定的人家低青彤一頭，那豈不是打了小公主的臉面？

齊靜有些為難的說道：「原是想著煒王世子，但是我公爹和夫君都覺說，煒王世子逞了女子的口舌是非，不是良配。」

林氏沈吟片刻說道：「津章也是我外甥，混玩了些，我姊姊也甚是發愁，若是這兩年他長進些，這門親事倒也不錯……」

齊靜點頭說道：「正是呢，目前也沒有旁的合適的，所以打算先把青彤的事情說定了，好叫我公爹放下半顆心。」

林氏仔細琢磨一番，覺得自己外甥究竟是皇室，自是碧彤嫁過去更合適些。至於青彤雖是活潑的性子，但她聰明機靈得很，將來自己多帶著也不會有妨礙，頓時高興起來，覺得這下子兒子、外甥和外甥女們的親事都給解決了。

夏氏又笑一笑，說道：「我們自己清楚便行了，至於碧彤的事，恐怕的確得再長一、兩歲，由小公主親自定奪了。」

齊靜點點頭說道：「這樣便更好了，我回去便告訴公爹。」

林氏笑起來說道：「難得老侯爺心疼她倆，親事都親自過問。這般細心，倒是當真把她倆當作眼珠子一般。」

夏氏眼皮子一跳，抬眼細細瞅了瞅齊靜，卻見她眼下烏黑，遮了不少粉都還遮不住。看樣子是許久未曾好眠了，便又道：「清妍，去瞅瞅孩子們，天熱，莫要她們在日頭底下玩，免得中了暑氣。」

林氏明白婆母這是想與齊靜單獨說些體己話，當下便應了起身出門。

夏氏看了齊靜一眼，見她只低著頭不做聲。便嘆了口氣問道：「侯府這是出了什麼事？」

齊靜抬頭笑道：「母親說什麼呢，侯府一切都好，能出什麼事？」

夏氏說了這許久的話，精力有些不濟，閉著眼休息片刻說道：「這幾年妳從來都是報喜不報憂，生怕我替妳擔心……可是自古有話，養兒一百歲長憂九十九，越是無事，母親這心裡越是擔心。妳姊姊從前兩次坐胎不穩，最後難產而亡，我本也一直憂心妳，直到妳生下了熠彤，我才鬆了一口氣。

「可是今天才發現，我這氣兒，是鬆得太早了些。妳公爹的性子，我還是瞭解一、兩分的，他向來重男輕女得很，如今這般著急催著妳來定下青彤……別說什麼他要入土，想瞧著孫輩安穩下來的話，若當真如此，他長孫女也到了議親的年紀，那顏妙彤還比她倆大一歲呢。」

齊靜羞愧的低下頭，許久才說道：「母親如今身子不好，就別替女兒操心了。女兒長大了，這些事情也懂得如何處理了。」

夏氏又嘆了口氣說道：「若是之前不知道，尚能安心，如今猜到了，卻不告訴我，叫我如何能安下心來？」

齊靜一下子紅了眼眶，沈吟片刻才問道：「母親您可知道，我那婆母，並非我夫君的親生母親？」

夏氏猛地一震，吃驚的看著齊靜，說道：「這件事情，當時妳公爹可是明示過，不許任何人說起，妳是如何知道的？」更重要的是，究竟發生了什麼事情，叫齊靜這副樣子？

齊靜卻是鬆了口氣一般，說道：「本是想瞞著母親，如今看樣子也瞞不過去了。今年年初，碧彤封為興德郡主的事情，母親也是知道的。不過實際上，碧彤是差點出事，幸而小公主救了碧彤，還為她請封郡主。」

夏氏愣怔半晌，卻是頗有些後悔的模樣說道：「當日妳出嫁……不，妳姊姊出嫁的時候，我就應該偷偷告訴妳的。他顏家粉飾太平，我何須替人家隱瞞？生生累了妳和碧彤、青彤啊！」

齊靜見夏氏這般激動，忙上前替她撫背。「母親莫要傷懷，我們無事。這些也不過是我的猜測，若非這幾天公爹催著我來訂親，我也不打算往壞的地方想的。」

夏氏慢慢平復了心情，說道：「從前妳姊姊出嫁之前，我與那董氏接觸過，瞧著是個良善的，對妳夫君很是不錯，妳那公爹也是個行事靠譜的，當時只覺得妳姊姊嫁過去做當家夫人，上頭公婆皆好，日子肯定能安穩。」

齊靜點點頭說道：「我這些日子也琢磨過了，從前應當是有公爹在，婆母她的確不錯。這兩年許是公爹年紀大了，婆母倒是生了旁的心思。」

夏氏沈吟許久，問道：「妳是如何知道，妳夫君並非婆母親生的呢？」

齊靜愣怔半晌，本是不準備說出小公主，但是此刻想想，面前這是最親的母親，她又從不亂說話的，便說道：「是一個月前，小公主單獨召我過去，私下告訴我的。她說一直覺得先前那事不對，感覺當初是我婆母想要害碧彤，這才私下調查了一番……這些事我沒跟侯爺說。」

夏氏嘆了口氣說道：「這事自然不能是妳去說了，沒得讓人以為妳挑撥他們母子關係。

那董氏面子上做得好看，待妳家侯爺看來與親生的無二。對了，妳可知道妳公爹為何這般急切，想要將她們的親事定了？」

齊靜答道：「公爹只說是他年紀大了，想在有生之年看到碧彤、青彤定下親事，是我自己覺出不對來的，但也不知道是哪裡不對……對了，前幾天青彤說，她這些日子帶著熠彤去找她祖父，她祖父總盯著她，看得她發毛。我合計了一下，應當是娘娘省親之後，公爹才做這個打算的。」

夏氏又低頭琢磨了許久，說道：「難道……是娘娘打了她倆的主意？想讓廉廣王娶碧彤或是青彤？」

齊靜皺著眉頭想一想，問道：「可是母親，廉廣王來過幾次，我倒是接觸過，做事沈穩大方，若是碧彤、青彤嫁給他做王妃，應當是很不錯的啊。」

夏氏笑起來，說道：「傻孩子，妳自以為好，妳公爹不這麼以為。當年妳家娘娘入宮之後，妳公爹就效仿妳父親，手書家書，說明了侯府絕不站隊。雖然嫁給廉廣王不存在站隊問題，但想來妳公爹是不肯冒一絲風險的。如今廉廣王名聲太響，張國公那邊恐也有不滿了，為了侯府，更為了王爺，妳公爹斷然不會將碧彤、青彤嫁過去的。」

齊靜思索片刻，便明白過來，廉廣王要是娶了碧彤、青彤，可不就是大大的助力？如今皇上未有皇子，豫景王做了皇太弟，太多的事情一觸即發。當下說道：「不錯，我當時提議的時候，公爹也是說不讓女兒們入了皇家。」

夏氏又嘆氣說道：「如今朝中內外都不太平，妳哥哥在外頭，我與妳嫂嫂總是提心吊膽，偏咱們府裡的男兒都要去那刀劍無眼的地方……」

齊靜勸道：「母親安心便是了，哥哥他本事大著呢，父親從前就說過，哥哥是青出於藍，比父親還要厲害呢。」

夏氏揉揉眉心。「唉，武將就是如此，妳父親這般大年紀，也不得休息，最後還是死在戰場之上……我之前求著妳父親致仕，他倒是心寬，只說朝中無能之人甚多，他若是撂攤子，所有壓力都在妳哥哥身上了。」

齊靜聽著夏氏接連嘆氣，便又勸道：「父親一生的夢想，都是在沙場上的，如今這般，也算是圓了他的夢想了。」

夏氏靠在被子上發呆了許久，又說道：「靜兒，母親很快就要跟妳父親去了……」

齊靜聽了這話，眼淚止不住就下來了。

夏氏笑著給她擦擦眼淚，說道：「人有生老病死，妳何須這般傷懷？」

齊靜將頭往夏氏身邊靠了靠，說道：「有母親在，靜兒就一直是孩兒……」

夏氏也不言語，只撫摸著齊靜的頭，不知道想些什麼，二人就這樣靠了許久。

第三十五章

自那以後，夏氏的身子更是一日不如一日，太醫們都說她是熬不過九月了。

偏偏邊防戰事格外吃緊，齊烈請求回城的摺子是一封又一封的寄回來，卻被張國公一直壓著不放。倒不是他小心眼想要壓制齊國公府，實在是朝中無人可用，若是齊烈回來，只怕不出半月，北漠大軍便可長驅直入了。

林氏更是到太后面前聲淚涕下，只說去年底老國姓爺過世，國姓爺為了邊防戰事，未能回城守孝。如今國公夫人過世，再不讓國姓爺回來，實在是於情於理都不合適啊。

皇上也是格外為難，雖然因大齊人才缺缺，並不格外要求守孝，但是此刻再不讓齊烈回來，只怕天下百姓都要恥笑，恥笑朝廷不顧人倫常綱，連兒子送母親最後一程都不允許。

最後，是豫景王自請出戰，卻被張國公以豫景王未曾掌兵為由拒絕。皇上發了一通脾氣，直說若是不允豫景王去換齊烈回來，就由年近六十的張國公親自出戰。這下子張國公只能提心吊膽的妥協，心中更是覺得皇上不顧大局，絕不能過早還政予皇上。

齊烈回洛城不過三日，夏氏便撒手人寰了。齊靜如今肚子有近九個月，縱使知道自己要顧及身子，可依舊是悲傷過度，暈了好幾回，全靠著碧彤與青彤，才堅持參加完葬禮。

而齊烈強撐著處理完夏氏的後事，便病倒了。

這日齊靜又來看齊烈，她這個哥哥自從她出嫁以來，一直都在邊防，回來不過兩、三次，如今好不容易兄妹團聚，多些時日在一起，卻是因為母親過世，怎叫人不悲傷呢？

齊烈還發著燒，瞧見妹妹進來，便咧嘴笑道：「靜兒，妳來了？」

說起來他們兄妹二人碰面這些天，都沒能好生說話。

便有嬤嬤拿了凳子過來讓齊靜坐，齊靜坐下笑看著齊烈說道：「哥哥身子可好些了？說起來，妹妹倒是希望你的病好得慢些，也能多見著你些時日。」

「盡胡說，妳快莫要擔心我，如今是該好生調養身體，給我再生個小外甥。」

齊靜不好意思的笑起來，說道：「萬一又是個女兒呢？我公爹希望是個男孩，侯爺倒說男孩女孩都好。」

齊烈撐起身子瞧了瞧妹妹的肚子，不大好意思的說道：「其實當初妳嫂嫂懷孕，我都是一心盼著她生男孩。說起來，這一點我倒是不如侯爺。」

齊靜噗哧一笑說道：「哥哥當時年輕，侯爺如今這般年長，自是要成熟穩重些。」

齊烈又靠回去，長嘆一口氣說道：「前幾日，妳嫂嫂也跟我說了，妳是打算把青彤嫁給睿兒？」

齊靜以為哥哥也是擔心青彤性子活躍了些，便說道：「哥哥莫要擔心，從前我不也是跳脫的性子？你當時還說，誰家娶了我，等於娶了個小霸王呢！」

齊烈點點頭道：「不錯，如今妳倒是不如從前可愛了。等青彤嫁進來，我可不要清妍約束她的性子，若是她變得跟妳如今一般，豈不是沒趣得緊？」

齊靜氣得鼓了鼓嘴巴，瞪了哥哥一眼，倒是有些小時候的模樣。

齊烈又問道：「碧彤呢？可有想法？」

齊靜搖搖頭說道：「碧彤還沒有，一是沒有合適的，二是總要經過小公主才行。」

齊烈倒也鬆了口氣，又說道：「敏兒已經看好了人家，悅城提督長子。人很不錯，我看了很滿意。」

齊靜吃了一驚問道：「悅城？哥哥，你要將敏兒嫁這麼遠？嫂嫂可同意？」

悅城是大齊最鄰近北漠的邊城了，地廣人稀，戰事不斷。即使敏兒將來做到提督夫人，日子也絕沒有在洛城這般好過。

齊烈點點頭說道：「妳嫂嫂自是同意了，洛城朝中如今是個什麼狀況，妳也是清楚的。皇上與張國公之間的事，恐怕也不是一朝一夕能解決的，我在那邊打聽到的消息是，三位藩王恐也不甚安分，只怕是六年前的奪位之爭，很快又會來一回了。這些話妳回去私下同侯爺說說，讓他心裡有數。」

齊靜愣怔半晌，突然抬頭問道：「哥哥，若是碧彤久尋不到合意的，哥哥可否在悅城，也給她尋一門好親事？」

齊烈愣了片刻，回過神笑起來說道：「剛剛還嫌我將敏兒嫁那麼遠，此刻便覺得甚好了？」

齊靜不好意思的笑了笑說道：「哥哥安排的，自然是好的。」

回去後，齊靜便將此事告知顏浩宇，顏浩宇當即便轉告顏顯中了。

顏顯中也不含糊，說道：「阿宇，你向來是最懂事的，你要記住，我們永寧侯府不能站隊。你外甥雖然能幹，但他終非正統。」

顏浩宇大吃一驚，問道：「父親何出此言？」

顏顯中嘆了口氣說道：「我害怕你妹妹起了歪心思，你要記住，也不能將碧彤嫁入皇家。」

顏浩宇細細一琢磨，便明白原因了。自從皇上封了豫景王做皇太弟，朝中暗湧不絕，豫景王一味幫著皇上做事，顯然是一體的。偏妹妹和外甥一味做著高潔姿態，倒讓人有了其他想法。

待顏浩宇離去，顏顯中眯著眼睛，思索了許久，反倒更加擔憂，只怕自己一走，老二和女兒便會串通一氣，做出大逆不道之事了。

十月初五，顏顯中獨自坐在外書房的椅子上，紅著眼睛發呆。

不知道過了多久，他緩緩拉開抽屜，從裡面拿出一幅畫卷，那畫卷顯然有些年頭了，紙張都已經微微發黃。畫中是一位妙齡女子，巧笑盼兮，眼中含情。乍看之下，倒是有些像碧彤。

顏顯中撫摸著畫像，輕喊了聲。「阿韻……」

恍惚間，他彷彿看見阿韻抬起頭，調皮的向他喊了聲。「表哥，等等我嘛！」

顏顯中趴在桌上，哭得撕心裂肺不能自持。旁人只知道四月初三，是他原配的忌日，他總是會待在書房一整天。卻不知道十月初五，則是阿韻的生辰。小時候，每年生辰，他都會陪她過，都會給她許諾。「阿韻，我們這輩子都要在一起，將來死了，便都葬在一起。」

阿韻聽了，便揚起好看的笑臉，用力的點頭。後來嫁與他，還會羞澀的在他臉上親一口。

顏顯中哭至沙啞，方喃喃自語說道：「阿韻，我已經太老了，妳是不是，要帶我走了？我好想妳，好想什麼都不管，早日去見妳……」

只見那畫像中的阿韻似乎又抬起頭，對他說道：「表哥，我帶你走……」

正在這時，隨從急匆匆的跑過來，用力的敲敲房門喊道：「老爺、老爺，大夫人要生了……侯爺不在家……」

顏顯中這才回過神，輕輕撫了撫那畫像，又仔細將畫像捲好，收到最底下的抽屜裡面去。

隨從的聲音更大了。「老爺，現在浮曲院那邊，是三姑娘在操持……」

這意思是三姑娘尚小，不大合適處理這些事情，問他要如何安排。

顏顯中揉揉眼睛，站起來走到門邊，深吸一口氣，拉開門說道：「請三夫人過去，再去喊侯爺回來。」

隨從趕緊應了，顏顯中也不停留，逕自往浮曲院去了。

碧彤顯然沒想到祖父會過來，愣了愣，忙上前行禮說道：「祖父，您怎麼過來了？你放心，母親早有準備，孫女在這裡不過是守著罷了，有永嬤嬤她們在，不會有差錯的。」

顏顯中點點頭，到上頭坐了，心想若不是後院沒個女子，齊靜也不會讓繼女出來守著了。

三夫人尚氏也麻利，很快便收拾東西帶著人過來了，見到公爹在這裡，顯然也是吃了一驚，忙行禮說道：「父親，是媳婦不好，早該過來了。」

碧彤忙道：「祖父，卻是母親沒安排好，母親覺得這是第二次生產，有嬤嬤們安排便沒事了，其實早該請三嬸過來的。」

顏顯中擺擺手說道：「無妨，不過是妳三嬸生養過，有她在，妳也能放心。」

尚氏忙點頭笑道：「父親說得不錯，碧彤年紀小，不曉得這生產之凶險……」因顏顯中在這裡，尚氏也沒有多說，只安排下人去尋浮曲院的嬤嬤、丫鬟們，幫著她們做些力所能及的事情。

顏顯中又問碧彤。「熠彤可安排好了？莫要讓他受了驚嚇。」

碧彤應道：「祖父放心，青彤去陪著熠彤了。」

顏顯中點點頭不再作聲，心情卻有些波瀾——這孩子，選在這一天出生。

顏浩宇急匆匆的趕回來，瞧著父親坐在正廳上首，當下不好意思的說道：「父親，是兒子的不是，原該留在家裡的，不過最近朝中事務實在繁重，倒是叫父親受累了。」

顏顯中搖搖頭說道：「是我自己沒事做，順道來瞧瞧熠彤。熠彤沒過來，我想著在這裡等也不錯，總是我的孫子……說起來，我給小孫子選了幾個名字，一會兒給你瞧瞧，選一個吧。」

顏浩宇略有些擔憂，也不敢答話。萬一生的是女兒，豈不是叫父親失望了？

顏顯中只當他是緊張，倒也沒什麼反應。

約莫等了半個時辰，聽到哇哇的哭聲響起來，一家子都鬆了一口氣。

不多時，永嬤嬤便抱著一個小襁褓出來了，看著顏顯中略有些遲疑，將孩子送到顏浩宇面前說道：「老爺、侯爺，大夫人生了七姑娘。」

顏浩宇正奇怪，按道理永嬤嬤應當先將孩子抱給祖父看才對，聽到永嬤嬤這樣說，倒是明白了幾分，趕緊一把將孩子抱住，笑道：「女兒好，女兒也好。父親，之前兒子就說了，若是生個女兒像碧彤或者青彤，也挺不錯的。」

然而顏顯中瞬間黑了臉，又是個女兒。他其實並不介意女兒，不過老大已經有兩個女兒了，只有一個小熠彤，自是再生個兒子更好。

永嬤嬤知道老爺不高興，只好對著碧彤說道：「三姑娘，七姑娘的模樣有些像您呢，您瞧，這眉眼甚是像您。」

碧彤忙上前去瞧，只見妹妹紅通通皺皺巴巴的，根本沒有眉毛，眼睛也沒睜開。當下皺著眉頭問道：「永嬤嬤，我有這麼醜嗎？」

永嬤嬤哈哈笑起來說道：「三姑娘瞎說，七姑娘好看著呢，跟三姑娘您小時候一個樣，您洗三的時候，老奴來看過，就是這般模樣，很是好看呢。七姑娘有福，這耳朵後面還有個胎記呢。」

碧彤噘著嘴瞧著妹妹，心想難道自己小時候當真是這麼醜？好像熠彤剛出生的時候，並不是這般紅通通的呀。

顏顯中聽到胎記兩個字，卻是心念一動，說道：「將孩子抱給我看看。」

顏浩宇忙將孩子遞過去，顏顯中接過後輕輕的掀開襁褓，看了看孩子的右邊耳後，果真有個圓圓的指甲蓋大小的紅色胎記，又細細瞧著那眉眼，果真與碧彤幼時甚是相像。

他的心登時撲通撲通跳起來，阿韻的右耳後面，就有個紅色的圓形胎記，這孩子的眉眼像碧彤，而碧彤的眉眼，最是像阿韻了。

正想著，只見幼兒睜開一隻眼睛，眨巴眨巴著，又瞇一瞇，又睜一睜，似乎在努力，要把眼前這個人看清楚，而嘴巴卻噘起來，似乎想要吃，又似乎要哭。

顏顯中只覺得心都要化了，不自覺就笑起來，抱著輕輕晃著，說道：「寶貝乖，我是妳祖父哦。」

妙彤、青彤與熠彤一起進來的時候，就是看到這樣的一幕，顏顯中抱著小嬰兒眉開眼笑，臉上的皺紋都彷彿少了許多。

妙彤不自覺的就呆立在原地。為什麼？為什麼大房的每一個孩子，祖父都這般喜歡？而大哥和自己呢？明明是長孫和長孫女，得到的關注卻最少。

青彤已經高興的拉著熠彤上前，歡喜的問道：「祖父，是小弟弟對嗎？母親給我生了個弟弟對嗎？」

顏顯中瞪了青彤一眼說道：「胡說，翠彤這樣好看，怎麼會是弟弟？」

這下子連顏浩宇都吃了一驚，父親向來不喜歡女孩子，怎的這一來一去之間，竟連小孫女的名字都取好了？翠彤這名字，倒是與她兩個姊姊差不多，就是不怎麼好聽。

妙彤聽了這話，卻是嫉妒心瘋長，是妹妹?!竟然還是祖父親自取名。瀚彤、熠彤都是顏顯中取的名字，煒彤是庶子，他倒是沒管，可是所有的女孩子，他都不曾取過名字。別說孫女，便是顏金枝的名字，也是董氏自己取的。翠彤的名字就算再普通，那也是祖父親自取的啊。

而且祖父不是一心希望大伯母這一胎是男孩嗎？難道不應該是生出了女兒，祖父就甩袖離去？為何祖父竟抱著剛出生的翠彤這般歡喜？竟遠比熠彤出生還要高興？

碧彤本來也在好奇，不明白祖父怎麼突然臉色這樣好，彷彿遇到天大的喜事一般。不過見妙彤一進來，她心中警鈴大作，生怕妙彤要做什麼事，害了自己這剛出生的妹妹。

妙彤臉上的變化，碧彤自是看得清清楚楚，更覺得無比快活。上一世妙彤肯被她們壓在頭上那些年，不過是知道她們的後果不會好罷了。這一世卻處處不如妙彤的意，她只能眼睜睜瞧著大房的人越過越好，而祖母與她二房卻一蹶不振。

浮曲院上下都帶著真實的笑，顏顯中與顏浩宇打賞眾多，連尚氏也得了不少好處，歡天喜地的回了三房。

妙彤都不知道她是怎麼回自己的院子，這一天她都未曾再出門，直到晚上顏浩軒與顏瀚彤歸府。

自從端午節過了，顏浩軒所謂的病徹底好了，上頭看在顏浩宇的面子上，讓他官復原職。四個多月來，他倒是兢兢業業，不敢有一絲的懈怠。

今日一回府，便聽說大嫂生了個女兒，倒讓他鬆了一口氣。若再生個兒子，只怕瀚彤、煒彤更加沒地位了，於是帶著十分的真心，去浮曲院祝福大哥、大嫂喜得貴女。

等回了梨裳院，卻見瀚彤、妙彤都候在垂花門邊上。

顏浩軒問道：「怎的不待在自己院子裡？跑來這裡做甚？」

人多口雜，妙彤自然不會在這裡亂說話，只說道：「今日大伯父得了孩子，我們又多了個妹妹，哥哥與我都很高興。又瞧著大伯父那邊一家團圓，便也想多見一見父親。」

瀚彤不如妹妹會說話，只點點頭。

顏浩軒自是明白女兒並非真心話，便說道：「用晚膳了沒？今日為父就與你們一起用吧。」

妙彤沒什麼用膳的心思，只挾了兩筷子青菜吃了，便放下筷子說道：「父親，您可知道今日，祖父抱著翠彤笑得可開心呢。」

瀚彤不明所以問道：「新生的妹妹叫翠彤？倒是與三妹妹、四妹妹的名字很像呢，大伯父這名字取得不錯。」

妙彤翻了個大白眼說道：「不是大伯父取的，那是祖父取的。」

顏浩軒放下筷子，皺著眉頭問道：「妳說什麼？翠彤的名字是妳祖父取的？」

妙彤重重的點點頭，說道：「何止，祖父還很誇翠彤，說她甚是好看呢！」

瀚彤不甚在意的笑笑說道：「她不過是個剛出生的幼兒，能好看到哪兒？妙彤，妳的目標是碧彤，不是這剛出生的娃娃。」

顏浩軒卻沈吟說道：「你們祖父從未曾抱過孫女，也從未曾替孫女取過名字。」

瀚彤一邊挾著菜，一邊思慮片刻，說道：「如今祖父年紀大了，偏疼最小的也屬正常吧？」

妙彤搖搖頭說道：「哥哥這話不對，祖父之前一直說，想再得一個孫子。如今得的是孫女，他怎的一點都沒有不高興？」

顏浩軒瞇著眼，倒是認同妙彤的說法，父親重男輕女慣了，雖然這幾年稍稍親近碧彤，骨子裡的思想卻變不了。看樣子還是因為大哥，父親偏心大哥，也不是一朝一夕了，便是大哥生的幼女，他也格外疼愛幾分。

翠彤出生之後，顏顯中的精神倒是好了不少，日日總要差身邊的丫鬟去浮曲院，將翠彤抱過來逗一逗。時間久了，齊靜也摸著規律了，每日讓翠彤吃飽了，睡好了，就叫丫鬟、奶娘主動抱著翠彤去前院。

小年夜，照例是一家子團聚的時候，依舊是兩張桌子，分了男女，董氏還關在小佛堂，未曾放出來。

顏浩宇心疼母親，開口問道：「父親，過幾日除夕，咱們府也該歡歡喜喜過個大年了……不如將母親放出來吧？說起來母親禮佛已經近一年了。」

顏顯中沈了臉，冷聲說道：「既然她身子不好，便好生歇著吧，除夕叫廚房弄個席面給她。」

顏浩宇心有不忍，以為父親是嫌棄母親不潔，只低著聲音說道：「父親……母親身子不好，不如請太醫給她瞧瞧？」

顏顯中擱了筷子，也不看顏浩宇，只衝著旁邊女桌上問道：「翠彤呢？」

齊靜愣了一下，趕緊說道：「父親，翠彤應當在吃奶呢。雲兮，去瞧瞧翠彤吃完了沒有，將她抱來。」

顏浩宇見父親不答話，當下也不敢再說，心中卻不甚高興。說起來母親也算是受害者，父親何須這般不近人情？

顏浩軒雖然不敢提，心內也是無比焦急的，母親若不出來，他一個人是什麼事都不能成的。

翻了年去，妙彤就十四歲了，一個正四品官員的嫡女，永寧侯的侄女，做王妃倒是夠，偏妹妹和外甥有那樣的心思，那外甥的夫人必須選有助力的才可以，自己這個正四品文官，能有什麼助力可言？可若是妙彤不做王妃，侯爵之位只怕是離自己更遠，而自己這一生，就當真要被大哥壓一頭了，叫他如何能甘心？

顏浩琪回了自己的房內，大冬天的這頓小年飯，吃得熱汗直冒。

尚氏走過來替他解開衣服，邊解開，邊說道：「三爺，今個大嫂問我，咱們對綺彤的親事，有沒有想法。」

顏浩琪詫異的回頭看了眼尚氏，說道：「她怎的問這個？難道她有想法？」

尚氏搖搖頭說道：「應該不是的，她只說綺彤翻了年就十四歲了，若有合適的，可以相看了……我自己琢磨著，難道她很著急碧彤、青彤的親事嗎？不過妙彤如今還沒個說法，我也不敢替綺彤相看啊。」

顏浩琪沈吟片刻說道：「妳若是有合適的，給綺彤相看也成。」

第三十六章

尚氏猶豫著問道：「但母親那裡……若母親知曉我們越過妙彤，只怕會不高興的。」

顏浩琪冷哼一聲說道：「今日父親的話妳沒聽見？春節到了，他都不打算放母親出來，等日後母親真有出來的那一天，只怕幾個大的都已經定下來，妳還怕什麼？只消看到合適的，同大嫂說一聲。」

尚氏又猶豫著問道：「那二爺那裡會不會有意見？」

顏浩琪沈吟片刻，說道：「明日我遇著二哥，先問問他吧。這事反正也不急，翻了年再操持也不遲。」

尚氏點點頭笑道：「我做事你放心，不會得罪他們的。」

顏浩琪瞪了她一眼，嘆了口氣說道：「庶子比不得長子，二哥的做法我雖看不慣，但也不能怎麼樣，大哥自己都不計較，我們也不能瞎管閒事。說起來，只要咱們不亂來，大哥、大嫂總能容得下我們。反倒是二哥那邊，要小心些，知道嗎？」

尚氏忙又點點頭說道：「三爺，只可惜我沒給生個兒子出來……」

顏浩琪眯著眼睛，眼中也有失落，卻是什麼話都沒有說。

小年過後，朝中除了幾個重臣還時不時要當值，大部分官員都是輪值，不用再當值了。

顏浩琪一早便去外書房，給父親請安。回來便打算去梨裳院尋二哥問問妙彤的親事，二房是肖氏當家，原該尚氏去問肖氏的，不過當時顏顯中已經讓齊靜教養妙彤了，因此尚氏倒是當真不知道該問誰。

顏浩琪一路琢磨著，依著二哥好高騖遠的心思，妙彤的親事一定不能太差，恐怕大嫂怎麼挑選都不會合他的意吧？

正想著，只見前面跑過一個小丫頭，顏浩琪定眼一看，那正是他的侄女青彤。顏浩琪忙堆滿了笑容，只等她過來的時候，好好誇一誇她。然而青彤壓根兒沒注意他，只紅著臉一溜煙跑到水池邊上去了。

湯圓緊跟著上前，帶著笑意喊道：「四姑娘、四姑娘，您這是做什麼？」

青彤瞪了她一眼說道：「叫妳胡說，看我不撕爛妳的嘴。」

湯圓哈哈笑起來說道：「奴婢這是戳中了四姑娘的心思嗎？奴婢可沒有說錯，待四姑娘嫁去國公府，奴婢可不是要跟著回國公府了。」

青彤隨手扯了身邊的枯樹枝，往湯圓身上丟過去。「還說！妳還說？」

兩個人便又嘻嘻哈哈的跑遠了。

顏浩琪心中一凜，國公府？青彤是要嫁去國公府？這本來沒什麼，只是青彤翻了年才到十三歲，怎麼這樣著急？他沈吟著來到梨裳院，顏浩軒正好準備出來，看到他問道：「三弟怎麼來了？有事？」

顏浩琪臉上含笑，說道：「的確，二哥，有事情想問一問你。」

顏浩軒伸手拍著弟弟的背，說道：「正好我要出去，你跟我一起去吧，邊走邊說。」

顏浩琪點頭說道：「二哥，我是想問問，翻了年妙彤就十四歲了，二哥可有想過替她定下親事？」

顏浩軒眼神一滯，抬頭瞧了顏浩琪一眼，見他目光澄明，不似知曉自己想法的，便說道：「我倒把這個給忘記了，等得了空再仔細尋思一番。」

顏浩琪聽出二哥的搪塞之意，知道二哥這是有想法了，也不拆穿，只說道：「是這樣的，前兩天大嫂問你弟媳婦，對綺彤可有想法，我估摸著這兩天大哥應當也會問你的，便提前來問問你。」

顏浩軒皺了皺眉頭，齊靜問這個，自然不是為了綺彤，妙彤比綺彤大一個月，自是妙彤在先，綺彤在後的，便問道：「大嫂？她現在問這個做什麼？」

顏浩琪笑道：「自是為了碧彤、青彤呀，好似已經給她們其中一個定下了。」

顏浩軒吃了一驚問道：「定下了？碧彤還是青彤？她們年歲還小，怎麼這麼著急？」

顏浩琪搖搖頭說道：「我如何知道，貌似是國公府的吧，或許是那邊著急……不過也可能是大哥的意思，父親年紀大了，又最是疼愛碧彤，想來是想瞧著碧彤訂親呢。」

顏浩軒沈吟片刻，卻不做聲。國公府怎麼會著急？國公夫人過世不過四個月，孫子輩守孝要守一年呢。三弟的猜測很有可能是真的，父親為了碧彤，什麼事都做得出來。不行，這件事情得好好探查一番，妙彤尚未訂親，父親就只想著大哥的兩個女兒！

顏浩琪瞧著二哥這若有所思的模樣，不自覺嘴角勾起一絲笑容。鬧吧！只要大房、二房鬧得越大，他三房得利便越多。

待顏浩宇問顏浩軒妙彤親事的時候，顏浩軒拿出早已定好的說辭，說道：「大哥，妙彤這孝還得守一年多，此事還不急。等她年滿十五歲再訂親，也正合適。」

顏浩宇點點頭說道：「話雖如此，妙彤美名在外，自是不愁。卻要替綺彤想一想，妙彤不定下來，三弟恐怕也不好先定。」

顏浩軒心中冷笑，從前還覺得大哥良善，如今這親事還想要瞞著自己，是真正不拿自己當弟弟的，面上只微笑著說道：「大哥說得是，我改日便同三弟說一說，綺彤要定便先定了吧。訂親不若成親，也不消非要講究長幼有序。」

正月十五元宵節，春節算是過完了，難得顏顯中又召集全家聚在一起吃飯。

侯府沒有食不言寢不語的規矩，但也沒人在吃飯的時候，挑些不好的話頭。有青彤嘰嘰喳喳的，倒是讓大家愉快的吃了頓飯。

用完膳，顏顯中說道：「孩子們先回去吧，將翠彤抱到我這邊來。」

瀚彤與妙彤便領著小的都離去了，奶娘也將翠彤抱到顏浩宇身邊，翠彤還在睡覺，顏顯中只看了看，沒打擾她。回頭對著顏浩軒說道：「瀚彤也大了，要相看人家了。我看中一個，光祿大夫秦大人的嫡幼女，今年十四歲。」

顏浩軒腦中嗡的一聲，有些不可置信，問道：「秦大人？就是、就是……」

顏顯中點點頭說道：「就是浩淵的舅兄。」

顏浩軒心中格外不平衡了，浩淵是庶子，娶了秦家嫡女，還是獨女。瀚彤是嫡長子，父親竟給他選了嫡幼女，這是認為瀚彤的地位，還不如浩淵嗎？但他忘了，其實當初給浩淵訂親事的時候，秦家不過是從六品小官，如今那秦家已經是從二品的，地位自然不能同日而語。

只是顏浩軒覺得長子與庶弟同娶一家，很不高興，當下面露難色說道：「父親……瀚彤他……可是您的嫡長孫啊。」

顏顯中詫異的看了顏浩軒一眼，又看了看瀚彤，沈默片刻說道：「你這是不滿意？」

顏浩軒忙道：「父親，兒子絕非不滿意，只是覺得，是不是有更合適的？瀚彤是您的嫡長孫，他還有個姑姑是太妃娘娘呢。」

顏顯中沈著臉說道：「向來做親都是高嫁低娶，若非瀚彤有個做侯爺的伯父，以及做太妃的姑母，你以為秦家會願意低嫁？」

顏浩軒心內暗恨，如今自己只是四品，自然是低了些，若襲爵的是自己，瀚彤也不至於娶一個光祿大夫的幼女，還要被認為是高娶了。

顏顯中眯了眯眼睛，面露不善，卻只說道：「既然你這樣不願意，那這門親事便再說，你自己去尋合意的吧。」

若沒有顏顯中或者顏浩宇出面，顏浩軒自己怎可能尋得到身分更高的姑娘呢？當下他便苦著臉，頗有些發愁的看著父親。

顏顯中只當沒看到，繼續說道：「妙彤也十四了，靜兒，這半年妳辛苦些，給妙彤挑選個合適的人家。」

顏浩軒的心提到嗓子眼去了，若是讓齊靜幫妙彤選婿，定然不可能選到紹輝的，他趕緊說出口。「父親，妙彤的親事……」顏顯中聞言，目光炯炯的看著他，直看得他心虛。最後他還是鼓起勇氣說道：「不如再等等？」

顏顯中將手中的珠串扔在桌上，坐著發了許久的呆。他不出聲，也沒有人敢出聲，直到奶娘懷中的翠彤哇的哭起來，顏顯中才回過神，擺一擺手說道：「罷了，靜兒妳與老三媳婦商量著，先給綺彤相看，剩下幾個小的也依次相看定下來。」

說罷便抱過翠彤慢慢哄著逗著，不再理會其他人。尚氏心中卻無比高興，公爹發了話，大嫂又不是個磋磨人的，綺彤這親事一定能如意了。她膝下就兩個女兒，夢彤是庶女，她自是不甚操心，只要綺彤尋個好親事，她就是真正滿足了。

眾人沈默了許久，最後還是顏浩宇先開口說道：「父親，兒子那裡還有點事情……」

顏顯中這才抬頭看他一眼，說道：「嗯，都散了吧，老二到我書房來一趟。」

顯然是剛剛當著眾人，給顏浩軒留點顏面，此刻卻是要單獨訓話了。顏浩軒忐忑的瞧了眼父親，見他抿著唇板著臉，顯然是極不高興了。便也不敢作聲，只硬著頭皮跟在父親後頭。

外書院內，顏浩軒抬頭看了眼端坐在書桌前的父親，趕緊又低下頭。在朝為官幾十載的父親，無疑是能臣忠臣了，輔佐三代君王，一生為國鞠躬盡瘁，未曾有絲毫懈怠。

而在家，他是嚴父，奉行棍棒底下出孝子，顏浩軒記得小時候，自己是從未曾得過父親半絲笑容，偶有父親臉上的點滴微笑，也只是對著妹妹顏金枝的。若是自己犯了錯，那戒尺便要高高舉起，重重的落下，順道還要責罰大哥。

顏顯中語氣冰涼。「妙彤你已經有心思了？看中了紹輝？」

顏浩軒頗有些吃驚，轉念一想，難道是妹妹已經告訴父親了？也不敢隱瞞，只將一切推到妹妹身上，說道：「父親，娘娘她之前就有這個打算……不過妙彤還在喪期……」

顏顯中摩挲著手指頭，很多事情他開始不明白，致仕後整日無事，想來想去，瞧來瞧去，倒是看明白了不少。

此刻，他壓低了聲音說道：「你指望著妙彤嫁給紹輝，之前傷害碧彤、青彤就是想她們身敗名裂？你大哥有如此名聲的女兒，你又有做王妃的女兒，誰更適合襲爵，便是一目了然對不對？屆時你想方設法放出風聲，你大哥那個心腸，只怕立馬便將爵位讓你了，是不是？」

顏浩軒想不到父親已經弄明白自己的想法，可這樣的事情，他是萬萬不敢認的，當下跪在地上哭訴。「父親，兒子怎敢有這樣大逆不道的想法？當真是妹妹……是妹妹她想叫妙彤做兒媳婦的。」

顏顯中冷笑一聲說道：「她是太妃娘娘，浩軒，如今妙彤的身分，你還以為娘娘會讓她做王妃？」

顏浩軒心中焦急，從前妙彤是永寧侯的長孫女，自己是正三品文官，甚至很快便要官至二品。如今大哥襲爵，妙彤不過是永寧侯的侄女，而他到現在只是正四品而已，妙彤的身分低了何止一星半點？

他忍不住說道：「父親，您與大哥說說，叫他、叫他提一提我……」

這話終是說不下去，他大哥的性子，與父親一般無二，一心為國，斷然是不會徇私的。可若大哥不肯徇私，他又如何能往上更近一步呢？

顏顯中閉上眼睛靠在椅背上，說道：「陳家這兩年沒什麼來往，最近卻來往頻繁，你也應當懂他們的意思。」

陳家長孫十六歲，自幼與妙彤關係不錯。顏浩軒著急的說道：「舅兄從四品……父親，我只有妙彤這一個嫡女，怎能這般低嫁？」

顏顯中問道：「你這是打算拿女兒換前程？」

顏浩軒看著父親鄙視的目光，心內又是無比焦躁，再也忍不住了，大聲說道：「不錯，我只有這一條路了。若不是你偏心，一味偏著大哥一家子，我又何至於落到如此地步?!若是大哥肯提攜，我又何須自己鑽營？他是嫡子，我就不是嗎？高位、爵位統統都是他的，他的夫人不論正妻、繼妻，都是齊國公的千金，他的女兒是小公主義女，堂堂興德郡主。我呢？我有什麼？憑什麼？就因為……就因為他是您的先夫人生的？」

顏顯中盯著顏浩軒，沈默半晌，他早就猜出二兒子知曉了這一切。他浮出一絲苦笑，說道：「他乃嫡長子，無論能力心性，遠在你之上。」

顏浩軒抓狂的上前一步，走到桌前喊道：「嫡長子又如何，若是沒有他，我就是嫡長子。什麼能力心性，你從未相信過我，我的能力如何不及他？」

顏顯中此刻才真正看清這個兒子，良久說道：「若是沒有他，我也不會娶你母親，也不會有你……」

顏浩軒哈哈大笑說道：「是啊，所以說什麼能力心性，就算我的能力心性遠在他之上，只要他是那個女人生的，爵位就一定是他的，是不是？」

顏顯中抬頭看向窗外，天已經全黑了，他站起來慢慢走到窗前，背對著顏浩軒，說道：「你說得不錯，無論你大哥是什麼樣子，這爵位都是他的……因為我之所以被封永寧侯，就是因為他的母親、你的嫡母……當年救了宣帝之人，並非是我。」

顏浩軒愣怔半晌，聽父親說馬氏為他的嫡母，這是連他生母乃正室的身分都不肯承認，當下跪地痛哭，嚎哭不止。

顏顯中彷彿沒有聽到，只呆呆的看著窗外，心中所想所思，全都是他的阿韻。這些年他以為娶董氏是正確的，現在看來全都是個笑話。

待顏顯中徹底回過神，顏浩軒早已離去了。他也沒在意，只默默的回到桌前，取了紙筆，開始寫著……準備待自己身死，便告知阿宇真相，叫他們分家，斷了阿軒的心思。阿宇天性善良，縱使日後來往不多，他也會照拂董氏和阿軒的。

顏浩軒哭夠了，慢慢往梨裳院走去。路過暮春院，如今的暮春院已經沒人了，再不復從前的生機了。顏浩軒站在院門口，那院子就如同他的心一般蕭條。母親在佛堂裡面出不來，父親顯然是厭棄了她，也厭棄了他，這一輩子，他都只能做個碌碌無為的普通人了。

不！他怎麼肯接受這樣殘酷的事實？明明母親無數次告訴他，等父親死了，那爵位就會是他的。妙彤將會坐上皇后之位，他將是外戚，凡是擋在他面前的人，統統該死，該做他的墊腳石。人生的路還有這麼長，他絕不認命！

可是他應該怎麼做？他能怎麼做？今日這一番話，父親只怕是失望透了。

父親？父親這樣老了。

顏浩軒伸手拉了拉鎖得緊緊的院門，嘴角微微上揚。

對，父親這樣老了，很快便要入土了。

開了春，院子裡的桃花、迎春都開得甚好，這樣好的日子，碧彤、青彤只要得了空，便會將熠彤、翠彤帶出來玩。翠彤快五個月了，最是好奇愛四處看的年紀。

二月底這天晚上，翠彤一直哼哼唧唧鬧個不停，也不吃奶，也不睡覺。齊靜喊來紙鳶替翠彤瞧一瞧，看是不是身子哪裡不舒服。

紙鳶細細檢查了，搖頭說道：「大夫人，七姑娘身體無甚不妥。」

齊靜皺著眉頭問道：「既然無甚不妥，她怎的這般鬧騰一晚上？」

永嬤嬤猶豫著說道：「會不會是受了驚？」

乳母、丫鬟們皆搖頭，說是今日一切正常，並未遇到易使小兒受驚的事情。

碧彤在一旁皺著眉頭瞧著，心中琢磨著，會不會是二叔或者妙彤做的？可是為何紙鳶看不出來呢？或者是不是要讓父親去請個老大夫來看看？

青彤平日裡抱翠彤抱得最多，此刻正趴在齊靜身邊，細細哄著這個小妹妹，說道：「翠彤，妳是哪裡不舒服嗎？」

翠彤依舊哼哼唧唧，一會兒睜開眼睛，一會兒閉著眼睛，手也在不停的推著齊靜，彷彿不想她抱。

青彤輕輕拍著翠彤，又道：「妹妹可是想祖父了？姊姊抱妳去祖父那裡可好？」

翠彤彷彿聽懂了一般，當即便不吭聲了，向著青彤直笑。

青彤有些吃驚，抬頭問齊靜。「母親，難不成妹妹能聽懂我說話？她這是想祖父了？」

永嬷嬷皺著眉頭說道：「不能吧，七姑娘才五個月……何況現在晚了，若是抱出去當真受了驚嚇，可如何是好？」

那翠彤彷彿又聽懂了，一下子哇哇嚎哭，怎麼哄都哄不住。

碧彤、青彤對看一眼，一時間都不知道怎麼辦好。碧彤是重活一世的，很是相信萬事皆有靈，當下便說道：「七妹妹自小便似乎懂事得很，或許她與祖父當真是心有靈犀呢？不如叫青彤帶去見一見祖父，多派人跟著便是了。」

齊靜遲疑片刻，見著一直哭鬧不休的女兒，一咬牙也點頭說道：「好，永嬤嬤，妳去喊幾個護院，想來有成年男子在，陽氣重，應當無事的。」

永嬤嬤自是不放心的，便陪著青彤一起去了外書房。

外書房內，顏顯中的貼身隨從顏平正端著一盅湯走過來，輕聲說道：「老爺，夜深了，喝點湯潤潤肺，早些歇著吧？」

顏顯中嘆了口氣，將書合上放好，揉揉眉心說道：「年紀大了，也不大睡得著。」

顏平忙將湯放到他跟前，道：「老爺也知道自己年歲大了，如何還能像年輕的時候一般熬著？」

顏顯中笑起來，對顏平說道：「你今日怎的格外囉嗦？」

顏平也堆滿了笑，又將湯往他面前遞了遞，說道：「老爺如今要養好身子，快把這湯喝了吧。」

顏顯中點點頭，端起湯打開來準備喝，就聽到外面一陣嘈雜。他皺著眉頭問道：「這麼晚了，是何事這麼吵？」

顏平剛要出去看，便見到另一隨從顏安走進來說道：「老爺，四姑娘抱著七姑娘來了，說是七姑娘不舒服，一定要到您這裡來。」

顏顯中放下湯盅，不高興的說道：「老大那裡怎麼回事？這麼晚了由著四姑娘胡鬧？七姑娘這般小，懂什麼？」雖不高興，他還是趕緊叫顏安讓她們進來了。

青彤抱著翠彤走進來，翠彤見著顏顯中很是高興，兩隻手都往前撲。

顏顯中見到翠彤這個樣子，哪裡還有絲毫的情緒？立馬走過來，將翠彤摟在懷中，翠彤窩在他懷裡，笑得很是開懷。

青彤說道：「祖父，妹妹她在浮曲院鬧了一晚上，到您這裡便好了。」

顏安見狀，拉了拉顏平，示意他退出去。顏平看了眼顏安，回頭說道：「老爺，湯要趁熱喝了，不然一會兒涼了可就不好了。」

出了門，顏安斜眼看著顏平說道：「你今日怎麼格外多事？不會看眼色嗎？老爺要跟小姐們說話，你偏要插嘴，那湯冷了，老爺自是曉得不吃的，稍後再端一份熱的不就可以了？」

顏平只回頭看了眼房內，耷拉著腦袋也不說話。

第三十七章

房內青彤聽顏平催祖父喝湯，便上前接過翠彤說道：「祖父趁熱將湯給喝了吧。」

顏顯中點點頭，見青彤抱穩了，坐下端起湯盅要喝。誰料翠彤又嚎啕大哭，直往顏顯中那裡撲過去。青彤抱不住，生怕把妹妹摔了，趕緊快步走到顏顯中面前，將翠彤遞給他。

顏顯中也趕緊放下湯盅，將翠彤摟過來問道：「我的小乖乖，妳這是怎麼了？要祖父抱著睡嗎？」

翠彤依舊啼哭不止，雙手四處揮舞，正好將那一盅湯給揮到地上，潑了一地。

青彤一聲輕喊。「哎呀！翠彤可無事？」

顏顯中急忙檢查懷中的翠彤，卻見她也不哭了，打了個哈欠，懨懨的靠在他懷裡。

顏安與顏平急急忙忙走進來，顏安問道：「老爺，怎麼了？」

顏顯中說道：「無事，是七姑娘將湯給打潑了。」

四人一起看向地上，那盅湯竟然直冒泡，噗哧噗哧許久才停下來。

青彤吃了一驚喊道：「祖父，這湯有毒。」

顏顯中如何不知道，盯著那湯，又抬頭看了眼顏平。顏平額上冷汗直冒，還未反應過來，邊上顏安已經伸手將他押制住了。

顏顯中低頭一看，懷中那最小的孫女，已經香噴噴的睡著了。他心中百感交集，這個孫女，難道當真是阿韻不放心，回來保佑他的？否則怎麼會鬧騰一晚上，到現在有毒的湯灑了，她才安心睡去？

青彤平日雖胡鬧慣了，卻也曉得祖父此刻有要事處理，當下上前抱過翠彤，說道：「祖父，我先抱妹妹回去了。」

顏顯中沈著臉點點頭，說道：「妳父親一會兒回來，叫他先到我這裡來。」

當夜顏浩宇沒有回浮曲院，第二日說是有要事，請了假。

顏浩宇向來勤勉，張國公得了消息，只以為是顏顯中病了或是董氏不好了，忙特地派人過來安撫，讓顏浩宇先處理自己家的事。

晌午，顏浩宇一臉沈重的回了浮曲院，齊靜正抱著翠彤逗她玩，見顏浩宇回來，趕緊將翠彤遞給乳母，揮手讓她們都下去。

齊靜替顏浩宇解了外衣，輕聲說道：「是先歇息，還是先用水？」

顏浩宇只躺靠在貴妃椅中，看著齊靜問道：「怎麼不問問昨夜是什麼情況？」

齊靜走上前給他按摩額頭，說道：「等你休息好了，自會告訴我的，我何須這般著急？」

顏浩宇頗有些感動，猶豫片刻說道：「現下倒是不睏。靜兒，妳可知……昨夜那毒湯，是二弟做的……」

齊靜有些吃驚，細想又好似在意料之中。呆了片刻，繼續給他按頭皮，說道：「他這是為何？」

顏浩宇搖搖頭，不滿的嘆了口氣。「父親單獨跟他談話的，我並不知道說了什麼。不過我懷疑……靜兒，我懷疑他是想要襲爵，是怪父親將爵位給我了。」

齊靜瞪大了眼睛，不可思議的問道：「襲爵？哪一家不是長子襲爵的？夫君您是名正言順的長子啊，二弟他怎可……」

只是齊靜心中一想，二爺與自己夫君並非同一個母親生的，這事情自己夫君不知道，可二爺定是知道的，想必他早就起了襲爵的心思。恐怕公爹也明白這些，一直從中阻撓，這才叫二爺記恨，想要先殺掉公爹嗎？

若然如此，豈不是整個大房都可能被二爺視作眼中釘，尤其是夫君和熠彤。難怪即使翠彤出生了，碧彤最緊張的總還是熠彤，她只怕早就猜到了，所以將熠彤看得跟眼珠子似的。

顏浩宇感覺夫人的手停了下來，以為是被自己的話嚇到了，忙安慰道：「妳也別擔心了，二弟或許是一下子想岔了。原本他雖急進了些，總是肯聽父親和我的話的，這幾年二弟過得不甚如意，一時想岔了也是有的。」

齊靜當然不相信是二爺想岔了，只覺得二爺肯定會繼續圖謀不軌，便忍不住問道：「夫君，那父親可有說如何處罰呢？」

殺父未遂，就算公爹生了大氣，也不會拿二爺去報官，只怕這事情還得壓下來，往後得更加小心才是。

顏浩宇搖頭說道：「父親還未決定如何處罰，相關的下人都被發賣了，顏平頂了罪杖殺了，而二弟被關起來了。」

齊靜唏噓道：「顏平是跟在父親身邊的老人了，竟會做出這種背主殺主之事。」

顏浩宇點點頭道：「顏平的兒子好賭，被人砍了左手，之前還是父親幫著擺平的。當時，本打算給一筆銀錢讓顏平用回自己的姓氏離去的，後來顏平哭求著，他兒子發誓若有下次就自我了結，絕不拖累旁人。父親一時心軟，後來瞧他兒子當真改邪歸正，便沒再提及此事。沒想到他兒子不知悔改，被二弟知道此事，拿這個做威脅，又許了將來的好處……」

齊靜沈默半晌，說道：「兒女都是債……」

顏浩宇明白她這話，說的既是顏平，也在說二弟，只安慰的摸摸她的手說道：「放心，我們兒女都是乖巧懂事的。」

此刻，碧彤坐在床前發愣，昨日青彤回來神色不好，與母親偷偷說了許久的話。她見青彤疲倦不堪，便沒多問，今天青彤才告訴她，竟有人想要害祖父。

那個人要不就是董氏，要不就是二叔了。董氏如今在小佛堂出不來，身體也不大好，十有八九是二叔了。沒想到二叔竟然這樣大膽，竟然弒父……不對，上一世祖父便是今年夏天過世的，會不會當時也非正常死亡，而是被董氏二叔聯合殺害的？

碧彤此刻心中深悔，她竟然只想到要防止二房對大房下手，沒料到祖父也有危險。還好翠彤彷佛與祖父心有靈犀，若昨日不是翠彤那般吵鬧，此刻祖父只怕已經不在了，還會被當作正常老死的。

碧彤握了握手心，只不曉得事情既已發展到這個地步了，祖父會作何打算呢？

申時末，顏顯中派人將當值的顏浩宇和顏浩琪喊回來，又讓人去各個院子裡，將所有人叫到正廳，包括在小佛堂的董氏。

董氏不知道是想通了，還是禮佛時間久了，精神反倒比去年太妃娘娘省親之時要好很多。此刻正端坐在正廳上方，心中有些得意，她還不知道昨日發生了什麼事情，只以為顏顯中決定放她出來了。

顏浩宇帶著大房的眾人站在左邊，熠彤和翠彤年紀小，倒是沒有帶過來。顏浩軒被關，還沒來，由瀚彤帶著二房的人站在右邊，顏浩琪跟著大哥過來的，自也是站在左邊。

二房沒有主母，肖氏也過來了，她不敢與瀚彤等人站在一起，只站在門邊。

不多時，顏浩軒踉踉蹌蹌的走了進來，髮絲凌亂，衣服上也都是污漬，他狼狽的看了眼父親，心虛的走到煒彤後頭站著。二房的人都很詫異，肖氏也只知道他昨日沒有回院子，不過顏浩軒常常說有事情不回家，肖氏也不曾在意過。

倒是董氏嚇了一跳，關心的問道：「軒兒，你這是怎麼了？你是跟人打架了嗎？」

顏浩軒尷尬的看了眼父親、母親，低著頭不敢作聲。董氏更是狐疑，左看看右看看，平日裡總會出來幫著說話的長子也不出聲，她心中打了個突，直覺似乎不妙。

顏顯中咳嗽了一聲，說道：「今日讓大家來，便是說一說分家的事情。」

這話一說，董氏吃驚的問道：「老爺，您還健在，如何要分家啊？」

顏顯中冷哼一聲說道：「再不分家，我就要不健在了。」

董氏又狐疑的看了一圈，只見老大、老二低著頭，老三倒是一副老神在在的樣子，不知道在想些什麼。心思轉了幾圈，終是覺得此刻分家，豈不是對軒兒大大的不利，便又道：「老爺，此刻分家，只怕外頭會戳阿宇的脊梁骨，說咱們還健在，他就急吼吼的趕弟弟們出府呢。」

顏浩宇聽了這話，卻是連頭都沒抬一下。董氏心中狂跳，看樣子定是發生了什麼她不曉得的事情，否則怎麼全家一個、兩個都這副樣子？

顏顯中沒等她多想，只繼續說道：「顏家只剩下我們這一支了，只消自己分家了便可。顏浩宇乃我之長子，原配馬氏之子，如今亦是永寧侯了，旁人也休想動他分毫。」

眾人齊齊吃了一驚，瞪大了眼睛看著顏顯中。

顏浩宇不可置信的問道：「父親，您……您說什麼……」他並非董氏親生的？他是父親原配的兒子？每年去祠堂祭拜的那個馬氏，才是他的親生母親？怎麼他以前從來不曉得？

董氏也心驚肉跳的問道：「老爺，您當初不是說……不是說這個秘密，誰都不許說出來的嗎？這些年，我待阿宇……」

顏顯中冷冷的瞧著她說道：「本來這件事情，我應該帶入土的，不過妳做了什麼、妳兒子做了什麼，妳自己心中有數。我今日說出來，也沒別的意思，不過是告訴阿宇，分家之後，妳自是跟著浩軒過日子，他不用管。」

董氏此刻才是真正的慌亂了，這麼久，她的所作所為都只須避開顏顯中，不過是仗著顏浩宇一心以為她是生母而已，便是有旁人到他跟前戳穿，她也有話可以說，畢竟他是她養大的啊。可如今是顏顯中自己說出來的，話裡話外都說她和軒兒有不軌之心，這叫她以後還怎麼能從阿宇手中奪到爵位？

顏浩宇也無法平靜，霎時間他打破了自己的認知，正當他在胡思亂想的時候，他手心一動，原來是齊靜的手伸過來，穩穩的握住他的手。他的心情立刻平靜下來，側過頭對齊靜勉強笑了笑，讓她不必擔心。

如今，從前很多想不通的地方，此刻都能明白了，原來母親並非生母，所以母親與二弟在謀劃著什麼，昭然若揭。

顏浩琪也在暗暗吃驚，沒想到大哥竟然不是嫡母親生的？之前他只以為是二哥嫉妒大哥，沒想到嫡母同二哥是一夥的。顏浩琪心中的算盤立刻打開了，他姨娘早逝，是嫡母身邊的丫鬟，這次分家，父親定是將他看做與二哥是一夥的。看樣子得找機會想辦法跟著大哥，這才是真正的出路。

顏顯中又開口說道：「家中所有的財產，我都已經分成四份，顏安，你將我分好的，給他們看看。」

顏浩宇沒興趣看，顏浩軒與顏浩琪不敢看，齊靜穩如泰山，彷彿分家與她一點關係都沒有，尚氏倒是想去看看，可是瞅著大嫂這個樣子，她也不敢動作。最後只有董氏一人拿著單子仔細的看了又看。

古董擺設、金銀財寶這些且不說，光是田莊鋪子等等產業，大半都分到顏浩宇手中，剩下的除了老四顏浩淵沒分什麼東西，顏浩軒與顏浩琪竟是差不多的。

董氏陰鷙的抬頭瞪著顏顯中，從前她在他面前裝作賢慧、溫柔，那是要求著他、依靠他才能得到好處。如今他已經厭棄了自己，又何須再假做溫柔？

董氏問道：「老爺，您也太偏心了吧？好的都給阿宇，軒兒呢？軒兒亦是嫡子，竟然跟浩琪差不多……」

顏顯中冷哼一聲說道：「妳當初二婚嫁過來，沒有任何嫁妝，這些年我的田產鋪子、阿韻的首飾金箔，妳弄了多少？若是要公平亦可，妳將阿韻的東西都拿出來還給阿宇，剩下的我便來公平分一分。」

董氏不滿的說道：「當初馬韻嫁給你，不也是什麼都沒有？她的嫁妝還是你爹娘給她置辦的！」

顏顯中瞧著自己這個妻子，只覺得這些年自己實在是大意了，什麼姊妹情深？董氏根本是在做樣子！顏顯中深吸一口氣，壓著心中的怒氣說道：「阿韻跟著我，沒過過幾天好日子，顏家一貧如洗的時候，妳又在哪裡？等到我來了洛城，做了這永寧侯，阿韻還在柳州替我照看我母親……」

董氏搶白道：「那不過是她生錯了時候，可你如今的位置是掙出來了，阿宇、軒兒都是你的嫡子，你怎能一味偏心？」

顏顯中突然哈哈大笑起來，笑著笑著，便帶了淚，彷彿是問董氏，又彷彿是問自己。「掙出來的？妳以為我的位置是掙出來的？這位置，是偷來的，我不過柳州小官，跑到這洛城做了永寧侯，是多大的運氣啊，可憐我的阿韻，一雙兒子沒了，好不容易回到我身邊，生下阿宇便撒手人寰……」

董氏聽他說起從前的過往，說到馬氏的死，不敢看他的眼睛，只低著頭說道：「什麼偷來的？當初是你救了宣帝，宣帝封你做永寧侯，這是報答。」

顏顯中站起來，輕輕的踱著步，慢慢走到碧彤身邊，伸手摸了摸碧彤的頭髮，說道：「碧彤的眉眼，很像阿韻，不過幼時的阿韻，卻不似碧彤這般沈悶，我記得那一年阿韻才十八歲，倒在地上那個十歲小兒，求著我救他一命。可是我們自己都過不下去了，我又怎麼敢去救那十歲孩童？

「最後是阿韻，她將菜葉樹根，拌著有沙土的糙米，熬了稀稀的粥，給我們，也順道給那孩子。那孩子一條腿都爛了，是阿韻毫不嫌棄，一點一點的剔了爛肉，一點一點的給他弄乾淨，又四處去尋草藥給他敷上……整整一個月，我不過是沒有阻止，我不過是偶爾趕路的時候揹一揹那個孩子，就坐上了這永寧侯的位置，妳以為宣帝是報答我？他是在報答阿韻，是阿韻讓他活著走下去……」

氣氛凝重，眾人都沒有出聲，顏浩宇乍聽生母的事蹟，感動得熱淚盈眶，原來母親是這般溫柔善良的人。齊靜與青彤也都紅了眼眶，縱使碧彤早就知曉很多事情，如今聽祖父如此聲情並茂的娓娓道來，鼻子也酸楚得厲害，她那處處與人為善的祖母，最後就是被這惡毒的董氏給害死了。

董氏久久沒有出聲，心中嫉妒得簡直要發了狂，馬韻容貌雖美，可是經過那般淒苦的生活，三十歲便如同農婦一般，然而當時的自己卻是妙齡女子，一心一意愛慕他，偏偏他心中只有馬韻。這麼多年過去了，他心中依舊只有那個賤人，那麼她呢？這些年她的付出，又算什麼？

董氏忍不住吼道：「是啊，在你心中，她做什麼都是好的。那我呢？這些年我照顧阿宇，可有絲毫懈怠？我替你生兒育女，後來不能生，便給你納妾。可是你呢？馬韻她死了，你念念不忘，我給你納個十六歲的小妾，你轉頭就把馬韻給你的那個丫鬟抬做姨娘，我給你的小妾生了浩琪，你轉頭就寵幸那個姨娘，讓她給你生了浩淵。你這是做什麼？你生怕我養著軒兒、浩琪，將來對阿宇不好，便生出個浩淵想要他幫助阿宇，對不對？」

顏顯中冷冷的說道：「我從沒想過誰會幫誰，佩兒跟了我十幾年，只是個通房，我本沒想過將她提做姨娘。是妳說我子嗣單薄，非要我納清雲做妾，我想著佩兒那些年，沒有功勞也有苦勞，提她做姨娘，讓她生孩子，也是想著叫她晚年無憂。」

董氏忍不住譏諷的笑起來。「你希望阿韻一世安穩，阿韻早逝；你希望佩兒晚年無憂，她亦是早逝。偏偏她的兒子，還被送去經商，哈哈哈，這輩子都是商戶，再不能入仕了。」

顏顯中皺著眉頭看著她，冷冷的說道：「浩淵自有他的想法，無須妳操心。」又對著顏浩宇說道：「分給浩淵的是最少的，一則是因為他長久在外，生意做得不錯，不缺這些身外之物，二則是為父相信，就算將來他回來，你這個長兄也不會虧待了他。」

顏浩宇點點頭說道：「是，父親放心，將來無論發生什麼事情，我自會照拂四弟的。」

顏顯中也不理會一旁氣得發抖的董氏，只繼續說道：「柳州的祖屋自是留給阿宇，柳州還有一處三進院子就給浩軒，剩下一處兩進院子給浩琪。洛城侯府是阿宇的，城南那處宅子不比侯府小，浩軒、浩琪搬過去吧。」

董氏聽到這裡，立馬說道：「你老家的宅子，好的都給阿宇，我不反對。可是洛城的不行，城南宅子雖不算小，地方卻差了這麼多，價值隔了三倍不止。老爺，你做事不能這般偏心啊，軒兒他們難道不是你的孩子？

「再說了，都有一大家子要養，你只給浩軒、浩琪這麼點東西，浩琪也就罷了，他只有一對女兒，浩軒呢？他還有兩個兒子啊！阿宇只有一個兒子，女兒家將來都是要嫁出去的，爵位在他頭上，每年的俸祿不少，碧彤如今是郡主，還有自己的封邑，軒兒可是什麼都沒有啊！」

顏顯中冷哼一聲說道：「那些田產鋪子分了，雖不如如今富貴，可也差不到哪裡去。再說了，這些東西是哪裡來的，妳心裡一清二楚，阿韻來洛城區區幾年時間，便將侯府打理得清楚明白。浩淵在外頭辛苦十多年，從不曾回來過，每年寄回來的銀子有多少？妳又拿了多少？」

董氏眼珠子一轉，跪倒在地哭喊起來。「阿韻姊姊，妳若是還活著，定是見不得我被如此作踐吧？當年我一心為妳，視妳為最好的摯友，妳過世後，我一把屎一把尿，不顧自己的名聲，替妳養大阿宇。便是後頭我生了軒兒，也都處處以阿宇為重。如今我年紀大了，不過是想著將來這侯府總是阿宇的，軒兒只是跟著混個日子，私心裡想替軒兒存點東西，這也有錯嗎？姊姊，妳倒是睜開眼睛瞅瞅啊！」

顏顯中沈默的看著地上嚎哭不止的董氏，聽她提到三十多年前的事情，心中也稍有愧疚，那時候董氏年輕，為了當初答應阿韻的事情，的確是一心一意替她照顧阿宇。阿宇幼時體弱多病，一次高燒不退，偏偏他被派到外地處理要務，最後是董氏深夜過來摟著阿宇，一點一點的給他擦身子，一點一點的餵他喝藥，整整三日不曾合眼。

未等顏顯中發話，顏浩宇站出來說道：「父親，不如兒子去城南的宅子，這間宅子母親也是住慣了的，也省得母親年紀大了，還要搬來搬去的。」

第三十八章

董氏聽聞老大出來替她說話，頗有些高興，心想大兒子顯然還是記得她待他的好，又思索著，往後還是要想辦法，與阿宇修復好關係，之後的事情，當然是之後再說。不過若是讓大房單獨分出去，沒有人看管著，只怕將來什麼事情都探聽不到了。

董氏想了想，便爬起來擦了擦眼淚，對顏顯中說道：「說起來也是我不好，這兩年做了不少糊塗事，現在想想也很後悔，畢竟他們是親兄弟啊。」

顏顯中以為她是不想分家，只冷聲說道：「親兄弟也要明算帳，這土都埋到我眼睛了，早點分家，也省得我走之後，他們兄弟鬧起來。」

什麼鬧起來？不過是說將來他死了，她與二房合起夥欺負阿宇罷了。董氏當下便只訕笑道：「怎麼會，老爺身體康健……」

顏顯中又冷哼一聲說道：「康健？一劑藥下去，再康健的人馬上也入了土。」

董氏心中一跳，狐疑的轉頭去看顏浩軒，見他有些害怕的往後一縮。董氏心中明白了，原來軒兒竟做了這等事情，難怪顏顯中會生氣。當下心中有些不樂意，深怪軒兒沈不下心，顏顯中都這把年紀了，入土不是早晚的事情？何須現在動手打草驚蛇？

不過事已至此，也不是責怪他的時候，董氏略略思索一番，又回頭對顏浩琪使了個眼色。顏浩琪會意，嫡母這是希望他去跟著大哥，他自是樂意的，目前大哥處於優勢，跟著他總不會錯。往後自己只要把大哥的事情透一透給嫡母，就算大哥劣勢了，自己也可以轉頭回到二哥那邊去。

當下顏浩琪便上前作揖說道：「父親，城南那宅子長久沒人居住，離這邊又遠，大哥這般過去，兒子總不安穩。不如兒子隨著大哥一起搬過去吧？左右兒子這官，不過是上頭看著大哥的面子上給的。」

這話說得直白，直說自己想要抱大哥的大腿。若是他要些花花腸子，說冠冕堂皇的話，顏顯中反倒要不喜，如今這樣說來，倒符合他的性格，顏顯中便也不做他想，只是心中仍有猶豫，這個庶子，向來同他嫡母關係甚好，便只說道：「我覺得你跟著軒兒住一起比較合適的，阿宇你說呢？」

顏浩宇本來覺得，這次的事情是二弟鬧出來的，父親健在卻分家，旁人只怕會以為他們兄弟不和，若是帶上三弟也不錯。又想著三弟本事不多，若是跟著二弟，只怕要拖累嫡母與二弟，不如自己一力承擔下來。當下說道：「父親，三弟跟著兒子也是不錯的，只不過母親就孤單了許多。」

董氏擺擺手說道：「算了，我也無甚孤單的，浩琪跟著你，也是他的造化。」

只聽顏顯中又說道：「顏安，明日你跑一趟，將房子、田產、鋪子之類的地契都先過到各房名下去，一切搞定了就立即搬家。」

董氏見顏浩宇都不出面說話，又是焦急又是無奈，只好拿由頭說道：「老爺，現在就分家會不會對阿宇的前程有影響啊？不如先分著，等……往後再搬家？」

顏顯中冷聲說道：「不必了，早點搬家，免得夜長夢多。熠彤還年幼，我希望他能平安長大。」

這話甚是誅心，只差沒明說董氏與顏浩軒要對熠彤不利了，偏顏浩宇只皺著眉頭看父親，就是不開口。董氏咬著嘴唇，心道阿宇恐怕是將他們恨上了。

最後還是顏浩琪清清嗓子，不好意思的問道：「那……母親是跟著二哥，父親您是跟著大哥還是留在這裡？」

顏浩宇是永寧侯，他搬走了，侯府的牌匾等物，甚至祖宗牌位都要請走，一同搬至新的侯府。新的侯府才是將來的嫡支，顏顯中自是應當跟著到新侯府去的。顏浩琪問這話，只是為了緩解尷尬而已。

然而顏顯中卻發了一會兒呆，說道：「我不去了，就留在這裡吧。」

顏浩宇急了，昨日二弟做的事情，就算他認為二弟是一時糊塗，也絕不願意再將父親置於危險當中，忙說道：「父親，您應當是跟著兒子的，屆時過去也方便。母親乃二弟生母，要留在二弟身邊也是正常，兒子身為長子，萬沒有將您丟給弟弟贍養的道理啊！」

顏顯中站起來，看了看四周，又瞧了瞧窗外。這座宅子是宣帝賜予他的，地段極好，也夠寬敞，這些倒沒什麼留念的。不過他住的院子，裡面一草一木，都是阿韻搬進來之後親手打理的。如今他這般年邁，回不去他們柳州的家，只能在這裡懷念一下亡妻了。

顏顯中擺擺手說道：「住久了便會有感情，哪裡捨得搬呢？我年紀也大了，不想這麼麻煩了。」

顏浩宇還想要勸，顏浩軒一下子跪在地上，衝顏顯中磕了三個響頭，又對顏浩宇說道：「大哥，請您放心，弟弟絕不會再豬油蒙了心，往後一定會好生孝順父親，讓父親頤養天年。」

顏浩宇雖然與二弟有許多矛盾，但他總認為二弟本性善良，只不過一時間想岔了走了歪路罷了。此刻顏浩軒這樣誠心，父親又執意不走，顏浩宇便沒有強求，只琢磨著多派些自己的人，好生照料父親便是。

顏顯中又道：「至於旁人，你們也莫要擔憂會說三道四，我明日自會澄清，不叫你們為難。這幾日，叫翠彤住進我院子裡吧。」

齊靜不敢不答應，但心內生怕翠彤換了地方會生病。好在翠彤本就與她祖父關係親密，搬了地方也並沒有什麼不好的。

第二日，洛城上下便得了消息，永寧侯府的老侯爺尚未過世，卻要分家了。這種事情自是鬧得沸沸揚揚，不過沒多久，顏顯中便主動發布消息，說是自己年老多病，不日即將入土，便主動替兒子們把家給分了。

又傳了小道消息，只說是顏顯中向來多思，生怕自己百年後，兒子們有了嫌隙，乾脆自己先分好。

熟悉顏顯中的人倒是都能理解，更何況這是人家的家務事，不過多嚼些舌根子罷了。倒是好些人家覺得顏顯中想法甚對，何必人死後，兒孫們鬧得不得安寧，不如死之前替兒孫們解決了，倒還清淨些。於是洛城幾家大戶，老爺身體尚好，卻都將幼子們分了出去。

過了幾日，洛城上下又發現，分出府的竟是永寧侯，而非老侯爺的二子。當下又是沸沸揚揚，只說侯爺不曾偏心，老大襲了爵，老二便得了些實際的好處。更說老侯爺和老夫人，皆是跟著老二一起生活的呢，這可不是叫眾人知道，他們是何等看重二子？

董氏聽了更是牙癢癢，除了這御賜的宅子，顏浩軒手中的東西就算加上這些年她弄到手的，也遠遠不及顏浩宇。明明顏顯中偏心成這個樣子，旁人還要說顏顯中不曾有絲毫偏心。

不過碧彤卻是高興萬分的，雖然祖父沒有跟著來，但是能擺脫董氏和二叔一家，她著實開心極了。新的房間裡，每一樣物什都叫她格外喜歡，再等一等，她一定要想到辦法，叫董氏與顏浩軒身敗名裂，不得好死。

雖然搬了家，不過每半個月，他們都一起回去看祖父。分家之後，祖父的頭髮就全白了，精神也大不如前，縱使碧彤想要多陪陪他，也是不能了。

端午之前，顏顯中召大房、三房回去，聚在一起，卻是交代後事。

顏浩軒此刻倒是哭得厲害。「父親，您這是還不肯原諒兒子嗎？這兩個月以來，兒子絕不曾有半分心思啊。」

顏顯中擺擺手說道：「我知道，這些日子你也是盡心盡力，所以今日才讓你大哥、三弟過來。也是想當面說清楚，免得我哪一天自己去了，還叫大哥誤會你。」

顏浩宇鼻子一酸，忙道：「父親這是哪裡的話？您身子不好，當好生歇著，或是兒子給您請太醫來瞧瞧。若是想念翠彤，便搬到兒子那裡去住。」

顏顯中懷中摟著翠彤，翠彤現在一月才見祖父兩回，也沒有認生，只嘻嘻哈哈的伸嘴去啃他的鼻子。顏顯中笑咪咪的躲開來，又道：「這次喊你們前來，當真是想交代一下。身死之後，為父自然是要同阿韻葬在一起的，也不必遷墳了。阿宇，你母親雖非親母，也算是教養你這麼些年，將來你再擇好地方與她便是了。」

顏顯中這話是不願意與董氏葬在一起了，董氏沈默的坐在一旁，似乎這些年，她已經看透了。便是不與顏顯中葬在一起又如何？她還是高高在上的永寧侯老夫人，祖宗牌位上頭，還是得有她的名字，而旁人還以為阿宇是她的親生子，又有個做太妃的女兒，她是何等的風光？

顏顯中又說道：「待我死後，我的陪葬只要書房那幾幅畫卷就夠了。阿宇，往後你母親還在的時候，除了除夕，你們一房也不必過來了。若是不在了，軒兒除了春節，也不消去打擾你大哥一家子。」

這竟是斷了兩家的往來，更重要的是提醒顏浩宇，董氏與顏浩軒有旁的心思。這話莫說顏浩宇，便是齊靜都心有所思了。

顏浩宇點點頭。「父親莫要擔心了，兒子自有分寸的。」

顏顯中嘆了口氣說道：「你素來有分寸，最大的缺點卻是隨了你娘，心軟心善。將來為父走了，無人再提點你，你自己萬萬注意，不論什麼事情，都莫要心慈手軟，國家之大，太多東西是你照顧不過來的。」

顏浩宇又是點頭，開始與顏顯中說著朝中的點滴。旁邊其他人各有心思，皆沒有作聲，只有翠彤時不時啊啊的叫喚，顏顯中便開心的逗著她玩耍。

當夜，顏顯中便去了。因為他提前說過了，眾人都有所準備，雖是覺得太快，卻也沒有過於悲傷。

大齊雖以孝為重，但國力不強，人才甚缺。因此若是家中人口多的，選一名守孝便可，無足輕重的小官，可回鄉守孝，朝中重臣卻不得空，只能守滿七天，便得回到朝堂之上。永寧侯府兄弟三人，自然是由顏浩琪守孝了。

尚氏很不愉快，拉著顏浩琪說道：「等您三年後回去做官，還不知道是什麼情況呢。大哥向來是不願意徇私的，您好不容易才得的機遇……」

顏浩琪對朝堂上並不甚關心，只安慰說道：「放心好了，便是我為布衣，大哥也會好生照顧我們的。」

尚氏依舊不高興，嘆著氣說道：「得虧你機靈，跟著大哥過來，綺彤的婚事也能得個好處。真不曉得二哥是怎麼想的，這樣一來，妙彤、曼彤的親事肯定落不到好。父親從前給瀚彤的那門親事，二哥還看不上，如今想來人家女方還看不上他呢。」

顏浩琪眼中精光一閃，輕斥道：「休得胡說，宮裡的娘娘又怎會叫瀚彤低娶？」

尚氏撇撇嘴，沒敢作聲。唐家也是王爺母家，倒是萬分懂得避嫌，大哥是永寧侯了，偏二哥還一味鑽營，若是瀚彤真正高娶，還不曉得張國公會怎麼警醒呢。

雖然顏顯中說了，讓顏浩宇除了過年，都不必再回老宅。但顏浩宇心軟，隔三差五的孝敬董氏不說，每兩個月還是會回去瞧一瞧董氏，陪她說說話。

開始兩次董氏還當個鵪鶉，只和顏浩宇回憶一下幼年，叫他記得自己的好，莫要忘了自己，以後要多來看看她，關照一下她和軒兒。到第三回，董氏就開始哭訴自己年紀大了，格外思念孩子，顏府中最小的煒彤也已經八歲多了。翠彤剛滿周歲，她甚是想念云云。

倒是還記著顏顯中當時那般明白的話，不敢對顏浩宇說她想念熠彤。

然而顏浩宇只笑笑，說自父親去了，翠彤雖年幼，身子卻是一直不好，想是念著祖父，就不過來了，免得生病了反而麻煩。

碧彤得知這些事情，疑心董氏又想些么蛾子，又擔心父親經常去那邊，董氏或顏浩軒若是給他下個慢性毒藥，一下子也查不出來。於是特意去找了齊家，讓他們幫忙安排兩個功夫不錯的人，放在父親身邊做隨從。

顏浩宇雖然覺得女兒小題大做，不過他如今官至一品，很多事也需要防著。父親的人他雖然也在用，但是連父親貼身的顏平都會背主，顏浩宇不免更擔心其他人。於是也接受了齊睿送的兩個隨從，當下賜名，一個顏普，一個顏通。

除夕團圓飯，董氏很是高興，直拉著齊靜說從前太過糊塗，這樣好的兒媳婦都不曉得珍惜，又一個勁兒訴說自己年紀大了苦悶，彷彿忘記當初她要害碧彤的事情，只說是想念這對雙胎孫女兒。

可惜齊靜向來是個直性子，直截了當的說道：「母親也莫要傷懷了，趕緊給瀚彤選好夫人，您就等著抱重孫吧。」

見董氏還要說，齊靜便又對顏浩宇說道：「從前只以為老夫人是父親的原配夫人，如今才曉得，竟是自己親婆婆，那今日去祭拜的時候，定要將翠彤帶去給婆母瞅瞅。」

這樣絲毫不給董氏面子，董氏只尷尬的笑了笑，壓著心中的怒氣不再言語。

偏顏浩宇一本正經的點點頭說道：「不錯，不只翠彤，便是碧彤、青彤、熠彤，從前都不曉得那是他們親祖母，今日要好生跪拜一番。」

董氏氣了個倒仰，深恨這養子終究是養子，裝出一副孝順模樣做給外人看，實際上是半分面子也不給她。

碧彤看了好笑，心中卻又隱隱不安，董氏既然這般沈得住氣，肯定沒安什麼好心。自己畢竟重活一世，過了這麼多年，都只是防著，不叫他們傷害大房，如今也該動手，收一收利息了。

春節過後，洛城貴婦們不知道哪裡聽來的消息，據說永寧侯老夫人並非現任永寧侯夫人的親生母親。傳得有鼻子有眼，再加上永寧侯老夫人跟著顏二爺住一起，沒有跟著永寧侯住，大多數人自是相信了。

當年董氏是先照顧顏浩宇，再嫁進侯府，這幾乎是所有人都知道的事情。後來是顏顯中不許人說，幾十年過去了，才叫人淡忘，如今一查便是清清楚楚。

又有好奇的人打探消息，為何這麼多年過去了，顏家老夫人向來視永寧侯為親子的，怎的竟然沒有住在一起？然後便有消息，說是永寧侯老夫人待永寧侯並非真心，並且總想著讓自己的親生子做侯爺。被老侯爺瞧出了端倪，這才早早的分了家。

顏浩宇自是也聽到了風聲，倒也沒做他想。只是有直接些的同僚，不怕他發怒的跑過來問，他皆沈默不做聲，更是增加了董氏想要害他這件事情的談資。

董氏聽聞，氣得不行。如今瀚彤十七歲，雖未曾訂親，但他是男子，尚不要緊。妙彤已經十五歲了，偏顏金枝次次藉口皇長子未曾出生，豫景王年長尚未訂親，廉廣王自然也不好先定著。出了這樣的事情，他們皆是不好訂親了。

急來急去，卻是董氏的娘家嫂子，董夫人上門叨擾。董氏本以為嫂子是來替她孫子討妙彤的，沒想到董夫人壓根兒沒提妙彤的事情，只說道：「宛如妳也不著急，如今外頭風聲這樣大了，將來軒兒那兩子兩女，可要怎麼做親？旁的不說，瀚彤如今年有十七了，妳還想拖到什麼時候？這曾孫子妳是不想要抱了？」

董氏也是煩惱不已，拉著嫂子的手說道：「這風聲定是我那養子放出去的，哼，當年我巴心巴肝的對他好，如今竟落得如此地步……唉，我何曾不擔心啊，養子不肯用力，瀚彤如今只在禮部打雜，說得好聽是歷練，可是哪家侯爵小兒去做這等低賤的事情？便是朝中官員的兒子，也不會落魄至此啊！」

董夫人腹誹，妳孫子又不是侯爺親子，而且禮部辦事，做得好了自然可以上去，難不成這樣年輕就給個侍郎的位置？

不過嘴上只笑道：「說得不錯，不過宛如啊！成家立業，成家立業，自古都是先成家後立業，趕緊娶一房孫媳婦才是正經。」

董氏這下算是看懂了，嫂子這是來給瀚彤說媒來了，當下猶豫著問道：「嫂子可是有合適的？」

之前顏顯中給瀚彤看上的女兒家，被顏浩軒給推拒了，如今他們一家子與顏浩宇分了家，雖說是打斷骨頭連著筋，偏這些時日的傳言，對董氏與顏浩軒大大的不利。等到一年的孝期過了，只怕瀚彤更不好找合適的親事了。

董夫人含笑點點頭說道：「我也知妳這些年日子過得著實憋屈，浩軒處處被他那大哥壓著一頭。既沾不到侯爺的光，便想一想在瀚彤親事上做做文章，娶個身分高貴的，你們一家子自是水漲船高。」

董氏聽到這裡，眼睛咕嚕一轉，嫂子這話的意思是她有合適的？董氏略一沈吟，難道是長公主的女兒齊安郡主？齊安郡主已經十七歲了，因為林家老爺、夫人連著過世，她親事便落下了。偏長公主還像是不著急一樣，出了孝還不給她訂親事，如今難道是尋嫂子來說媒？

當下眉開眼笑的問道：「還是嫂子待我好，處處記掛著妳外甥。」

董夫人見小姑子識趣，以為她是猜到了，當下滿意的點點頭說道：「嫂子也是心疼瀚彤那孩子，雖說看中的姑娘年歲大了些，與瀚彤同年，卻的確是高門大戶，說起來再沒有比皇家人身分更高貴的了。妳看看妳那個便宜孫女碧彤，做了興德郡主，如今齊靜一出門，多少貴婦們旁敲側擊的打聽她的親事。便是門楣稍低些的，肖想不了碧彤，也都打聽著青彤呢。」

董氏一聽，眼神微暗，可不是嗎？她的妙彤是要留著做王妃、皇后的，但曼彤雖然是庶女，也的確是她的親孫女，偏偏那些貴婦，寧願去打聽三房的綺彤也不願意來問一問曼彤，不就是老三跟著老大住的緣故嗎？

董氏回過神，想到提親自是得男方來提，忙問道：「嫂子，那妹妹我何時提親比較合適？他們家裡可有什麼講究？」

董夫人瞥了小姑子一眼，堆起笑容說道：「既如此，我回去便託人給娘娘帶話，叫她求一求太后娘娘，下懿旨賜婚即可。」

娘娘？嫂子口中的娘娘，定是嫂子的女兒，她的侄女董太妃了。董氏摸不著頭腦，便忙問道：「這事如何要驚動太妃娘娘……等等，嫂子說的，難道不是林家女兒齊安郡主？」

第三十九章

董夫人面露尷尬，又頗有些惱怒的看了眼自家小姑子，然而雖然她們都有個做太妃的女兒，但小姑子畢竟是侯府老夫人，身分上比她要高些。董夫人只好壓著心中的不愉快，訕笑了一聲。

「雖然齊安郡主也已經十七歲了，但是長公主並不著急，她不著急，便是林家人也奈何不了，我如何有這樣大的本事替她做親？」

董氏卻是一問出了口，便反應過來。若說洛城還有十七歲、連親都未定下的老姑娘，說得上名號的，除了齊安郡主林添添，便只得一個，身分最是高貴的，皇家這一代唯一的公主齊慧輝了。齊慧輝的母妃董太妃，就是面前這董夫人的親生女兒。所以董夫人此次，是給她自己的外孫女兒做親來的。

然而這門親事，董氏卻是大大的不願意了。慧公主與齊安郡主可不一樣，齊安郡主並未做親，但提親的人絡繹不絕，因她不論是相貌人品，皆是洛城貴女中數一數二之人。而長公主之所以願意這般耽誤她，有一個重要的原因，那林添添胎裡不足，身體從來都不好。長公主唯恐她這個身子將來生養不便，嫁到別人家去受欺負，又怎會不好好的挑揀呢？

至於那慧公主的名聲卻是極度不好，幼時便凶狠異常，不說她最愛凌虐小貓小狗等畜牲，以此來歡愉自己。更是把宮女太監，甚至低門小戶的千金都不當人看，想打想殺都隨意。這些事尚能被皇室壓制住，不叫太多人知曉，偏偏她曾掀起大風浪來，自此便被排除在未嫁貴女的人選之外了。

那還是三年前，慧公主堪堪十四歲，縱使她跋扈的名號在外，奈何身分高貴，求親之人也是眾多的。可她一個都沒看中，只看中了頭一年的狀元。那狀元乃寒門學子，又與諫議大夫劉大人家裡沾著點親，本也是大好男兒。偏那狀元郎早早與劉大人家的千金互許終身，狀元郎回洛城就職之後，立刻便要娶了劉小姐過門。

慧公主如何能忍？立刻棒打鴛鴦，逼著劉大人拆散了那一對相愛兒女。劉大人與狀元郎為了各自的家族，做了妥協，獨留那劉小姐對窗垂淚，好不可憐。

後來慧公主聽到流言紛紛不絕，說是她搶了人家劉小姐的夫婿，累得劉小姐重病在床。這本是事實，但慧公主一時惱怒，派人到諫議大夫家中，將那劉家小姐帶到馬場，親自騎著一匹快馬，把劉家小姐拖在後頭，在整個馬場滾了個遍……

劉小姐雖保住了性命，一雙腿卻是再不能行走了。出了這樣的事情，諫議大夫怎還願意容忍？在皇上、太后以及張國公面前痛哭辭官。最後張國公只得將劉大夫送回他老家，升官做了正四品的刺史，賠了大量銀錢才得以平息。

然而狀元郎卻不幹了，當下辭了官，要帶著劉小姐回老家做農夫。慧公主鬧得更加厲害，派了許多手下，要將狀元郎搶回來。狀元郎寧死不屈，與那劉小姐雙雙自盡，做了對鬼夫妻。

太后震怒，撤了慧公主的封號靈慧，禁足了整整三年才放出來。自此慧公主名聲盡毀，再沒有人敢提親了。如今董太妃自是著急了，自從慧公主解了禁足，董太妃就四處託人看親，就算門楣低些，甚至家世貧寒的也不要緊，只要肯上進，她都是願意的。然而慧公主並沒有認知到，自己如今已經嫁不出去了，依舊挑三揀四，只要有一點比不過之前的狀元郎，便絕不肯同意。

但她這樣專橫跋扈，就算是出身極差的男子，也不願意娶她了，還由得她挑三揀四？前些日子，慧公主去廉廣王府上玩耍散心，正好遇到去拜訪的瀚彤。

慧公主從前是見過他許多回，不過這好不容易解了禁足，出門就見到這個體面的男子，當下便暗許了芳心，回宮立即求了董太妃，說自己愛上了顏家表哥，要嫁給瀚彤，董太妃這才要母親過來替她說親。

董氏當即沈了臉，不樂意的看著嫂子說道：「嫂子，休怪我說話難聽，慧兒的性子確實是差了些，就算她身分高貴，誰又敢娶這等殘暴的姑娘？瀚彤如今才十七歲，也不是很著急。」

董夫人撐著笑容說道：「妹妹這是哪裡的話？瀚彤如今的情形，妳也不是不清楚，哪裡還能找得到高門大戶的嫡出千金呢？慧兒從前是糊塗了些，關了這三年，也懂事了不少。再說了，妳那一連兩個大兒媳婦，從前在閨中不也是大大咧咧，不甚講究的性子。嫁了人做了母親之後，這性子便都收起來了。」

董氏此刻倒是念著齊珍、齊靜的好，腹誹道：她二人在閨中縱然不甚講究，卻也是一等一的人品性子，慧公主除了身分高貴，有哪一點比得過人家？

當然這話自是沒說出口，只沈著臉不做聲。

董夫人撚了撚手中的帕子，像是無意似的說道：「對了，妳可知道光祿大夫秦家嫡幼女定了親？」

秦家董氏是知道的，不過並不曉得她定了親。此刻只裝作不知道，卻豎起耳朵仔細聽。

董夫人見她這個樣子，心中好笑，卻只假裝閒聊，繼續說道：「中書令方家長子，很是不錯呢，據說好日子定在十月中了，到時候免不了要去捧一捧場了。」

董氏心中大恨，那個方家在洛城壓根兒排不上名號，且方家長子身虛體弱，秦家也不嫌寒磣？又恨軒兒當初將這樣一門好親事給推拒了。

董夫人目的已經達到了，便笑著站起來說道：「也叨擾妹妹這麼久了，這事情還請妹妹放在心上。說起來慧兒與紹輝自幼感情好得很，若是慧兒嫁給瀚彤，想來紹輝和妳家娘娘定會高興的。」

董氏勉強笑著送娘家嫂子離開，心中卻是忐忑不安。瀚彤如今的情形，要不就是再等一等，要不也只有慧公主了。不然難不成從低門小戶裡選？可是慧公主那個樣子，娶進來豈不是家宅不寧？真正是頭痛啊！

顏浩軒一回來，便被董氏叫去，說了這件事情。

顏浩軒猶豫著說道：「母親，兒子覺得這門親事，不能錯過了。您瞧林家，起復完全都是靠長公主。咱們家若是得了慧公主做媳婦，瀚彤做了駙馬爺，身分不就水漲船高了嗎？」

董氏猶豫著說道：「但慧公主的名聲與長公主可沒得比啊。」

顏浩軒上前伏在董氏膝頭說道：「我現在無比後悔當年，沒有聽您的話，選一個高門大戶的女子做夫人，如今瀚彤定不能步我的後塵。慧公主若是將來沒什麼用處，再想辦法便是了。再說了，紹輝得了那個位置，咱們就是外戚，還怕降服不了一個公主？」

董氏聽了這話，倒是慢慢點了點頭，真正滿意了起來。

綺彤去年已經定下了人家，只等出了孝期便會嫁過去。定的那個人家是晉城主簿嫡幼子，姓萬名世驍，家世簡單，上頭還有一個哥哥。

碧彤記得，上一世夢彤定的便是這個萬世驍，並且今年的科舉，他一炮而紅，考中了探花，夢彤嫁過去便是探花娘子。

然而上一世碧彤壓根兒沒在意過三房的姊妹，只知道夢彤嫁了探花，綺彤嫁了商戶。現在想想，莫不是上一世的萬世驍就是定給綺彤的？那後來發生了何事變成夢彤的呢？這一世，夢彤到如今都還未曾訂親呢。

三月裡，萬世驍到了洛城。既然與顏家有了姻親，他自是要來侯府拜訪一番的。尚氏提前求了齊靜，希望大哥能替他們仔細考校一番，瞧一瞧這人的學識人品。

事關綺彤的將來，顏浩宇自是應下來了。在書房與萬世驍聊了小半日，顏浩宇滿面笑容的放他出來，又親自帶著他去拜訪齊靜與尚氏。

尚氏早就安排綺彤在園子裡躲著，好瞧一瞧那萬世驍的模樣，不至於當真盲婚啞嫁了。

綺彤害羞得很，想著青彤膽子大，就央求青彤陪著她。青彤雖與三房關係並不很親近，此刻想著畢竟是堂姐，幫一幫也無妨，便跟著她一道去了。

待青彤回來，卻是沈著臉，面色極黑。

碧彤很是詫異地問道：「妳不過是與二姊姊出去偷見了一次外男，怎的這個模樣回來？我剛瞅著二姊姊過去，像是很滿意的模樣呢。」

青彤憋了一口氣，許久才說道：「姊姊，我覺得那萬世驍不是二姊姊良配。可是瞧二姊姊滿意的模樣，又不能說出口，真正是煩惱極了。」

碧彤問道：「這是為何？那萬世驍可有何不妥？」

青彤瞧著只有她們姊妹二人，便也不拘束，只附在碧彤耳邊說道：「姊姊，我們被父親與那萬世驍給瞧見了，父親倒是沒說什麼，只淡定的介紹一番，還提前走了，叫他與我們說會兒話。二姊姊瞧著那人面皮不錯，紅著臉便躲開了。」

碧彤笑道：「附近都是丫鬟、婆子，父親這般做，不過是想讓二人婚前多些瞭解罷了。二姊姊既然覺得不錯，妳這作陪的，怎麼會認為不是她的良配？」

青彤如同吃了蒼蠅一般說道：「妳是不知道，二姊姊先回垂花門後頭躲起來了沒看到。那萬世驍竟也不避諱，上下打量我，一直盯著我瞧，還說我是絕世容顏……」

碧彤吃了一驚，莫說那萬世驍就要成為她們的姊夫了，便是尋常人，怎可這般胡言亂語。再加上許是青彤聽她說過，夢到她們被人唾罵是禍國殃民的狐狸精，所以格外討厭旁人誇她容貌好，故而青彤是當真不喜歡那萬世驍了。

青彤沒好氣的繼續說道：「我當時氣不過，說他馬上就要成婚的，竟這般無禮，說我要去告訴父親，立馬取消了那門親事。那登徒子才有些害怕，衝著我說好話，說不過是看到我容貌甚美，多誇了兩句，叫我不要放到心上。偏二姊姊拉著我問他說什麼，我只好說那人沒禮貌得很，二姊姊還笑著說他是小戶出身，要我多擔待些。」

碧彤伸手給青彤倒了一杯茶，說道：「青彤，妳做得很對，雖然是他無禮在先，但就算妳鬧起來，他也只會說自己從前沒見過世面，見著侯府千金不免失禮了些，便是父親也不會當回事的。反而三嬸那個脾性，只怕是要將錯處栽到妳頭上，說妳自恃貌美，勾引未來的姊夫呢。」

碧彤這是故意挑撥，她瞧著青彤一日一日的與三房接近，心中很是不安穩，三房絕對與董氏有聯繫，她是不想青彤受任何一點傷害的。

青彤果真冷笑一聲，說道：「妳說得不錯，三嬸平日裡巴著哄著咱們，可若我阻擾了她女兒的好親事，指不定要怎麼編排我呢！」

碧彤想不到青彤心底竟這般清明，不禁失笑。倒是自己多心了，青彤早就長大了呢。

青彤接著說道：「哼，也不想想，我將來的夫君，可比那勞什子主簿的兒子好多了。」

碧彤噗哧一笑，說道：「是是是，那萬世驍便是騎著馬兒，也追趕不上咱們表哥呢！」

待青彤過了孝期，與齊睿的親事便要正式定下來了。這便是碧彤最高興的了，這一世她沒有入宮，父親還活著，依然是尊貴的永寧侯。皇上的權力一天比一天大，想來顏金枝也不會再打她們的主意。青彤這一世，一定可以與齊睿白頭偕老了。

二人坐在一處繡花，打算一起給翠彤繡一雙鞋面。翠彤已經一歲多了，總是不肯要人抱，要自己下來走。齊靜心疼她，鞋底都是親手納的，碧彤、青彤便一起給她繡鞋面。

一會兒，銀鈴走進來說道：「大姑娘、二姑娘，大夫人讓妳們趕緊去一下清荷院。」

自從分了家，在自家稱呼姑娘們的排序便沒有按照從前的了，三房雖然跟著大房一起，排序卻都是單獨的。而清荷院如今是齊靜的院子，此刻這般急切的喊她們過去，肯定是出了什麼事情。

碧彤問道：「可知道是發生了何事？」

銀鈴抬頭看了青彤一眼，壓低聲音說道：「三房的二姑娘從院牆上掉下來，被萬少爺救了……」

碧彤眼皮一跳，與青彤對看一眼，皆抿著唇不做聲，只好奇這樣的事情，喊她們兩個未出閣的姑娘家做什麼？又想著，那夢彤的模樣，可比綺彤好上很多呢。二人稍做收拾，立刻便去了清荷院。

顏浩宇與齊靜坐在正廳上首，面色很不快。顏浩琪站在一旁亦是沈著臉，尚氏坐在他旁邊抹著眼淚。綺彤彷彿失了魂一般站在正當中，而夢彤則跪在地上哭泣著。

碧彤、青彤進來的時候，正見到尚氏站起來，指著夢彤說道：「我待妳如何妳自己說說？本來妳祖母想將妳嫁給那個商人，一輩子就只能做個商婦，我心疼妳是養在跟前的，還想著給推拒了。妳是怎麼報答我的？啊？妳心思大得很，竟不知足，肖想妳姊夫?!」

碧彤心中咯噔一下。商人？董氏想將夢彤嫁給商人，上一世正是綺彤嫁給商戶，而夢彤嫁了這個萬家少爺的。這麼說上一世應該也有這麼一齣，叫兩人換了親事。恐怕是夢彤提前得了消息，不甘嫁給商人，所以設計與嫡姊換了親。

夢彤轉身向著綺彤磕頭說道：「姊姊，我當真是無意的，姊姊，我知道，我是庶出，比不得妳的，我也從來沒有非分之想的啊姊姊。」

這話說得情真意切，偏偏落到顏浩琪耳中，卻格外不是滋味。他自己便是庶出，幼時在嫡母面前討生活，何其不容易，兩個嫡兄要什麼有什麼，他卻是要什麼沒什麼。之前還有個弟弟比他更不得嫡母的心，可是弟弟十歲就被父親送去從商了，只剩他一人，處處被人瞧不上。如今的夢彤可不就跟他一樣？

尚氏咬牙切齒的看著她，正想訓斥，一回頭瞧見碧彤、青彤，便上前一把拉住青彤，說道：「青彤、青彤，妳今日是見著那萬少爺的對不對？妳來評評理，是不是夢彤見那萬少爺一表人才，才動了心思的？」

齊靜咳嗽一聲說道：「三弟妹，這樣的事情，妳拉著青彤作甚？原本這種事情不該叫她倆過來的，妳非說要青彤做個見證，見證便見證吧，妳莫要再在她們面前說這種話了。」

青彤從尚氏手中拽出自己的袖子，說道：「三嬸，我不過看了那人一眼，什麼模樣都沒見著，何況我還覺得他不甚禮貌呢！」

尚氏一聽，又指著夢彤說道：「妳瞧妳四姊姊，她這是行得正，未曾對姊夫存半分心思，便是看也沒看人家一眼。妳眼皮子這般淺，身分都不顧，竟往姊夫身上靠……」

顏浩宇聽她說得不像話，重重的咳嗽了一聲。

顏浩琪趕緊上前拉了拉尚氏，又對著顏浩宇說道：「大哥，還是麻煩您問一問萬家後生，將這親事換給夢彤吧……」

尚氏猛的抬頭說道：「怎麼可以?!我們挑了多久，才給綺彤挑中這門親事，你說換就給換了？」

顏浩琪皺著眉頭問道：「那妳說怎麼辦？」

尚氏眼眸一閃，抬頭看了眼綺彤，咬一咬牙說道：「既然她不知廉恥，便一起嫁過去吧。」

齊靜不免倒吸一口氣，這是說二女同嫁一人，綺彤是嫡出為妻，夢彤庶出為妾了。

夢彤當下又磕了幾個頭，啞著嗓子哭喊道：「不，母親，夢彤真的不是不知廉恥之人。左右您也不信我，我也不願毀了姊姊的親事，這便自我了結，你們也都不用煩惱了。」

說完便奔著身後的柱子跑過去，顏浩琪眼疾手快上前摟住她說道：「夢彤怎可胡鬧，有父親在，怎會委屈了妳？」

夢彤期期艾艾，滿臉委屈的說道：「爹爹……爹爹……」

碧彤頗有些好奇的打量著夢彤，若是真的不願毀了姊姊的親事，一出事她便該悄悄掩藏，何須等到說要她做妾才行動？不過她這一招還真是妙，立馬從尚氏口中居心叵測之人，變成險被嫡母逼死的無辜少女。

尚氏勃然大怒，正要開口，綺彤喊道：「夠了，別吵了！」

眾人都安靜下來。綺彤說道：「既然出了這種事情，便將這親事換給妹妹吧。」

尚氏眼眶一紅，說道：「綺彤，這門親事實在可惜啊，妳大伯都說他學識文采很是出眾……這次考試說不準就……」

綺彤淡然一笑。「命該如此，將我顏家女兒送去做妾，成何體統？再說那人如此做法，顯然是不將我放在心裡，我又何必自取其辱。」

這話一說完，便是青彤都對綺彤刮目相看了。

顏浩宇大笑一聲說道：「好，這才是我顏家的好女兒！綺彤妳放心，這一門親事不好，大伯父必會替妳尋一門更好的親事。」

綺彤落落大方的行禮說道：「多謝大伯父！」

碧彤饒有興致的看著夢彤，只見她眼中精光一閃，似乎很不服氣。碧彤不免失笑，原來這個六妹妹根本不像她表現的這般膽小懦弱，今日這一事，可不就是膽大得很呢？

四月底，太后娘娘設宴，洛城適齡且尚未訂親的女兒家皆在受邀之列。顯貴們議論紛紛，猜想太后此舉是為皇上選妃。

顏家除了夢彤已訂親、翠彤太小之外，其他五個姊妹都跟著董氏與齊靜參宴。正殿上頭，坐著三名男子，皇上、豫景王齊真輝和廉廣王齊紹輝。整個大殿內外坐滿了洛城女眷，只他們三個男子，著實尷尬得很，偏偏太后發了話，他們也不能拒絕。

張太后此刻堆滿了笑容，對齊真輝說道：「真兒今年十九歲了，早就到了大婚的年紀，說起來還是哀家的不是，這些年也不曾替你好好選一選正妃。」

齊真輝看了看太后，又看了看皇上，勉強笑道：「母后說得是，不過兒子野慣了，暫時還不想受了約束，晚些年也不要緊的。」

太后又笑道：「你這孩子，自小就活潑慣了。雖還不願大婚，但總要早日定下來，也好叫你母妃安一安心。」

第四十章

齊真輝抬頭看了眼唐太妃，見她面露關心，心中微嘆一口氣。這具身體的母親待他的確是很好，既然占了這具身體，不好一直由著性子來，總要替原主盡一盡做兒子的責任吧？當下站起來作揖說道：「母后說得極是，兒子但憑母后做主。」

太后滿意的點點頭，豫景王雖然被封了皇太弟，但是兩年來依舊盡心替皇上做事，沒有絲毫異動。便側頭去看唐太妃說道：「妹妹，我不過是提一提，總是妳的親兒媳婦，自是妳來選比較好。」

唐太妃性子柔軟，只含笑點頭說道：「姊姊說得是，不過妹妹向來沒什麼想法，還要姊姊幫著拿一拿主意。」

「這是自然。」太后更加滿意了，又笑著看向廉廣王齊紹輝。「紹兒也十八歲了，也該娶了正妃才好。」

齊紹輝忙站起來說道：「母后，四哥尚未大婚，兒子怎好搶了先？」

「瞅瞅你，不帶個好頭！」太后聞之，假裝瞪了齊真輝一眼，又對齊紹輝笑道：「不然也與你四哥一樣，先定下來吧。」

齊紹輝恭敬的答道：「但憑母后做主。」

太后側頭看了看顏太妃，這兩年顏太妃動作倒是頗多，想是明兒定了真兒做皇太弟，她心急了。太后面上笑得溫婉。「妹妹妳眼光向來不錯，可有人選了？」

顏太妃笑道：「姊姊說笑了，妹妹偷懶得很。紹兒若是有中意的，直接稟了太后便是。」

太后用帕子掩著嘴笑起來說道：「我懶得說妳……左右一起替他倆選了吧。」

這般說下來，便都是一片祥和的模樣。

上面的人這麼說，下面的貴女便都端著一副溫柔嫻靜的模樣，巴不得入了上頭人的眼，不論是入宮做了皇妃，還是做了兩位王妃，都是極好的。

眾人又聚在一起你一言我一語說了許久的話，接著太后、太妃們說是乏了，陸續離去，皇上與兩位王爺也找藉口溜了，只一位太嬪留著陪大家。高位的人都走了，下面的貴婦貴女們便懶散了心思，又得了話，說是可以在宮內四處看看走走。

董氏帶著妙彤先去了顏太妃宮裡，留下齊靜看著剩下四個姊妹。碧彤瞅著無事，便帶著元宵散散心走動走動。

自從兩年前被齊真輝救了，她心內總是不平靜，明知道父親、母親有意替她訂親，她卻不願意，畢竟他們選來選去，是絕不會選到四王爺頭上的。前世今生，這都不過是一場夢，偏偏那個人進到了她的夢裡，叫她魂縈夢牽，又可望而不可及。
這樣想著，碧彤就不自覺往建章宮的方向走去，沒多久竟遇見齊紹輝。
碧彤恭敬的行禮。「臣女見過王爺。」
齊紹輝笑得一臉溫和。「表妹何須這般生分，喊一聲表哥也就是了。」
碧彤低頭淺笑，倒是聽話的喊了聲。「表哥長樂未央。」
齊紹輝側頭看了眼元宵，說道：「表妹，可否單獨聊一聊？」
元宵一臉警戒的看著他，碧彤說道：「表哥，這樣不妥吧，本來私下見面已是不對，若是支開我的侍女，被人瞧見了，只怕是會引得流言蜚語呢。」
齊紹輝說道：「表妹放心，叫她站得稍遠些，我們不離開她的視線。」
碧彤沈吟片刻，衝元宵點點頭，元宵方退後十餘步，一臉緊張的盯著二人。
碧彤問道：「表哥有何事？」
齊紹輝撚撚手指頭，想了想才說道：「今日妳也聽到了，太后娘娘想替我們娶正妃。」
碧彤一臉無知的模樣抬頭，笑著說道：「表哥，我知道的，我還知道，祖母打算將大姊姊嫁給你了。」
齊紹輝看著面前笑得皎潔可愛的表妹，有些狼狽，顯是沒有想到她已經知道了。當下吞吞吐吐的說道：「碧彤妹妹，不會的，我已經說服我母妃了，我不要娶妙彤，我喜歡的是妳。」

碧彤勾起嘴角，瞧著眼前這個心口不一的男人，背過身去說道：「表哥，二姊姊和六妹妹的事情，妳可知道？」

齊紹輝搖搖頭，他怎會去關注三房的表妹們？整個顏家他只關注過妙彤，然後突然有一天，他發現面前這個表妹如此動人心魄，他可不在意什麼妙彤與他更親。都是表妹，碧彤表妹明顯比妙彤妹妹聰明美麗多了，更何況碧彤表妹的身分還不知道高了多少。

碧彤繼續說道：「二姊姊定下的那位未婚夫婿，突然就變成了六妹妹的。表哥你說好不好笑？這種事情我可做不來，自己姊姊的東西都要搶。」

齊紹輝這才明白，碧彤是表明心意，她不願意。齊紹輝急忙說道：「表妹，我與妙彤妹妹，不過是從前長輩們說的玩笑話，當不得真。」

碧彤噗哧笑起來問道：「玩笑話？大姊姊可是為了這個玩笑拖到了十五歲，洛城過了十五歲還未訂親的姑娘，可沒剩幾個了。如今再來說是玩笑話，未免太過分了些。」

齊紹輝脹得面紅耳赤，正想要反駁，碧彤卻擺擺手說道：「表哥，我母親若是發現我這麼久沒回去，定要著急了，我先走了。」

說罷帶著元宵快步離去了。

齊紹輝悵然若失的看著碧彤的背影，心中煩躁得很，從前他接受妙彤，是聽從長輩們的安排。可如今看來，二舅父的計劃還不知道要到什麼時候呢，明明碧彤更加合適他啊！

董氏帶著妙彤來到顏太妃宮中，高興的行禮問安。

顏金枝抬頭看了看自己母親，臉上堆著笑誇了妙彤一通，又賞賜了許多東西，方開口說道：「母親，我宮裡院子裡的花開得不錯，叫妙彤去玩一玩吧。」

妙彤知道這是姑母想要與祖母說一說私房話，當下點點頭，跟著宮女們出去了。

董氏畢竟見識多些，上頭這位又是她親生的，瞭解得很，當下心中狂跳，女兒這是刻意疏遠著妙彤的模樣啊！只小心翼翼的問道：「娘娘，今日太后娘娘的意思……」

顏金枝琢磨著後面要說的話，唔了一聲說道：「太后娘娘這是要給他們選王妃了。」

董氏忐忑不安，面上帶著微笑說道：「妙彤還有一個月便出了孝，可以訂親了。」

顏金枝一隻手撐著腦袋，一隻手在几上敲著，久久沒有說話。半晌才道：「母親，妳定是知道我的想法，妳說如今……紹輝娶了妙彤又有什麼好處呢？」

董氏抬頭不可置信的看著面前的女兒，熟悉又陌生，她低聲問道：「妙彤是妳的親侄女，妳不能光看著好處啊……」

顏金枝似笑非笑的看著她。「妙彤是我侄女沒錯，碧彤她也是我的侄女。」

董氏壓著心中的慌亂說道：「碧彤那丫頭有問題，她根本不像個正常人，我做了那麼多事，她彷彿未卜先知一般……」

顏金枝若有所思的點點頭。「這般聰慧的女子，身分又貴重，紹輝得了她豈不是更上層樓了嗎？」

董氏站起來，也顧不得禮數，三兩步上前說道：「金枝，二哥才是妳親哥哥啊！更何況妳大哥的性格，是絕不會成為妳的助力的！」

顏金枝冷笑了一聲。「若是大哥願意替紹輝辦事，妳以為我還會猶豫這些年嗎？左右都是兄長，他名正言順，且能辦事豈不是更好……不過母親放心吧，等事成之後，再讓紹輝娶妙彤便是了。」

董氏如何聽不出女兒話中的敷衍，急忙說道：「妙彤如今都十五歲了，如何等得了？」

董氏帶著妙彤、曼彤回顏府，兩個孫女自幼關係就不好，妙彤性子高傲，曼彤又喜歡斤斤計較。此刻妙彤嘴角浮著笑容，面上帶著紅暈，顯然是少女思春的模樣。曼彤看到她這樣子，不曉得翻了幾個白眼，若不是祖母在一旁，她定要好生鄙夷一番。

董氏心煩意亂，瞅著大孫女這個模樣，她還以為可以嫁給表哥，哪知道她姑母已經決定放棄她了。董氏既惱怒自己女兒出爾反爾，又遷怒大孫女不曉得輕重，這還沒出嫁呢，就心心念念想著她表哥。

碧彤、青彤兩個，這麼多年她用盡各種辦法離間，二人都好得跟一個人似的。妙彤、曼彤亦是親姊妹，感情卻這般淡薄，真是頭疼不已。

她心中又想著那個不得意的兒子，到如今了還是個四品，比顏浩宇不曉得低了多少。瀚彤還要娶慧公主那個沒教養的女人，當真是……不行！一定要想辦法，儘快解決顏浩宇這個麻煩。

董氏低著頭細細琢磨，心中已經有了計劃，不自覺的便浮出一絲笑容來。

建章宮內，齊明輝坐在椅子上，低頭想著什麼。

齊真輝在下邊踱步，頗有些頭疼的說道：「皇兄，如今悅城那邊不甚太平不說，椹州也很不安穩。」

齊明輝皺著眉頭問道：「椹州？你是說御南王？」

大齊有三位藩王，御南王齊展旭，玖岳王齊瑾瑜，神威王齊晏暢，分別守在東南西三個方向。而北面沒有藩王，只有悅城提督，以及齊國公常年駐守。

齊真輝點點頭說道：「皇兄，臣弟查出洛城有人與御南王接觸過，所以他們現在虎視眈眈的。」

齊明輝輕喊了一聲。「這個老狐狸……」

他坐在椅子上長嘆一口氣，五弟果然開始行動了，內憂外患，哪一樣不嚴重？偏偏母后和外祖父還以為他這位置坐得有多穩，總想給張家多撈好處。

齊真輝在殿內走來走去，想來想去，覺得這事情要儘早解決，若是等御南王和五弟真正勾結起來，只怕就來不及了，便開口說道：「皇兄，臣弟決定親自去一趟。」

雖然張國公與皇上政見十有八九都是不合的，但張國公總是皇上的外祖父，總不會去害自己親外孫。手下的人與藩王交涉這麼久，都沒帶回來什麼好消息，反而叫五弟鑽了空子，不如親自去談一談，等去南邊瞭解了情況，另外兩位藩王那邊也要好生籠絡一番。

久未得到皇上的回應，齊真輝抬頭看了眼，發現他正坐在那兒發呆。齊真輝上前在他面前揮揮手，問道：「皇兄，在想什麼呢？」

齊明輝回過神，眼睛轉了轉，左右看看，壓低聲音說道：「今日齊國公夫人去了母后宮裡。」

齊真輝莫名其妙的看著他說道：「這……與我們有什麼關係？」

齊明輝聽罷，坐直了身子，不好意思的摸摸鼻子說道：「真真，你知不知道，齊國公夫人說與永寧侯爺定好了，等侯府二姑娘出了孝，便要與齊國公世子正式訂親。」

齊真輝點點頭，倒是明白齊國公夫人的意思。太后今日很明顯要替他們選妃，齊國公夫人這是怕看好的兒媳婦被太后選走了，便提前與她通個氣。不過以齊國公世子的身分，怎麼會選擇侯府嫡次女？

齊真輝想一想，說道：「按道理侯府嫡次女是配不上國公府世子的，莫不是兩人有了感情，長輩們索性成全了他二人？」

齊明輝聽了這話，臉黑了一大截，說道：「孝期有私，侯府真是好家教。」

齊真輝見他莫名其妙的發火，有些摸不著頭腦，突然想到兩年前，正是皇兄救了他們口中這名女子，並且當時皇兄不捨得殺掉她，還累得自己監視了她許久，確認她沒有聽到當日皇兄的話，方才安心下來的。

此刻皇兄這個樣子，可不就是看中了那名女子？當即笑道：「皇兄，侯府嫡女，你若是喜歡，便直接迎進來做皇妃即可。」

齊明輝瞟了弟弟一眼，說道：「若是她當真喜歡那齊睿，我豈不是生生拆了一對有情人？」

剛剛是誰指責那女孩孝期有私的？齊真輝腹誹，便又斟酌道：「皇兄，臣弟以為並不是兩人有私。按道理婚姻大事皆由父母做主，那姑娘待字閨中未曾見過外男，對自己這個表兄自然是感情不一般了，但是這種感情，只怕未必是男女之情。」

齊明輝挑一挑眉，眉間鬱色全然不見，問道：「真真你也是這麼以為的？」

齊真輝心中翻了個大白眼，笑道：「而且那對雙胎姊妹模樣差不多，齊睿怎會格外喜歡其中一個一些呢？」

齊明輝若有所思的點點頭，說道：「如果真如你所說，興德郡主身分更高，沒道理不替國公世子選身分更高的啊，這麼說興德郡主應當是有更合適的人選了。」

齊真輝也想到這一層，皺著眉頭說道：「洛城比齊睿身分更高貴的，除了臣弟和五弟，再就是齊津章了……」

齊明輝深吸一口氣，冷笑一聲說道：「齊津章與他母妃整日吵鬧不休，就是不肯娶親，而興德郡主與廉廣王的身分真正是相配極了。」

若是老五跟這個郡主結了親，只怕自己屁股下面的位置更艱難了。

齊真輝猶豫著問道：「皇兄，臣弟曾經仔細調查過永寧侯爺一家，貌似他們家只有老夫人董氏與宮中來往密切。」

齊明輝思慮片刻，說道：「不管如何，我們都小心為上。朕不會讓五弟娶到興德郡主的，明日朕便下旨，替齊睿與興德郡主賜婚。」

齊真輝緊張的喊道：「不可！」

齊明輝不明所以地問道：「有何不可？」

齊真輝一愣，他也不明白自己為何要阻止，明明這是最好的辦法，既能讓紹輝無機可乘，又能讓皇兄心儀之人不會被定出去。可是聽到皇兄說要將顏家那個小姑娘許給齊睿，他心中怎的不樂意了？

齊真輝心中嘲笑自己，那姑娘才十四歲，放到現代初中都未曾畢業呢！他在想什麼呢？難道抱了人家一回，就惦記上了？之前他還嘲笑那姑娘思春思得早呢……如今細細想來，這兩年，他總是似有若無的關注那個小姑娘，難不成真的喜歡上了？

齊真輝內心不禁大喊：天啊！我不會得了戀童癖吧？都是這該死的朝代，全都是十五、六歲，大的也不過十八、九歲便成親，搞得我都不正常了。

齊明輝看著這個弟弟的臉色，由紅轉白，又由白轉紅，不由得撫掌大笑說道：「真真，我們一起十八年了，我可從未瞧見你為了個女人這副模樣過。原來你不肯娶親，是在等興德郡主長大啊？」

齊真輝臉更紅了，不樂意的斥道：「皇兄休要胡說，臣弟不喜歡……不喜歡那樣的小孩子。」

齊明輝更是笑得開懷。「顏家碧彤，很小的時候我便注意過，長得非常美麗，整個洛城恐怕也只有她妹妹比她更美。而且聽聞她溫柔嫻靜，是洛城數一數二的好姑娘，真真你眼光不錯。」

齊真輝翻了個白眼。顏碧彤明明比顏青彤好看，皇兄這是情人眼裡出西施。但是又糾結，難道不是皇兄眼拙，而是自己情人眼裡出西施？

齊真輝被自己的想法嚇了一跳，說道：「皇兄，我是覺得既然國公府與侯府有決斷，我們只因為自己的猜測，貿然賜婚，是不是不大妥當啊？」

齊明輝煞有介事的點點頭說道：「自然是不妥當的，難得我們真真也會這般替旁人著想。你放心，為兄一定不會輕易將那興德郡主許出去的……明日便宣齊睿入宮，他久居洛城，早該出去歷練歷練，樾州那邊的事情派他過去。」

齊真輝緊張的說道：「這事情如此凶險，又機密，雖然齊睿平日與我們關係不錯，但也不能輕易……還是皇兄您是故意將他置於危險當中，好趁人……」

齊明輝瞪他一眼說道：「你當朕是何人？本來我就琢磨許久，覺得國公世子最是合適的，我們手中可用之人不多，又要防著張國公，又要防著五弟。齊國公府從來是只管打仗的，明日朕對齊睿直言，藩王有異動，他怎會不出動？不過是叫他偷偷的去辦而已。放心好了，朕知道你覺得他將來是你表舅兄，難免替他著想。」

齊真輝百口莫辯，指著自己的鼻子支吾半天，見齊明輝只一副好笑的模樣，便沒好氣的說道：「是你未來的表舅兄才對！」

齊明輝又眉開眼笑，一臉諂媚模樣說道：「不錯不錯，真真所言甚是……真真，你說朕要如何做，才能叫那青彤心甘情願入宮為妃呢？」

齊真輝摸摸鼻子，不高興的翻了個白眼說道：「追女孩這種事情，臣弟我不在行。」

齊明輝毫不介意，依舊高興的說道：「我知道，你定是不在行的，放心，等皇兄我迎顏二姑娘入宮，就教你。」

林清妍與太后通過氣，心中倒是放下了一塊大石，不過一轉頭，又想起前陣子自己姊姊林語妍跟自己訴苦，說那獨生兒子不知好歹，如今已經二十有一了，竟死活不肯成親，可叫姊姊愁白了頭。

姊姊那個獨子，燁王世子齊津章，十八歲便離開洛城遊歷去了，前陣子才回來，一回來就叫他母親愁成這個樣子。

林清妍琢磨了一番，當時姊姊只說她瞧中了齊安郡主林添添，是以她並未透露永寧侯那邊的意思。但今日她同長公主聊天，長公主透出的意思是林添添不願意。

林清妍皺著眉頭想了一番，無論是娘家侄女林添添，還是婆家外甥女顏碧彤，她都是喜歡的，說來說去，還是外甥齊津章不甚靠譜，還是要同姊姊說一說，叫津章好生收一收性子。

林清妍說做就做，出了宮便尋了自家姊姊燁王妃，上了她的馬車，將齊靜兩年前說的話透了一二。

林語妍有些吃驚，問道：「當真？與德郡主也有這個意思？」

林清妍點頭說道：「是啊，上次妳說瞧中了齊安郡主，我便歇了心思。只是當時靜兒也沒說死，我便也沒給她說這事兒，今日聽著長公主的意思是不樂意……姊姊，別怪妹妹說妳，妳瞧津章那性子，若是一味在外風流，只怕靜兒也是不願意的。」

林語妍低頭想了許久，一咬牙道：「妹妹說的我都明白，我回去便將他關起來，若不好生給我尋個兒媳婦，我便一病不起，叫他見不到我的人。」

林清妍急忙安慰道：「他這是還沒開竅，姊姊不妨在他房中放兩個丫鬟，日後處置了便是。」

林語妍嘆了口氣說道：「別說兩個丫鬟，我這幾年換了十數個，都清清白白的進去，清清白白的出來，當真是愁死我了。問他吧，他說只願意與將來的愛人……偏偏他不肯找愛人，只說這洛城女子都是庸脂俗粉。」

林清妍捂著嘴笑了笑說道：「津章遊歷了這幾年，想是沒有注意過。興德郡主妳也是見過的，不是我誇我那外甥女，整個洛城是再找不出比她更妙的人兒了，模樣性子，絕對是一等一的出挑，偏她還不似旁的姑娘那般死板呢，津章若是瞧見了她，絕對瞧得上眼。」

林語妍也笑了起來，點點頭說道：「顏家碧彤，誰人不知？那仙女一般的人兒，津章若是再敢挑剔，我可真要打斷他的腿……」

林清妍噗哧笑起來說道：「姊姊，當初我可是瞧中了碧彤，偏靜兒心疼青彤，怕她去了旁人家裡受了磋磨，要栽到我頭上，我這是沒辦法，才將碧彤讓給妳的哦。」

林語妍沒好氣的瞪了她一眼說道：「平日總見著妳帶著青彤，好得跟親母女似的，怎的原來妳是不滿意？趕明兒我便去告訴齊靜，說妳不滿她將青彤『栽』到妳頭上呢。」

林清妍趕緊抱住她的手臂說道：「真是的，妳若這樣亂嚼舌根，以後也莫要認我這個妹妹了。」

林語妍笑著戳戳妹妹的額頭說道：「我知道妳是開玩笑，免得叫我擔心，又怎會胡亂說話？那顏二姑娘我又不是沒有見過，不過性子活潑了些，旁的哪一樣比不上她姊姊？不過性子單純，往後得要妳多提點提點。」

林清妍點點頭，直道自己清楚。

——未完，待續，請看文創風743《吉時當嫁》3（完）

年年歲歲花相似，歲歲年年人不同／千江水

2019年3月出版

嫡女大業

螳螂捕蟬，黃雀在後，
他運籌帷幄這麼久，卻栽在一個小女子手裡。
她要逃，不做他的王妃，他偏不讓她如願，
天涯海角都要把她抓回來！

文創風 730 1

丹陽縣主蕭元瑾，聰慧貌美，拜倒在她石榴裙下的男子不計其數，
可與她定親的魏永侯世子卻説另有所屬，讓她成為京城的笑柄。
倒楣的還不只如此，朝堂風雲變幻，她成了犧牲品，
如今重生為薛家四娘子元瑾，卻連當初毒殺她的人是誰都不知道！
她記得她是在那從小被她帶大的三皇子離開後昏睡過去，
接著吃了一碗湯圓後就死了，難道下毒手的是如親人般的三皇子？
可三皇子如今已入主東宮，她只是普通官家的庶房小嫡女，如何查明真相？

文創風 731 2

定國公府除了選世子外，還要挑一位小姐一起過繼，
薛府眾女搶破了頭，明爭暗害樣樣來，甚至還要害人名譽，
元瑾如何能忍？若她們手下不留情，就別怪她心狠，
薛聞玉的世子之位，她是定要想法子助他拿到手的！
她在出謀劃策之餘，遇到一神秘男子陳慎，據説是定國公的幕僚，
她遇到難處就與他商量，他也不吝獻策，還贈她一枚玉珮，
她以為這只是普通信物，可無論定國公或太子見到這玉珮，反應都超乎尋常，
這玉珮究竟是何來頭？陳慎……真的只是她認識的那個普通幕僚陳慎嗎？

文創風 732 3

元瑾很想仰天大笑，笑上天如此造化弄人，
前世她將太子朱詢視若親人，卻遭背叛，
現在就連信任的弟弟薛聞玉，真實身世也不像表面那般簡單。
而那個曾退她婚的魏永侯世子，如今的魏永侯爺，
當初寧可被貶官千里，也不願娶前世的她為妻，
現在卻説，她就是他心心念念一直在找的那個姑娘！
不過最讓她膽寒的，莫過於她最依賴的普通幕僚陳慎……

文創風 733 4 完

元瑾成了萬眾矚目的靖王妃，除了承載眾貴女的羨慕與忌妒，
更多的是，這個身分背後的暗潮洶湧。
原來在她戒備朱楨的同時，他也在試探她，
甚至要用她的性命，才能換取他全然的信任。
真不愧是連皇上都忌憚的男人，一步步都計算得恰到好處，
既然如此，她暗中和聞玉聯手，假意投靠太子，
那些莫名生出的一絲愧疚也不必在意了！

為流浪貓狗加油 和貓寶貝 狗寶貝

廝守終生(一定要終生喔！)的幸福機會

對人來說，貓寶貝狗寶貝只是生活的一部分，但妳(你)對牠們來說，卻是生活的全部，領養前請一定要考慮清楚——

▲ 小主子誠徵大奴才　黑熊

性　　別：男生
品　　種：米克斯
年　　紀：近5個月大
個　　性：親貓，不太會主動親人，較親熟人；
不會主動攻擊，願意被抱抱
健康狀況：身體健康，已驅體內、外蟲
目前住所：台中市太平區

『黑熊』的故事：

在去年的九月，中途誘捕到一隻三花的母貓，也就是黑熊的麻麻。中途本來只打算將牠送往合作的醫院做結紮，卻沒想到牠的肚子已經很大，應該是有懷孕的跡象。中途想，若把這隻三花麻麻原放，牠在外面流浪時生下Baby，對剛出生的小幼貓是件十分危險的事情，於是便將三花麻麻送到他專門照顧貓咪的「貓屋」安置、待產。

過了半個多月的某天晚上，幫忙中途照料毛孩子的志工進貓屋時，發覺三花麻麻自己已經在籠子中生產完了！牠生了一隻三花貓、三隻虎斑貓，而黑熊就是其中一隻虎斑貓。中途說，這四隻小貓還未睜開眼時，就隱隱展現出十足的活力，甚至還為了吃奶而大打出手呢！讓他們都不禁笑了出來。

到了現在，黑熊長大了不少，在個性上有點膽小，很喜歡吃東西，也很愛玩耍。中途表示，黑熊很惹人喜愛，志工們都非常疼愛牠，也都希望黑熊能成功找到一個有耐心，且願意寵牠、愛牠的貓奴！

如果您想帶小黑熊回家，請來信leader1998@gmail.com（陳小姐），或傳Line：leader1998，或是私訊臉書專頁：狗狗山-Gougoushan。

認養資格及注意事項：

1. 認養者須年滿23歲，有穩定經濟能力，並獲得全家人的同意。
2. 須同意簽認養寵物切結書，並讓中途瞭解黑熊以後的生活環境。
3. 同意送養人日後之追蹤探訪，對待黑熊不離不棄。
4. 同意讓黑熊絕育，且不可長期關、綁著黑熊，亦不可隨意放養。
5. 認養者須補貼1,000元之結紮、醫療費用。
6. 為讓中途對您有更深入的瞭解，中途會先有份線上問卷請您填寫。

來信請說明：

a. 個人基本資料：姓名、性別、年齡、家庭狀況、職業與經濟來源等。
b. 想認養黑熊的理由。
c. 過去養寵物的經驗，及簡介一下您的飼養環境。
d. 若未來有結婚、懷孕、出國或搬家等計劃，將如何安置黑熊？

文創風

742

吉時當嫁 2

國家圖書館出版品預行編目資料

吉時當嫁 / 杜若花著. --
初版. -- 臺北市 : 狗屋, 2019.05
冊 ; 公分. --（文創風）
ISBN 978-986-328-995-1（第2冊 : 平裝）. --

857.7　　108004217

著作者	杜若花
編輯	林俐君
校對	黃亭蓁　周貝桂
發行所	狗屋出版社有限公司
地址	台北市104中山區龍江路71巷15號1樓
電話	02-2776-5889～0
發行字號	局版台業字845號
法律顧問	蕭雄淋律師
總經銷	知遠文化事業有限公司
電話	02-2664-8800
初版	2019年5月
國際書碼	ISBN-13　978-986-328-995-1

本著作物由北京晉江原創網絡科技有限公司授權出版

定價250元

狗屋劃撥帳號：19001626

網址：love.doghouse.com.tw　E-mail：love@doghouse.com.tw

版權所有．翻印必究　倘有倒裝、缺頁、污損請寄回調換